七色海的浪花

王连荣　著

团结出版社

图书在版编目（ＣＩＰ）数据

七色海的浪花 / 王连荣著. -- 北京 ： 团结出版社, 2020.4
（2020.10 重印）
 ISBN 978-7-5126-7780-7

 Ⅰ.①七… Ⅱ.①王… Ⅲ.①诗词－作品集－中国－
当代 Ⅳ.①I227

中国版本图书馆 CIP 数据核字(2020)第 033713 号

出　版：团结出版社
　　　　（北京市东城区东皇城根南街 84 号　邮编：100006）
电　话：（010）65228880　65244790
网　址：http://www.tjpress.com
E-mail：65244790@163.com
经　销：全国新华书店
印　刷：三河市兴国印务有限公司
装　订：三河市兴国印务有限公司

开　本：210mm×145mm　　32 开
印　张：13.875
字　数：265 千字
版　次：2020 年 4 月　第 1 版
印　次：2020 年 10 月　第 2 次印刷

书　号：978-7-5126-7780-7
定　价：46.00 元

前　言

　　自 2011 年 5 月开始习作格律诗词以来，已有好几个年头了，也积累了数量不少的诗词了，故想把它们汇集成册，付印成书。

　　说起习作格律诗词，是如何一个过程呢？且用曾写过的一首诗句来描述："古稀临近发痴邪，欲遗仄平翻律花。"有幸的是，在习作的过程中，得到了长期从事古汉语教研的刘汉城教授悉心的指导、热情的鼓励。他既是我的邻居，更是我的老师。

　　为了逐渐地掌握写作格律诗词的最基本的要点，并循着这些要点进步，就选取了不同的人物、事件、景物等作为题材，不断地练习写作，不断地进行修改，不断地得到进步，一步一步走到了今天，就有了呈现在读者面前的一本诗集。

　　正因为根基不深，所以这本诗集中的诗句，一定是比较幼稚，甚至会出现不合律、不工对和其他的谬误，敬请读者批评指正！

　　本诗集是按照诗作的创作时间的先后顺序排布的。读者可能会体会到早期作品的幼稚和后来作品的点滴进步。

　　本诗集对诗作分成了"《红楼梦》人物篇"、"百花篇"、

"争光篇"、"周游篇"和"节令和习俗篇"等类，这可能会便于读者的阅读。

在编辑该诗集的过程中，借用了网络上的一些资料，诚表感谢！

三槐堂人

王连荣

2019 年

作者小传

王连荣，1943年10月四4（农历九月初六），出生于原上海县西郊区壁上村一号。余有诗曰："宗祠坐落沪西郊，壁上东头有我巢。"1955年进入上海市七宝中学读初中，1958年九月进入高中就读。1960年七月中旬收到中国人民解放军西安军事电讯工程学院的录取通知书，并于8月13日离沪，两日之后十到达学院驻地，开始翻开了我的人生新的一页。因为我们是高二保送去的，没有上过高三的课程，所以先用半年的时间，学习高三的课程，是为预科。1961年初，升入本科，故为六一年级，番号为总（隶属总参谋部）字411部队，2611班（2为无线电工程系，61年级1班）。1963年7月，西安军事电讯工程学院分成两个学院，一半迁往重庆，我也随迁到了重庆。番号改为总字412部队，其余不变，一直学习到1964年年底。因"阶级斗争这门主课'没有毕业'就不能毕业"走出校门，于是学院让我们毕业生参加"社会主义教育运动"工作队，到四川省简阳县石板公社和睦六队搞"四清"。

1965年5月，"文化大革命"开始，马上返回学院。此时，已是大字报满天飞，上级领导没有时间和精力搞我们的毕业分配工作了。这样，在"路线"斗争和"线路"斗争的混杂之中度过了两年多。一直到了 1967 年的年底，总参通信兵部终于将我们这些学员分配了出去。我被分配到了福州军区空军福州场站（原称福州基地）通信营（后改为通信队）修理所工作。从无线电技师到修理所所长，一干就是十五年。1983 年初调到福空通信团，当信道室主任。1985 年 6 月调入空军政治学院（校址在上海江湾五角场）当教员，后当过科技教研室副主任。1993 年到政治学院的信息管理系（早先为图档系）基础课教研室任教，直到 2004 年初退休。

"秦川雁塔篷窗暖，蜀地渝城床单凉。闽水仓山飞电讯，申城教室论沙场。"

这大概就是我一生的写照了。

退休后被编入杨浦区民政局（最近由退役军人事务局管理）军队离退休干部管理中心第二干部休。至今已有十五个年头了。时间真快！

目 录

卷 一

卷 二

卷一

一.《红楼梦》篇

读题金陵十二钗

红楼酣梦四三重，走马凭风水也淙。

钗黛高才空涕泪，巧湘薄运隐元凶。

原因叹息春无序，戏藐公卿命正溶。

说是朱门多酒肉，长筵百里亦消踪。

注：原因叹息——元、迎、探、惜。

戏藐公卿——熙凤、妙玉、宫裁、可卿。

《金陵十二钗》之林黛玉

灵河岸石唤三生，石畔仙株脱本真。

为受神瑛甘露雨，常含泪眼性情卿。

才能魁夺东篱咏，惆怅更随西子鸣。

孤独无亲谁顾影？扶锄一曲便消身。

《金陵十二钗》之薛宝钗

淑女吟诗戏蟹螯，端方豁达令人褒。

身居富贵无骄侈，口逸奇香配蕊膏。

举案齐眉冰未破，寒风刺骨夜难熬。

金璎未及醒春梦，烛泪凝脂混一槽。

《金陵十二钗》之贾元春

才从凤藻伴皇身，即入黄泉落鬼津。

锦簇榴花方进梦，金敷爆竹即翻尘。

荣华短怨三冬近，绦绢长勾七魄湮。

搭箭张弓争虎兔，养君事楚未从春。

注：被选为凤藻宫尚书，册封为贤德妃。

《金陵十二钗》之贾探春

经韬纬略运筹谋，博弈纹枰子未收。

本是君王门里女，翻成异域主边鸠。

生于末世天难补，伫对双亲眼更揉。

只是长风吹软力，忍由涕泪拂乡愁。

注：荣国府贾政与妾室赵姨娘所生的女儿，贾宝玉同父异母的妹妹。

《金陵十二钗》之史湘云

傍依叔婶度童年，只苦双亲早赴仙。

醉梦沉酣裀芍药，桃花夹柳袅丝烟。

麒麟焯焯钟才俊，孤燕凄凄逐九天。

霁月风光常短促，与谁白首共疏棉？

注：她是贾母的内侄孙女。

3

《金陵十二钗》之妙玉

遁入空门怨势单，长吁再鄙世艰难。

清高已惹空相妒，好洁曾经被笑谩。

栊翠烹茶茶有道，凹晶排律律含欢。

尘缘未了终遭陷，度恨金身遇恶狨。

《金陵十二钗》之贾迎春

敛财恶父少慈情，竟送亲生入火坑。

霜压紫菱秋瑟瑟，狼吞艳质血盈盈。

侯门玉砌依凄草，细柳花颜伴怨茔。

岂止丝绸随恨去，此生软弱最心怦。

注：常见版本原文："二小姐乃赦老爹之妾所出，名迎春。"

《金陵十二钗》之贾惜春

丹青练就手挥毫，皴淡渲浓独领骚。

说罢穷山描恶水，描成苦涩说煎熬。

盛筵宴毕杯盘撤，众艳芳飞子叶逃。

打灭韶华寻古殿，诵经眼闭绝尘嘈。

注：宁国府中贾珍的胞妹。她一直在荣国府贾母、王夫人身边长大。

《金陵十二钗》之王熙凤

曾经凡鸟压须眉，盛气方知气血亏。

霸道宁荣谋道霸，私权铁槛弄权私。

天祥命毙情天苦，二姐金吞蘗海悲。

算尽机关遭自算，魔呵何必怨钟馗！

《金陵十二钗》之巧姐

鹊桥会日是生辰，幸得娘亲济苦人。

一旦荣华遭落败，满门族辈演凶仁。

奸兄狠舅欺孤女，霸地搜银扫落尘。

幸得村姑施善手，田耕纺织守清贫。

注：贾琏和王熙凤的女儿。

题《金陵十二钗》之李纨

宫裁运败便珠寒，孟母当师育茂兰。

情似烟灰除妄念，心如槁木罢微澜。

霞帔凤袄庄生梦，莽带金冠水月欢。

未及鸳衾身已死，黄泉路上步蹒跚。

注：荣国府长孙贾珠之妻。贾珠夭亡，幸存一子，取名贾兰。

《金陵十二钗》之秦可卿

本是皇孙落草根，埋名隐姓避灾瘟。

同宗杀戮亲朋死，异梦成婚蛆虱吞。

莫道人生多绚丽，可憎世俗总狂喷。

雕梁梦尽空灵去，只把灵魂出贾门。

《金陵十二钗副册》人物香菱

佳节元宵骨肉离，冯渊赴死霸王欺。

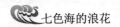

葫芦隐匿恩情案，金桂淫威疯病狮。

慕雅吟诗逢一笑，遗裙说蕙感微慈。

桂枝绞断菱荷谢，袅袅香魂返故祠。

注：香菱，原名甄英莲，原籍姑苏，甄士隐独女。

《金陵十二钗副册》薛宝琴

凫靥裘中裹美人，琉璃傲骨映清纯。

分明七律当魁首，谁道十诗含迷津。

小女才高空仰止，老君言雅有褒陈。

此身未必凡尘有，应是梅花不二神。

注：她是薛姨妈的侄女，薛蝌的胞妹，薛蟠，薛宝钗的堂妹。

《金陵十二钗副册》之尤二姐

花容月貌枉从慈，忍看青春作苦思。

夜叉虚情欺玉女，贤良实意演愚痴。

逆来百顺遭疯害，计中千遍侵毒滋。

死不能生生且死，吞金只在命悲时。

注：是贾珍夫人尤氏的继母带来的女儿。

《金陵十二钗副册》尤三姐

面若玫瑰心有谋，情从刚烈眼含秋。

娇揉造作威淫棍，疯语嘲言戏荡侯。

洁白身躯依柳絮，鸳鸯干莫作姻筹。

冷郎自误佳期约，未及成双剑袭喉。

注：是尤二姐的妹妹。干莫即为干将莫邪鸳鸯剑。

《金陵十二钗副册》刑岫烟

本是姑苏失路童，居贫寄食紫菱丛。

头无靓饰寒衣乱，面有仙姿髻发松。

孤雁纵然门槛里，凉冰任在浓淡中。

云雾似烟空洞出，凭栏月色正朦胧。

又题刑岫烟

隐隐青山袅袅烟，钗荆裙布女儿怜。

罗浮不解闲云鹤，庾岭难摧淡志胭。

依傍未求留贝翅，联姻苦等赎衣棉。

枝空雀落悲愁韵，头上槁颜孤逐天。

注：邢忠夫妇的女儿，荣国府邢夫人的侄女。

《金陵十二钗副册》之李纹

惯看刀兵世乱纷，大观园寂少香闻。

寒山失翠严冬袭，冻脸留痕竖子分。

梦返金陵成白骨，阳回大地筑新坟。

缘何屋漏偏遭雨，却是油干遇黑云。

注：李纨堂妹。

《金陵十二钗副册》之李绮

姐妹成双父早丧，更遭战祸两茫茫。

大观园里香风短，离别道中疯梦长。

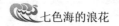

千里流离肱股失，一场苦难至亲亡。

何须接对昌隆颂，分明姪子已无娘。

注：李纨堂妹，李纹胞妹。

《金陵十二钗副册》之宝珠

宁府门庭本不清，飞灰土脸欲消声。

贾珍悻悻鱼喉苦，奴婢惶惶弓鸟惊。

铁槛驾灵非本意，宝珠充义只泯萌。

天香眼落风尘后，致伴棺枢度五更。

注：秦可卿丫鬟之一。"因见秦氏身无所出，乃甘心愿为义女，誓任摔丧驾灵之任。"

《金陵十二钗副册》之宝蟾

（一）

只因蟾桂紧跟随，便起阴风八面吹。

倒竖眉毛生诡计，乱挥手指握针锥。

菱荷饱受寒流苦，呆子偏成癞尾龟。

主仆难容心各异，须知报应首临谁！

（二）

情如烈火不留情，毒似虫蛇月窟惊。

空有容颜花染貌，原无德行暗遮晴。

阴阳生克金成土，清浊纠缠黑变黵。

实是魑魅精与怪，败家落业宅基倾。

注：宝蟾，夏金桂的陪房丫头。

《金陵十二钗副册》之平儿

斡旋纨绔毒蛇间，苦察冥思未偷闲。

软语私瞒幽会事，虾须巧借性情关。

甜香满颊方从善，仆主全心亦遇艰。

谨慎圆通诚可贵，半从贵妇半丫鬟。

注：王熙凤的陪嫁丫头，贾琏的通房大丫头（妾）。

《金陵十二钗副册》之娇杏

因说偶然凡瞬间，丫鬟蜕变役丫鬟。

甄家尔日回眸笑，贾府今朝信手闲。

浊地晴天千里远，贫寒富贵一丝前。

由真到假真非假，已让萧何直汗颜。

注：甄士隐家的丫鬟，娇杏，谐音"侥幸"也。

《金陵十二钗副册》之瑞珠

宝珠入寺最聪明，远比瑞珠脑子清。

只为天香遭白眼，引来雕柱染红精。

主人欲堵丫鬟嘴，侍女偏生刚烈情。

一死均由邪恶起，最怨世道太狰狞。

注：秦可卿丫鬟之一。"见秦氏死了，他也触柱而亡。"

《金陵十二钗又副册》之晴雯

身是卑微已忘乡，高标见嫉费思量。

千金撕扇犹豪直，病体修衾好自强。

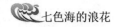

只道风流高一等，谁知诽谤满街坊。

芙蓉诔祭芙蓉女，芳趾觅无唯冷霜。

注：晴雯，怡红院的丫鬟之一。

《金陵十二钗又副册》之袭人

只知城府上千深，骨里魂灵暗地心。

肺腑娇嗔谋仕宦，金馨苦语效腔音。

忠贞哪怕窝心脚，贤淑能温发上簪。

总是花红无百日，唯同戏子共裘衾。

注：袭人，怡红院的丫鬟之一，后嫁与蒋玉菡。

《金陵十二钗又副册》之鸳鸯

且把红花用绿镶，丫鬟侍奉有鸳鸯。

抽牌行令居盟主，掷点宣歌事法章。

贾赦强婚遭拒绝，司棋待月愿帮忙。

太君驾鹤归西域，殉主登虚薄命亡。

注：鸳鸯，史太君贾母的丫鬟。

《金陵十二钗又副册》之林红玉

疑是红墙锁玉尊，换居林地远秦村。

心高栖上梧桐树，口快牵牢命运门。

识得蜂腰桥畔路，传来闺秀眼中魂。

狱神庙里留顽石，更懂时时拭渍痕。

注：林红玉原本在怡红院当差，后转投凤姐，在凤姐处得到重用。

《金陵十二钗又副册》之金钏

袄是红绫藕色香，晴天霹雳遇荒唐。

三言戏语遭灾祸，一印深痕向绝望。

主子慈悲真是假，丫鬟陪伴虎和狼。

相求人主天良灭，十载心酸井梦长。

注：金钏，王夫人的丫鬟。

《金陵十二钗又副册》之紫鹃

何是故人何是乡？鹦哥苦梦伴潇湘。

仙姝滴泪添忧郁，杜宇啼痕化恨怅。

主仆依偎当姐妹，身心相印演红娘。

玉消株折归仙界，一缕清丝绕佛堂。

注：紫鹃，原名鹦鹉，是贾母的丫鬟，林黛玉到贾府后，贾母把她给了林黛玉做丫鬟。

《金陵十二钗又副册》之黄金莺

婉转莺歌雪里鸣，澄黄钗色映仓庚。

手灵能打金璎珞，嘴巧吟成白首盟。

有意编蓝花遇折，无心玩笑燕遭伻。

纵然城府深千尺，只恐涟漪不泛声。

注：黄金莺，又名莺儿，薛宝钗的丫鬟。

《金陵十二钗又副册》之麝月

顽石暗知荼蘼签，充丫护玉个中尖。

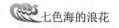

三言两语机灵口，度月穿云寂寞帘。

宝鉴随身猜反正，群芳了事识咸甜。

寒冬苦噎酸齑味，青埂有峰逢宿嫌。

注：麝月，怡红院的丫鬟之一。

《金陵十二钗又副册》之司棋

一条藤蔓伴枯枝，风雨又兼秋暮时。

大闹厨房缘怨气，小惊假石有心思。

萧墙祸起箱中物，病体愁生月下诗。

沦落鸳鸯双殉道，皆因梦里勇情痴。

注：司棋，是贾迎春的丫鬟。

《金陵十二钗又副册》之玉钏

充丫双女胆心惊，无拘戏言钏已倾。

虽有假装慈善佛，难平未了死生情。

井淹屈辱亲人血，眼射仇恨莲叶羹。

但使灵魂安息日，抽刀断鬼祭金英。

注：姓白，名玉钏，金钏的妹妹，王夫人的丫头。

《金陵十二钗又副册》之茜雪

醉眼金刚撒泼哥，半杯枫露起风波。

摔茶今现魔王脸，怒目明摧赤子窝。

岁月无情流水逝，群芳有序落英过。

竟然神庙开顽石，寒夜犹闻雪女歌。

注：贾宝玉未入大观园时的大丫鬟之一。因为把宝玉的枫露茶给李嬷嬷吃了，被宝玉一怒之下撵了出去。

《金陵十二钗又副册》之柳五儿

赢赢淑女玉脂香，使役怡红粉黛妆。

瘦弱身材含痼疾，细弯柳眉隐情舫。

有缘尝得玫瑰露，疑是偷来苓茯霜。

幸好平儿平冤狱，尚能薄命煮黄粱。

注：《红楼梦》中的人物，柳嫂子之女。

《金陵十二钗三副册》之抱琴

丫鬟随主进宫墙，只抱焦桐未抱阳。

主子有规看父母，侍儿无法见爹娘。

指尖血演霓裳曲，皇后命伤狮虎场。

弦断曲终人恐散，卑微谢幕在何方？

注：抱琴，是贾元春之丫鬟。

《金陵十二钗三副册》之侍书

大观园有刺玫瑰，日照殷红只一堆。

主子机灵常出手，侍从韵辣亦喷才。

风筝远度番邦去，搭扣随飞席地偎。

不是无情忘孝道，无缘敢说苦和灾。

注：侍书，是贾探春之丫鬟。

《金陵十二钗三副册》之入画

双亲竞远在他乡，叔婶图钱抱酒浆。

只道惜春春不惜，欲思长画画难长。

替哥私隐劳工得，借口充公血汗黄。

黑白自从颠倒后，斯文扫地剩荒唐。

注：入画，是贾惜春之丫鬟。

《金陵十二钗三副册》之彩云

多情未必是真情，茉莉蔷薇辨不清。

混账依然充混账，纷争无可息纷争。

纵横旦旦仍凉骨，即便呜呜总绝声。

偏是此生成夕照，半思环佩半居茔。

注：彩云，王夫人之丫鬟，与贾环玩得很好。

《金陵十二钗三副册》之绣橘

迎春情性见冰凉，主子优柔侍女刚。

软柿常遭人等捏，利牙总伴舌如簧。

有心护义生横气，乐意为情闹伙房。

侧卧狼窝空半壁，中山已饿愿提防。

注：绣橘，是贾迎春之丫鬟，并随嫁孙绍祖。

《金陵十二钗三副册》之翠缕

本是童真人在初，湘江水畔未翻书。

欲明就里偏追问，切论阴阳比汝予。

责也朦胧还傻傻，笑猜何意只嘘嘘。

石榴树下繁花旺，莫若麒麟觅夫胥？

注：翠缕，是史湘云之丫鬟。

《金陵十二钗三副册》之雪雁

只自林门入贾门，便从首席变端盆。

借衣方露心机细，论理无非虚伪存。

玉是晶莹藏暗角，水随高位见灵魂。

防人有意本能事，难识昏包是命根。

注：雪雁，是林黛玉之丫鬟。

《金陵十二钗三副册》之秋纹

面朝主子是奴才，面对奴才便炸雷。

非此何来邀宠幸？方能逐级走高台！

忠心胜似哈巴狗，欺下疯讥女老腮。

只看柠檬鲜又亮，谁知太酸蚀牙来。

注：秋纹，是贾宝玉丫鬟之一。

《金陵十二钗三副册》之碧痕

宝玉房中侍女多，谦和争斗有风波。

贤能莫若珍珠惠，故事应书洗澡歌。

牙利排渲丫里小，玉莹何耐碧痕磨。

心高气短必相轧，才有红楼敲响锣。

注：碧痕，是贾宝玉丫鬟之一。

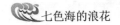

《金陵十二钗三副册》之春燕

仲春二月发新芽，燕子衔泥到富家。

柳叶渚边风雨短，愚人话里性情差。

无常哭笑须循理，有限铜钱不露爪。

规矩宜从方正道，平和处世影难斜。

注：何婆之女，是贾宝玉丫鬟之一。

《金陵十二钗三副册》之嫣红

宦官贾赦劣顽绅，妻妾成群再乱春。

思取鸳鸯寻说客，痛遭烈女战风尘。

未从贾母遂心愿，还叫姨娘费嘴唇。

八百纹银支付后，嫣红苦命不由身。

注：嫣红，是顶替鸳鸯被贾赦买来的丫鬟。

《金陵十二钗三副册》之佳蕙

人小竟然心气高，只因阅历未操刀。

尽循杂务寻粗活，唯捡晴雯拾扇毛。

嘴上无言心底怨，情中却为小红号。

谁知此后如何了，或可提茶或叠袍。

注：佳蕙，是怡红院小丫头。

《金陵十二钗四副册》之翠墨

丫鬟里面有人缘，苦奉三春到上船。

书墨终于成一体，性情毕竟紧相连。

16

高僧有道名山翠，侍女无非主子贤。

今日风筝飞远去，长丝失却为谁怜？

注：翠墨，贾探春的贴身丫鬟。

《金陵十二钗四副册》之坠儿

闺密圈中只小红，性情不与贵人同。

坠儿虽是童孩面，遗帕还成月老功。

虾镯无须当玩物，后天毕竟正朦胧。

眉毛倒竖晴雯事，趁早抽身出冷宫。

注：坠儿，是怡红院小丫头。

《金陵十二钗四副册》之丰儿

虽是丫头非一等，察言观色未低能。

常随左右知凡鸟，也辨东西识佛僧。

手下兵强缘将帅，跟前语切算聪明。

平儿定比丰儿好，次第高低好几层。

注：丰儿，王熙凤之小丫鬟。

《金陵十二钗四副册》之莲花儿

二春侍女有莲花，主子丫鬟天地差。

莫说童孩多稚气，敢朝私愤数叽呱。

厨房一战偏伸手，权力相争涉爪牙。

尽管风波漫角落，木头依旧面遮纱。

注：莲花儿，迎春房里的小丫头。

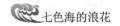

《金陵十二钗四副册》之蝉姐儿

扶助芭蕉作小差，夏婆原是老娘家。

买糕因此多言语，琐事还来只咬牙。

传话正生心痛意，看人切莫眼添花。

蝉鸣本在性情里，沉着应能理乱麻。

注：贾探春小丫鬟，贾府内夏婆子的外孙女。

《金陵十二钗四副册》之善姐

凡鸟身边侍女多，品行性格几筐箩。

平儿正直心无剑，善姐阴顽手执戈。

琏主风流遮一面，丫鬟毒辣演三波。

可怜二姐逢蛇蝎，纤弱奈何遭折磨。

注：本为王熙凤身边的丫头，后被凤姐特意送给尤二姐使唤。善姐不善矣。

《金陵十二钗四副册》之琥珀

贾母身边侍奉精，鸳鸯琥珀各分明。

鸳鸯最是铮铮女，琥珀还来闪闪睛。

因受祖宗青睐后，能随黛玉并肩行。

须知刚烈非唯一，横祸谁临玉石贞。

注：琥珀，贾母身边的大丫鬟，照顾贾母起居生活，也负责传话、取物等各色杂事。

《金陵十二钗四副册》之绮霰

小丫传话说描花，放下纸张头未斜。

但问役人谁便是，唯云绮霰姐无差。

天长只在怡红院，钦命并非留此家。

莫道前途多坎坷，最宜田里弄香瓜。

注：贾宝玉房的丫鬟之一。

《金陵十二钗四副册》之银碟

宁国府中尤老娘，贾珍伦乱脸无光。

都因银蝶充侍女，方有心思理素妆。

卸镯除环分左右，说瓢话瓠亦周详。

端盆执水殷勤后，异兆悲来噩梦长。

注：宁国府贾珍媳妇尤氏的丫鬟。

《金陵十二钗四副册》之小鹊

姨娘侍女两条心，小的清纯主子阴。

毕竟偏房权细少，便将鬼点做呻吟。

谗言蛊惑丫鬟急，深夜匆忙义气深。

喜鹊今朝虽无喜，依然只语贵如金。

注：小鹊，是赵姨娘的丫鬟。

《金陵十二钗四副册》之秋桐

(一)

同属天涯沦落人，最宜珍惜好青春。

私心太重脑门热，欲壑难填珠眼贫。

二姐吞金应负罪，平儿顾局反讥唇。

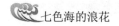

天神自有神机道，灾祸终临罪恶身。

（二）

想依乖巧出人头，苦用心思讨计谋。

只自丫鬟升小妾，便将主子作耕牛。

诬成二姐吞金去，敢向平儿找结纠。

无奈心从天不愿，金陵未敢再收留。

注：原为贾赦的丫鬟，后赏给贾琏为妾。

《金陵十二钗四副册》之四儿

芸香改作蕙香来，偏叫主公心炸雷。

好事竟能成坏事，歪才无有变天才。

聪明总被聪明误，弄巧终归弄巧灾。

立命修身应正道，不然晦气袭窗台。

注：宝玉房中小丫头，本名芸香，后来袭人给她改名字叫蕙香，宝玉因和袭人赌气，又改名为四儿。

《金陵十二官》之芳官

身小位卑仇认低，总将鸡力作鸣啼。

曾羞干妈吞银两，敢抗姨娘搅浊溪。

霜令五儿蒙怨狱，影随月庵做尼迷。

半醒半醉平生恨，落发青灯照禁蜺。

注：贾府买来的戏班成员，原姓花，姑苏人氏，正旦。戏班解散后成了贾宝玉的丫鬟。抄检大观园时她同其他唱戏女孩子一起被撵走，跟随水月庵的智通出家去了。

《金陵十二官》之龄官

眼矍秋水有林风，傲骨优伶志亦同。

不画眉毛从贵族，只描蔷字爱顽童。

雀笼难锁心飞远，府第终开事落空。

未必梨园香逸久，严冬败落百花丛。

注：贾家买来唱戏扮小旦的。后戏班解散，她离开贾府。

《金陵十二官》之藕官

瀑飞百丈入幽潭，化作青龙饮水甘。

生旦同台同手足，花枝共梗共红蓝。

相亲未必唯凰凤，恩爱何须最女男。

烧纸清明心底事，管它将赴地藏庵。

注：贾府买来的戏班成员。戏班解散后，她成了林黛玉的丫鬟。后来而出家为尼，长伴青灯古佛。

《金陵十二官》之葵官

别离乡土进梨香，粉面充男着武装。

一折下书清齿口，四官侠义戏姨娘。

无家可返贫家苦，是女难穿淑女妆。

唯大英雄能本色，楚云湘水照余光。

注：贾府买来的戏班成员，戏班解散后来成史湘云的丫鬟。

《金陵十二官》之蕊官

莲藕同根本一家，暗开并蒂女儿花。

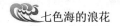

风云不测愁离恨，萍水相逢伴苦瓜。

虽道无情忘故旧，唯言有意慰亡丫。

孤单剩世非忠节，友谊原该侍奉茶。

注：贾府买来的戏班成员，戏班解散后为薛宝钗的丫鬟，后遁入空门。

《金陵十二官》之荳官

机灵瘦小脑无筋，薄命催成志趣群。

身是幼童心似火，友遭毒妇手如焚。

花因姐妹夫妻蕙，水湿香菱石榴裙。

随至宝琴充侍女，存亡信息两难闻。

注：贾府买来的戏班成员，饰小花脸。戏班解散后，随侍薛宝琴。

《金陵十二官》之艾官

女童竟串老行当，未尝青春失媚光。

雪月风花何所有，甜酸苦辣即时尝。

偏逢主子羞生母，却道蝉儿避猛螳。

总是低微兼薄命，无非缩首掩锋芒。

注：贾府买来的戏班成员，饰老外。戏班解散后，她做了探春的丫头。

《金陵十二官》之文官

能言善道美优伶，十二官中第一星。

主子垂青需巧术，奴才拍马显机灵。

贫家苦返家难返，醉酒当醒酒未醒。

梦景还留荣府去，祖宗厅房拭花屏。

注：贾府买来的戏班成员，饰小生，在"十二官"中是个领头的。戏班解散后，贾母便留下她自使。

《金陵十二官》之茄官

温和顺从不锋芒，老旦终需显老苍。

尤氏身边充奉侍，珍蓉眼里是羔羊。

坚贞必效鸳鸯烈，苟且难逾二姐盲。

东府乌烟能蔽日，直叹黄雀进笼箱。

注：贾府买来的戏班成员，饰老旦。戏班解散后为尤氏丫鬟。

《金陵十二官》之宝官

怡红院里似曾违，雨水围禽惹嗔威。

一脚窝心花即倒，几言怒气女皆飞。

欲寻该宝无该宝，思想此绯非此绯。

来去影踪添谜团，满杯空盼走鸿归。

注：贾府买来的戏班成员，饰小生。她常到怡红院嬉笑玩耍。戏班解散后，即随干娘出园，单等亲父母接回原籍。

《金陵十二官》之玉官

应该避讳无曾避，可是清喉不觉危？

容貌风流何处有，怡红水戏未来迟。

欲听待月音先绝，忘喝奉茶身已移。

玉管谁人吹得好，远飘冷落近看悲。

注：贾府买来的戏班成员，饰正旦。戏班解散后她没有留下，回乡由干娘自行聘嫁。

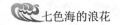

《金陵十二官》之药官

最初凡鸟泣秦卿，今日藕官祈落英。

假凤虚凰藏木石，无梅有杏站鸣莺。

归身熟地当无首，白芍莲根道有情。

世上悬疑难破译，红楼未及诉分明。

注：贾府买来的戏班成员，饰小旦。她在戏中与小生藕官常扮夫妻，二人相好异常，同性相恋。但不久她夭亡了，致使藕官伤心欲绝，哭得死去活来。

《红楼梦》人物之贾敬

玄真观里炼金丹，闭眼嚣尘度岁残。

虽是繁华风韵地，原来肮髒腐陈坛。

愿吞滋膏移灵骨，敢抛功名解玉冠。

只为隐情难启口，龙争虎斗不须看。

《红楼梦》人之王夫人

慈悲面孔毒心肠，杀戮无形臭掩香。

扇耳金娇深井鬼，偷情侍女热锅羊。

晴雯被逐妖精死，黛玉遭欺病体亡。

件件皆从经卷起，亲儿不堪入僧堂。

注：贾政之妻，贾宝玉之母亲。

《红楼梦》人物之邢夫人

乖僻独孤尴尬人，偏将雏凤刺芒针。

提亲受辱鸳鸯女，拾袋遭羞鬼蜮心。

空得长房儿媳位，总归续配寡家音。

既无知己无帮衬，唯有敛财娄取金。

注：邢夫人，贾赦之续妻。

《红楼梦》人物之贾赦

一等将军袭在身，位居长子少人伦。

狐朋满座昏淫鬼，妻妾成群恋色绅。

欲霸鸳鸯亲母怒，强占古董石呆湮。

贪财嫁女孙狼口，革职抄家阶下沦。

注：字恩侯，荣国公之孙，贾代善、贾母之长子，邢夫人的丈夫，贾琏、迎春的父亲，他承袭了一等将军之爵位。

《红楼梦》人物之贾政

假仁假义假儒生，刻板迂僵滥徇情。

妹丈荐官容暴虐，外甥命案任横行。

治家不力猪狗窜，执政无能泼赖狞。

挞伐鞭儿惭作父，虽然孝母必倾荣。

注：荣国府二老爷，贾母和贾代善所生的次子，贾宝玉的父亲，林黛玉的舅舅，薛宝钗的姨父。

《红楼梦》人物之贾珍

试水三千深莫怕，投机押宝向皇家。

亲爹缩手凡心绝，兼美入宁红粉遮。

水涌青萍沦乱爱，秋摧落叶向奢华。

败家演得风流种，一味偷情成嚼牙！

注：贾敬之子，贾珍曾孙。世袭三品爵威烈将军。

《红楼梦》人物之冷子兴

冷眼沉浮始辨清，子从古玩识晶莹。

兴衰史册烟云罢，演绎情仇字句明。

说笑升迁描世态，荣枯喜怒话精英。

国都本是繁华地，府第周家女婿名。

注：嵌字诗。每句首字连成"冷子兴演说荣国府"，是《红楼梦》第二回之回目。

《红楼梦》人物之甄士隐

祖宗阴隲积儿孙，后辈基深业永存。

是否甄家前有孽？竟然士隐未留根。

连遭不测身心苦，慧悟玄机佛道尊。

好了还原真切意，末来抛却世间昏。

《红楼梦》人物之贾雨村

穷儒转运利昏昏，未用慎行谢旧尊。

得道登梯逢义士，失风落魄会猢狲。

忘恩断案葫芦鬼，停磨杀驴门子痕。

倘若从官如此辈，几筐红薯灭灵魂。

《红楼梦》人物之贾宝玉

坦然顽石出洪荒，灵性既通明世殇。

痴傻终归成孽种，疯狂便是混魔王。

皮囊臭裹男儿骨，玉液香沾女子裳。

纨绔不雕难为器，前盟已赴落魂乡。

《红楼梦》人物之史太君

阅尽三朝天子事，洞开四世福临门。

朽梁欲负危倾屋，偶像威瞋孝悌魂。

宝玉遭鞭叨忿忿，鸳鸯受辱斥昏昏。

有心修善难成佛，宴毕盘空菜不温。

《红楼梦》人物之薛姨妈

生自王家进薛家，偏成寡妇护双瓜。

只因慈母肚肠软，致使心肝德行差。

虽有宝钗金玉质，竟添儿媳虎狼牙。

宅基已朽难重建，无法高攀再富华。

《红楼梦》人物之贾琏

莫效该儿放浪形，不羁纨绔必沾腥。

寻花问柳平常事，掷骰挥金总不俜。

惧内偷藏娇弱女，正权休退母狼星。

难除劣性家终败，朽木残梁草掩庭。

注：贾赦的儿子，妻子王熙凤，女儿巧姐。

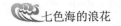

《红楼梦》人物之尤氏

从来继母苦难当，不露尖锋不露芒。

独理亲丧三板斧，运筹生日八方光。

伸能用德欺雌凤，屈也以情报乱纲。

无可奈何家底浅，续弦唯有少张狂。

注：贾珍的继室，宁国府当家奶奶。尤氏继母为尤老娘，有两个没血缘关系的妹妹尤二姐和尤三姐。

《红楼梦》人物之贾代儒

不是童生便秀才，老来还未上高台。

人生事业逢双阻，蔫子莽孙次第哀。

腐朽无能充教化，家规有据不消灾。

只因天道最公正，该贬该褒一样裁。

注：贾代儒是贾府中"代"字辈的长辈，其人生有三大不幸：早年丧父，中年丧子，晚年丧孙。他一生落魄，勉强当了个贾府义学的校长兼教师。

《红楼梦》人物之夏金桂

原自皇商小妇人，万顷家桂抖风尘。

只因寡母纵娇惯，从此吼狮浑不驯。

外具花颜多荡骨，内含雷暴炸疯唇。

砒霜未及菱花折，毒汁竟然丧自身。

注：薛蟠之妻，薛宝钗之嫂。

《红楼梦》人物之刘姥姥

炎凉世态竟蒙霜，会附能攀老辣姜。

大观随游诚憨厚，怡红醉卧演痴狂。

三遭解惑前因在，一语澄明后果伤。

山野村人筋骨好，慈悲菩萨软心肠。

《红楼梦》人物之傅秋芳

忍把青春赌未来，怨哥附势望登台。

门生踏槛升迁梦，寒气摧芳悔恨灾。

多少繁枝花渐落，几年待价艳趋颓。

向高不得低难就，竟已徐娘半老来。

注：贾政门生——通判傅试之妹，年逾廿三，尚未许人。傅试者，"附势"也。

《红楼梦》人物之喜鸾

史老夫人宴寿辰，门庭日日尽嘉宾。

随从有幸留园住，戏语无心遇主瞋。

行事只因多利齿，娇颜亦在好媵身。

引来祖母开金口，可喜明天算是春。

注：从辈分上看是宝玉的远房堂妹，与贾瑞是同母所生。

《红楼梦》人物之四姐儿

拜寿蒙恩宠若仙，祖宗留住喜心田。

一升豆子寻因果，十字街头结寿缘。

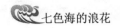

娇貌能通平坦路，虔诚只在福缘泉。

漫言体面双重眼，谁划贵贱分爱怜。

注：为贾琼之妹，与贾宝玉同辈。

《红楼梦》人物之贾蓉

眉清目秀细身材，倜傥风流骨里哀。

父媳偷情酿苦酒，婶姨聚麀掩香腮。

监生依靠官僚得，龙禁竟从钱钞来。

作恶多端遭抄检，分明罪孽演成灾。

注：宁国府贾珍之长子，秦可卿之夫。

《红楼梦》人物之贾瑞

双亲早逝祖孙依，性愚人痴命式微。

傻气呆顽遭戏弄，寒风苦涩隐唏嘘。

相思未去平添债，劣性难移枉惧威。

宝鉴明铮需反照，何来怨辱致魂飞？

注：贾代儒之孙。

《红楼梦》人物之多姑娘

直将此妇冠淫荡，无有小三非正常。

少女多时难懂贵，柔肠乏食易知香。

无须忍渴升虚火，不必挨饥降血糖。

贵族男人妻妾满，红颜可惹少年郎。

注：姑娘多的地方乃青楼，烟花巷也！

《红楼梦》人物之焦大

论功当有子推高，耿耿忠心未见褒。

生死关头犹侠胆，阎王殿里敢抽刀。

蹉跎岁月人将老，败落荣宁柱已糟。

愤恨难消沉酒醉，疯扬丑陋尽号啕。

注：焦大，宁国府的老仆。从小跟宁国公贾演出过三四回兵，曾从死人堆里把奄奄一息的主子背出来。没有饭吃，他饿着肚子去偷东西给主子吃，没有水喝，他自己喝马尿，把得来的半碗水给主子喝。由于以往的功劳情分，宁府的主子们对他另眼相看，不大难为他。他对宁国府后代糜烂的生活深恶痛绝。

说明：关于"金陵十二钗"的人物册序，正册是没有疑义的，副册之香菱，又副册之晴雯、袭人等原作者已有了定论，也没有疑义。其余的人物的册序，包括对三副册，四副册等的划分，还是有争议的。至于在我诗中涉及的《红楼梦》人物的归册，则是参考了一些资料而作出的判断，不是最终的定论，在此予以说明。

二.百花篇

咏桂花

(一)

已是秋光天色好，更兼日丽净风慈。

枝头挂满金银点，屋角充盈婀娜姿。

随步飘香闻十里，潜心展纸写千诗。

吴刚若是穷丹桂，独缺奇葩世上悲。

注：中国人寓意桂花为"崇高"、"美好"、"吉祥"、"友好"、"忠贞之士"和"芳直不屈"、"仙友"、"仙客"；寓桂枝为"出类拔萃之人物"及"仕途"。

(二)

秋风一阵一清凉，满树金银十里香。

独领重阳羞众艳，何须彩笔愧红娘。

杨妃爱点长生殿，萧后移栽月窟墙。

历炼霜天更娇媚，吴刚正用酒坛装。

咏荷花

独登炎夏绿池塘，敢与鸣蝉唱烈阳。

莫谓轻浮根蒂短，堪留美誉世间长。

污泥作伴能高洁，苞蕾开花可吐香。

雅士文人诗意发，侪游兴尽置琼浆。

注：荷花有："中通外直，不蔓不枝，出淤泥而不染，濯清涟而不妖"的高尚品格，其花语为：纯洁、无邪、清正的品质。

咏菊花

（一）

秋山独爱不争春，欲遣平常结嘉宾。

不在东篱夸彩色，融遍市井慰庶民。

意邀丹桂增欢乐，情会海棠添喜尘。

夜深静对冰轮月，拂面微风到早晨。

注：菊花花语，黄色的菊花表示"淡淡的爱"；白色的菊花，则是贞洁、诚实的象征；暗红色的菊花，娇媚。

（二）

天荒荡畔白孤藏，水煮重阳眼复光。

一梗九枝争独艳，八苞互叶欲全狂。

移来屋傍修繁冗，惹起邻居引幼秧。

仙子诵谣传菊秘，无瑕美玉世间香。

注：以传说而写成。菊秘为："三分四平头，五月水淋头，六月甩料头，七八捂墩头，九月滚绣球。"

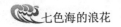

访菊

依杖踏歌寻菊英，沿山择路泛舟行。

凉亭落座饥方袭，褡裢离肩喘始平。

早起霜浓衣褂薄，夜来露白吠声清。

今宵客栈沽杯酒，明日身轻登路程。

遇菊

拄杖高歌觅菊香，遍寻院落问山庄。

村姑手指江边路，土坏墙遮屋北塘。

郁郁枝头凝白玉，绵绵蕊蒂透精光。

柔姿已拂身心倦，馋看奇葩欲发狂。

请菊

一见钟情难释手，千言嘴破费谗唇。

杯醇感动庄翁意，汝釉移栽翠菊身。

晨起五更勤守护，晚来独酌醉相邻。

蒲葵舞却虫蝇扰，不叫嘈尘染素珍。

对菊

醇浆把盏共君斟，月影能猜爱慕心。

碎步频频常侧目，寒风阵阵几操琴。

移身抱枕双眸倦，掠意飞神独自吟。

子夜烟消云雾散，清光铺地忘披衾。

问菊

片片葱茏伴月升，花从玉色洁如冰。

秋寒耐得千层露？霜冷敷成万仞凌？

水土随时能适服？蝶蜂百友尽宜朋？

后生若恋仙枝日，定拟知书系紫藤！

梦菊

秋风阵阵薄罗衣，醉对英姿睡意归。

心逐长空追素艳，意飞池苑会芳菲。

笙歌缓缓霓裳瘦，梦呓连连菊影肥。

手把枝头随曲舞，醒来指上叶依依。

种菊

阳台阔大采光华，好用瓷盆种菊花。

市井三遭寻紫定，园林四处觅光芽。

灵河岸畔邀甘露，弼马宫中集粪渣。

日日修株如爱女，辛劳照护遂成爹。

注："紫定"为定窑紫釉，珍稀名瓷之一。

"光芽"为芽光，名菊之一。

赏菊

秋霜满目菊开花，最可观瞻只一家？

唤子携孙乘地铁，留真录像隔篱笆。

杨妃醉舞长生乐，仙子凌波泉水斜。

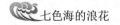

不觉西风垂落日，乔枝叶跌扑归鸦。

注：醉舞杨妃、长生乐、凌波仙子、泉水均为菊中精品。

画菊

澄心一展石渠槽，贡墨磨来握紫毫。

皴擦渲浓成傲骨，钩描染淡见绸缪。

花团染白垂飞瀑，叶片从青滴彩膏。

郁郁枝条随蝶舞，幽香更袭可欺陶。

注：澄心为名古宣纸，石渠为唐太宗赐予褚遂良的端溪砚，贡墨和紫毫均为墨和笔中之精品。

忆菊

雪压隆冬素蝶威，群芳凋落万颜稀。

曾驱寂寞身心乐，也发诗情酒梦飞。

是夜吟歌虽笑俗，当初泼墨但忘机。

陶公怨得寒天急，篱角留根已压肥。

咏凤仙花

七月仙葩正艳枝，花红染甲最宜时。

纤纤有幸胭脂色，巧巧能吟喜鹊诗。

邪祟因之难为害，姑娘借问可从持？

明春去后新芽发，仔细亲临别怕痴。

注：凤仙花，别名，指甲花，急性子，凤仙透骨草，凤仙花的花语很多，"别碰我"、"怀念过去"、"急性子"和"野丫头"是常见的四种。

咏曼陀罗花

妆成彩蝶舞光阴，黑白红蓝绿紫金。

姊妹居家多竞艳，邻邦坐地尽知音。

华佗直取当麻药，本草常添遂静心。

医药门庭成贵客，只差毫厘各人斟。

注：曼陀罗花又叫洋金花、大喇叭花、山茄子等。果实名为狗核桃、毛苹果，有剧毒。

咏虞美人花

亭亭玉立满园春，彩蝶纷飞逐世尘。

族里哀因罂粟姓，今生冤染毒妃身。

蕾垂梗上愁思女，瓣立枝间舞醉嫔。

薄似绸绫人也美，虞家朴素却留真。

注：白色虞美人：象征安慰、慰问。粉红色虞美人：代表极大的奢侈、顺从。虞美人在古代寓意着生离死别、悲歌。

咏洛如花

花似人名种子稀，沉鱼落雁足成奇。

唯由国色文儒在，可使根经地气滋。

未见真颜难画貌，找来先祖复生枝。

吴兴也许留音讯，应问陆澄当可期。

注：吴兴山中有一树，类竹而有实，似英，乡人见之，以问陆澄。澄曰："是名洛如花，郡有名士，则生此花"。据古人传说，其种即不易得，其花尤为少见，唯国有文人，始能放花。一直没有人见过洛如花，也许只有在梦中看到的花，才是最美的……

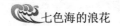

咏青囊花

青囊说是契丹来，仲夏月圆方得开。

片刻凋零香气溢，依稀见得怪诗偎。

花纹曲曲书蝌体，瓣片轻轻示吉灾。

锦帛书言来往事，欲知身世快移栽。

注：青囊花世所罕见，相传每年只有仲夏月圆之夜开花，片刻即凋；花色之香美，冠绝于世。更为奇特的是，"青囊花"每度盛开之际，花瓣上都会天然出现一首精巧绝伦、口有余香的腓体诗。

咏疗愁花

天涯处处忘忧人，萱草花开橘色纯。

翠叶萋萋非望族，周身秀秀本佳嫔。

华佗借得灾瘟远，铁嘴餐来美味真。

暮合晨张更易夭，刚柔雅达复明春。

注1：唐朝白居易诗中即有"杜康能散闷，萱草解忘忧。"故称为忘忧草。花语代表思亲、忘忧、安静、疗愁。

注2：铁嘴指纪晓岚。

咏灵芝花

（一）

瑶姬早卒布相思，入梦怀襄引作痴。

洒下巫山千滴泪，长成绝壁万岩芝。

晨云暮雨阳台下，兰语千言朝庙迟。

惹得文人泉水涌，更兼宋玉赋堪师。

注：中国古老传说中的灵芝是由天帝之幼女瑶姬夭折后被封于巫山，其精魂化为灵芝。怀襄，即楚怀王和楚襄王。楚国诗人宋玉写成了千古传颂的"高唐赋"和"神女赋"。

<h1 style="text-align:center">（二）</h1>

紫竹萧吹引凤来，龙宫少女正徘徊。

清音掩抑云遮月，尖指轻柔泪洒槐。

信誉催诚登绝壁，灵芝治病去凶灾。

东床不就悲哀至，思女悠悠耸柱台。

注：传说有一年轻的采药人，常吹紫竹萧，龙女在树下偷听。龙女便将母亲有病之事告诉了采药人，年轻人采来灵芝医好了龙女母亲病，龙女便以情相许，遭龙母反对，关押龙女。采药人苦苦思念龙女，便化作了一座山峰。

咏玫瑰花

玫瑰似血绮罗居，也取红枝示爱书。

月季开花从月月，好娥展艳也好好。

同宗友善群颜乐，异姓和谐众朋誉。

有刺终因强妄意，留心过密反遭疏。

注：红玫瑰代表热情真爱；黄玫瑰代表珍重祝福和嫉妒失恋；紫玫瑰代表浪漫真情和珍贵独特；白玫瑰代表纯洁天真；黑玫瑰则代表温柔真心；橘红色玫瑰友情和青春美丽；蓝玫瑰则代表敦厚善良。

咏珍珠花

春来焕发几重芽，洁白花苞密坐桠。

健胃和脾明眼力，清肠解毒去凶邪。

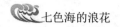

枝条细细鞭妻妾，锦绣声声唤老爹。

地覆天翻时代变，如今手舞劈男丫。

注：闻过去用珍珠花枝条抽打妻妾，以示男权。

咏瑞圣花

国运昌宁示太平，秋花绽处若繁旌。

身因娇贵从皇室，旨意隆恩得圣荣。

嬉嬉如桃皆四出，丛丛比艳互依生。

请来仙女傍私宅，但愿年年世道清。

注：太平花，九百多年前，四川人称其"丰瑞花"，《广群花谱》称"太平瑞圣花"，清道光皇帝改称太平花，为珍品名卉。

咏合欢花

枝头绿叶映花红，腼腆蛾眉发髻松。

未在妆台施粉笔，终从朝露敛清容。

晨开夜合含羞色，墨舞诗吟忘转钟。

七月流萤追月暗，篷窗烛影意朦胧。

注："合欢"寓意"言归于好，合家欢乐"之美意，合欢花象征永远恩爱、两两相对、是夫妻好合的象征。

咏百花

王母生辰令似雷，嫦娥献谑百颜开。

魔心降世李唐乱，武后登堂节令哀。

玉帝威严鞭众艳，牡丹谪贬落尘埃。

轮回曲折从天道，苦炼重修镜里来。

注：《镜花缘》第四回"吟雪诗暖阁赌酒挥醉笔上苑催花"中，写武后冬日游上林苑，喝醉后乘着酒性，下令百花齐放。独牡丹花知此事有悖常事，未及时开放。

咏牡丹花

（一）

曾遭谪贬赴西京，不愿违天未奉令。

落地生根呼贵气，含苞结子吸甘精。

长成绝艳无双色，享得神名空万城。

但等春深颜尽展，偕妻直去洛阳行。

注：牡丹花被拥戴为花中之王，寓意高洁、端庄秀雅、仪态万千、国色天香、守信。

（二）

鹦哥送子已成奇，北下邙山续善慈。

得报生儿心觉孝，诚医病母石磨匙。

仙翁有意除灾妄，丸药真情发梗枝。

遍野姚黄和赤叶，京城一路贡车移。

注：姚黄和赤叶乃牡丹中之最，常作贡品。

咏木笔花

辛夷一簇映清纯，木笔千枝叶望春。

惹得文儒吟绝唱，更兼玉罐煮冰津。

彝童熬水施仙手，愚子回心化激情。

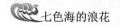

幸有樵夫慈解意，方能拯救跳崖人。

注：木笔花，又名木兰花，也称辛夷。其花蕾大如毛笔头，故有木笔之称。

咏洛阳花

难赴洛阳寻故人，春来处处伴君身。

紫红粉白花知意，南北东西友识真。

闪闪绒光如母爱，葱葱瓣叶似嘉宾。

天酬凤露终言美，不及乳浓还欠醇。

注：洛阳花，乃石竹。

咏兰花

芝兰庙畔有兰歌，屈子遭羞跃汨罗。

九畹溪边留倩影，四君子里展婆娑。

风骚独领香花叶，文采从长道德科。

惹得名流多笔墨，高吟远唱竟成河。

注：九畹溪曾是爱国诗人屈原进京为左徒前开坛讲学、植兰修性之地，"余既滋兰之九畹兮，又树蕙之百亩"。

咏琼花

为睹奇葩辟运河，真颜未见命蹉跎。

冰清玉洁非夸口，绰约仙姿本是娥。

太守诵诗亭里醉，文人作序庙边磨。

琼花做得杨州婿，万木霜天竞放歌。

注：又称聚八仙、蝴蝶花，与昙花相似，像牛耳抱珠。传说隋炀帝就是为到扬州赏琼花而下令开凿了大运河，王世充则因画出了琼花图被隋炀帝赏识，从此飞黄腾达。

咏梅花

（一）

霜天百炼始成颜，雪压东风尚未还。

先向人间飞暗露，再留傲骨作痴顽。

枝弯尽显年弥久，梗朽终添岁月艰。

总道曾经仙界住，谁知以往也清清。

注：梅花是中国十大名花之首，与兰花、竹子、菊花一起列为四君子，与松、竹并称为"岁寒三友"。在中国传统文化中，梅以它的高洁、坚强、谦虚的品格，给人以立志奋发的激励。在严寒中，梅开百花之先，独天下而春。

（二）

飞出瑶台已忘年，却偷丹药换仙胎。

册书覆盖千门柜，残卷描装百只船。

都道梅花风骨傲，谁知肌体冷冰穿。

故怜夏日荷花苦，一任骄阳烈火煎。

咏海棠花

玉女尊花入月宫，钟情御苑意冲冲。

胭脂展色如西子，落日施颜似粉红。

石杵锤盆飞俗世，海棠展叶演葱茏。

无香但觉更幽寂，举烛挑灯到绿丛。

注：海棠花妖娆艳丽，"其花甚丰，其叶甚茂，其枝甚柔，望之绰如处女"，因之被人誉为"花中神仙"。西府海棠更显姿态潇洒，落落大方，光彩灼目，不同凡响。

咏杏花

懒懒春寒看晚霞，红苞绽放粉红葩。

少时变得无瑕玉，未几飞成素色纱。

碌碌终生愁去急，茫茫万片落从斜。

未知白蝶飘多久，快赏阳春二月花。

注：杏花在中国传统中，是十二花神之二月花，足显地位之高！

咏芍药花

玉交枝上比娇绡，几度春风几度妖。

只是杯中将已尽，任由邻里总分凋。

微微唱得声吹拂，娓娓吟来魄拽摇。

后相淡含多楚楚，欲将翠艳缀丝条。

注：古人评花：牡丹第一，芍药第二，谓牡丹为花王，芍药为花相。其花语是依依惜别，有亲朋好友要出远门的时候，可以送他一枝芍药花。

咏茉莉花

娇艳从身何处栽，仙妃幸得下瑶台。

当如檀木燃烟起，疑似沉香袭气来。

云白苍苍飞月窟，芬芳阵阵吐新梅。

珍珠一串赠相好，恩爱年年共烛陪。

注：传说茉莉花在真娘死前没有香味，死后其魂魄附于花上，从此茉莉花就带有了香味，所以叫茉莉花又称香魂，茉莉花茶又称为香魂茶。许多国家将其作为爱情之花，青年男女之间，互送茉莉花以表达坚贞爱情。

咏芙蓉花

秋到此花宜为媒，霓裳一日既三裁。

晨穿素色城将倾，午着桃红雁欲回。

待到黄昏更艳丽，相看喜鹊也依偎。

风霜不拒真君子，幸有消愁树木栽。

注：芙蓉是初秋的代表性花卉，白色优雅的花瓣会在一天之内变换为桃色的"醉芙蓉"，是十分有趣的花。她代表纯洁的恋爱。

咏笑靥花

谁眯酒窝分两边，英姿窈窕信风翩。

因疑姒喜难逢笑，终看燕飞轻舞颠。

翠绿枝头飘素雪，晚春丛里拨丝弦。

秋凉已是橙黄日，满把波光照眼前。

注：笑靥花，正名：李叶绣线菊，一名御马鞭。

咏紫薇花

人说紫薇真害羞，微揉肌体叶啾啾。

初开雏蕾难看脸，掩盖朝云怕挠头。

因有花期三月过，终将艳丽半年留。

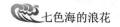

秋风习习寒风至，再握枝条视子眸。

注：紫薇，别名：痒痒花、痒痒树、紫金花、紫兰花、蚊子花、西洋水杨梅、百日红等。

咏含笑花

醇香久远未矜娇，只用芬芳缠细腰。

叶似樱桃含齿抿，花如少女掩唇摇。

频频碎步钗能静，细细蛾眉色不妖。

几度斜阳凭眼望，甜心欲醉逐风飘。

注：花语为"矜持、含蓄、美丽、庄重、纯洁、高洁、端庄。"

咏杜鹃花

子规啼血是何因？春望望春春已新。

蜀帝思餐臣眷貌，西山道化杜鹃身。

声声惨惨心胸颤，处处殷殷火焰匀。

梦绕魂牵长久去，年年苦唤意中嫔。

注：又名映山红、山石榴。花语为"繁荣吉祥，坚韧乐观，事业兴旺。"

咏玉兰花

一片清香演玉箫，飞来素蝶扑枝条。

暖风化雨新芽出，龙女生根早雾浇。

多少文章书远意，千年艳魄度今宵。

春来朵朵亭亭立，敢用鲜花送爱娇。

注：玉兰花代表着报恩。

咏腊梅花

都道红衣配绿妆，此君花叶却参商。

雪飞冬日逢寒客，露落枝头泛异香。

一旦黄莺开笑意，千姿蜡蝶舞霓裳。

欲言又止含羞涩，已是馨香满树霜。

注：其花语之一为，慈爱之心，高尚的心灵。

咏水仙花

面照山泉恋自身，衔塘抱影化香醇。

虽言简朴泥盆旧，却在寒冬玉骨银。

渴饮瓜瓢清水许，衣从日月正风新。

玲珑剔透芬芳溢，只道知恩报育嫔。

注1：水仙别名凌波仙子、金盏银台、落神香妃、玉玲珑、金银台、雪中花、天蒜等。

注2：希腊神话传说，水仙原是个美男子，他不爱任何一个少女。有一次，他在一山泉饮水，见到水中自己的影子时，便对自己发生了爱情。当他扑向水中拥抱自己影子时，灵魂便与肉体分离，化为一株漂亮的水仙……

咏木莲花

屋角乔枝次第高，窗帘扯起复眉毛。

新人弯指香花摘，幼雀凭肢翠叶逃。

泛起惊魂心有怯，传来馥郁雾从醪。

冰清雪白充豪气，已见忠贞比石牢。

注：为木兰科木莲属植物。又名黄心树。

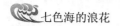

咏素馨花

馥郁清新也惜惺，终如弱女实娉婷。

花枝纤细柔情寄，屏架刚强软颈停。

陆贾西蕃留种子，宫嫔发髻插温馨。

因言婉转身心美，确可赢来铁汉听。

注：花语为，白素馨——和蔼可亲，黄素馨——优美、文雅。素馨花，原名耶悉茗，相传是汉朝陆贾从西域带来的。

咏结香花

西屋塘边一束花，低垂凤眼黛眉斜。

枝头打得千重结，梦里翻穿七彩纱。

暇念辰时成眷属，神思子夜坐婚车。

请卿不忘多期望，幸运开门找好家。

注：结香花树又名梦树。因花在未开之前，所有花蕾都是低垂着的，像是在梦中一样，人们据此称其为"梦树"。

咏铁树花

一丛凤尾一青葱，展出英姿显硬功。

冬雪纷飞坚挺直，春风发达绿松蓬。

雨淋翠叶雷催雨，弓引钢身雾挽弓。

岁月方知忠厚意，何愁甲子遇花丰。

咏碧桃花

桃花坞里桃花盛，欲览仙都石堵门。

只怨中丞行霸道，堪称陈碧感乡恩。

强身练艺壮筋骨，握凿抡锤铸铁魂。

力竭心殚流尽血，殷红化树已生根。

注：关于碧桃，有一个和桃花源有关的传说。据说原来桃花源的洞门是敞开的，有个叫作郭公的中丞相想要独占这桃花源，被神仙知道了，神仙发了怒想用一块巨石将洞口封住，从此洞口就再也没有打开过，老百姓也再也不能进入桃花源了。后来有个穷苦的孩子叫作陈碧，他知道此事后，就下定决心要凿开洞门，可他的身子细嫩，力气又小，怕是没办法凿开洞门。他就想先去学艺，再回来凿开洞门。陈碧先后和毛驴、老虎以及一个老人学艺，当他学成之后，就去凿开洞门。可是绯红色的桃花已经开了十次了，桃花源的洞门还是没有凿开。在筋疲力尽的时候，陈碧的手里流出了一滴滴的鲜红的血，陈碧把流血的手甩了甩，那鲜血就沾到了桃树的枝头上去了，变成一个个小小的花苞。花苞慢慢地展开，花瓣开得一层又一层，十分美丽。陈碧流干了最后一滴血，就变成了桃树林里最大的一棵桃树，也就是美丽的碧桃花。

咏绣球花

痴情苦恋道何因，不为钱财不赚贫。

勇敢能摧妖袭眷，真情复迎喜临身。

枝生绣球飞鸾凤，血染花囊看挚宾。

闪烁灵光生敬意，飘来信物眼中人。

注：绣球花又名八仙花，其传说与八仙过海有关，人们知道这种花儿是八仙带来的，便亲切地叫它"八仙绣球"。花语为：希望、忠贞。

咏木兰花

依墙一丈小身腰，不惧春寒浅紫烧。

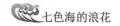

素韵逍遥仙子舞，幽诚飘逸后生摇。

仁慈化为情高洁，爱泪催成色艳娆。

白雪纷扬风逐絮，勤劳花艳永难凋。

注：木兰花是著名的早春观赏花木，早春开花时，满树紫红色花朵，幽姿淑态，别具风情，木兰花花语：灵魂高尚。

咏秋海棠花

此花许是上天来，婀娜多姿艳丽开。

凤眼红红秋韵脸，淡眉绰绰柔情腮。

水晶玛瑙流层蜡，翡翠榴裙染悯哀。

望断千方云万里，只留珠泪在梳台。

注：古人称它为断肠花，借花抒发男女离别的悲伤情感，花语就便有"苦恋"了。

咏刺蘼花（荼蘼花）

一路春来有百花，难言此后到谁家。

醇香已醉再无酒，事到如今莫怨桠。

浩荡心声倾也尽，孤舟水漪逐成斜。

淡云细雨临衣落，莫叫黄昏不沏茶。

注：古人给荼蘼取了不少好名字：佛见笑、百宜枝、独步春、琼绶带、白蔓君、雪梅墩等。荼蘼花是春天最后开花的植物，它开了也就意味着春天结束了，故有"三春过后诸芳尽"之句。

咏玉簪花

一路吟歌赏百葩，眼前此刻是何家？

身虽矮小橙红果，叶自葱茏洁白花。

翠绿应当追好梦，姑娘且去护新芽。

明春若要祥云到，九月来时压粪渣。

咏木棉花

冰雪临枝自不弯，多从战地斗蕃顽。

豪情万丈能驱魔，勇气千钧可护山。

谢幕瑶台身有直，别离世俗眼无潸。

凌云意志人称颂，也送温馨迎暖还。

注：木棉树的花呈鲜红色，就像用英雄的鲜血染成的，故被称之为英雄树。木棉花的花语是珍惜你身边的人，珍惜你眼前的幸福，不要在失去后才追悔莫及，那时一切为时已晚。

咏凌霄花

何人造得有高梯，欲上青天化彩霓。

附势趋炎充犬走，遛须拍马作猿啼。

依山傍水身当健，舞蝶留蜂色要迷。

展尽三头穷六臂，根应着地且需泥！

注：凌霄花借气生根攀缘它物向上生长，可以活血化瘀、解毒消肿，能医治风湿性关节炎、跌打损伤等疾病。

咏迎辇花

奉旨吟歌有憨生，司花女子执花呈。

清香一缕留弥久，薄叶双苞逞艳盈。

幸得皇车来得巧，才逢姓氏起成精。

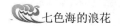

檄文未就芳言出，一世英名直到京。

注：迎辇花，花名。唐颜师古《隋遗录》卷上："洛阳进合蒂迎辇花，云得之嵩山坞中，人不知名。采者异而贡之。会帝驾适至，因以迎辇名之。粉蘂，心深红，跗争两花。枝干烘翠类通草，无刺，叶圆长薄。其香气穠芬馥，或惹襟袖，移日不散，嗅之令人多不睡。"

咏木香花

一任芳菲十里追，春残夏至可登台。

柔身引体凭栏倚，茂叶随风杂梗堆。

玉帝巡游花垫脚，纱巾揭去粉涂腮。

枝条摘下瓶中插，满屋清香艳女来。

注：在传说中，它是玉皇大帝外出时的乘撵上的装饰花瓣，只因为它的香气，让人爱不释手。木香花的花语就是：我爱你，所以愿意为你。

咏紫荆花

路边乔影有高低，叶片圆开似未蹄。

荫绿丛中生粉色，冬春季里出红迷。

五星照耀金光道，两制分飞互利题。

本是同根源一国，和谐发展晓鸡啼。

注：晋代文人陆机有诗云："三荆欢同株，四鸟悲异林。"后来逐渐演化为兄弟分而复合的故事。紫荆把根深扎于百姓人家的庭院中，一直是家庭和美、骨肉情深的象征。紫荆花是香港的区花，也是清华大学的校花。

咏蔷薇花

月有阴晴运不停，花开瓣落满芳庭。

形虽瘦弱容颜美，身自倔强风骨馨。

月季终成花月貌，玫瑰总似彩玫灵。

风吹展得身姿艳，不负春光蜂蝶醒。

注：蔷薇的花语：美好的爱情，爱的思念；美德。

咏秋牡丹花

仙子痴情欲苦行，多情道是有真情。

身躯赴死流悲泪，血酒交融出野晶。

习习齐吹开朵朵，徐徐暗扫落英英。

欲酿美酒需诚意，萍水相逢总谓轻。

注：别名野棉花。秋牡丹花花语：生命、期待、淡淡的爱。

咏锦带花

织女何时织锦绸，春风欲走挽还留。

妆成衽袂随身拽，系得带绦趋步流。

点缀红兰欺彩霞，添来紫绿笑蜂牛。

明年若在庭园种，日日仙姬引蝶游。

注：锦带花的花语是前程似锦、绚烂和美丽、炫如夏花。在我国，有一个成语："前程似锦"。前程似锦一般形容前途如锦绣一样美好，是一个祝福的词语，寓意美好的未来之路就如锦带一般花团锦簇，充满诗意，这也是在说人生的美好。当要对别人表达自己的祝福的时候，一枝锦带花，就能抵过千言万语。

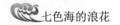

咏玉蕊花

婉转英容秀鬊垂，香闻十里竟千吹。

羽衣缓步飘摇去，枝梗轻风反复追。

凡俗难明仙子貌，文人已写女姬诗。

娇花起得娇花名，多少传言世上知。

注：唐代传统名花，后失传。相传，在长安兴业坊，因唐明皇有昌观公主女下嫁于此，故有唐昌观之地名。唐昌观有玉蕊花一株，据说，为唐明皇之女唐昌公主亲植。每当花发若琼林瑶树，有关此花，曾流传过一则神话。

咏八仙花

瑶池王母宴蟠桃，今有八仙穿彩袍。

一路洞箫吹百首，满篮花瓣落千绦。

鸟鸣谷雨风光美，气袭寒霜闺阁熬。

若愿枝头千蕾立，肥丰水透尽操劳。

注：八仙花取名于八仙的故事，故寓意"八仙过海，各显神通"，此花被比喻为：希望、健康、有耐力的爱情、骄傲、冷爱、美满、团圆。

咏子午花

曾有别名滴滴金，秋风起拂既操琴。

浅黄朵朵遮阳伞，淡绿芊芊献爱心。

湿地田旁皆处所，粗茶便饭有知音。

为民请命长生乐，犹似钗钚伴玉簪。

注：别名飞天蕊，金钱花，野油花，滴滴金，夏菊，金钱菊，艾菊，迭罗黄，满天星，六月菊，黄熟花，水葵花，金盏花，旋复花，小黄花，猫耳朵花，驴耳朵花，金沸花，伏花，全福花，等有药用价值。

咏青鸾花

春分种下数丛苗，暖暖烟云展赖腰。

浅水操劳青叶绿，微风起拂玉体娇。

欲知面目需临影，想探心思可奏箫。

送爽来时青鸾现，推门趋步唱童谣。

注：原产南非，夏日叶腋抽花梗，开漏斗状的花，黄色或梧黄色，有香味。

咏石榴花

无心弃籽在瓷盆，却看逢春吐绿魂。

仔细移栽留屋角，经年发育便生根。

暖风吹过榴花锭，雨水摧成硕果存。

且喜堂前孙绕膝，家宁国富享天恩。

注：石榴，既可观花又可观果，小盆盆栽供窗台、阳台和居室摆设，大盆盆栽，可布置公共场所和会场，地栽石榴适于风景区的绿化配置。花语：无私，付出。

咏瑞香花

庐山锦绣出奇芳，万紫千红寺畔藏。

朵朵鲜花羞艳丽，甜甜小子喜风光。

明皇选秀充宫婢，爱燕从飞折翅膀。

但愿成双霄汉去，唯留世代唤名香。

注：是我国传统名花。因其植株矮壮，树形自然而潇洒，故又称蓬莱花、风流树。瑞香的花语是祥瑞、吉利。传说李时珍采百草时，在香甜的睡梦中识得有药用价值之此花，便将这种花朵取名为"睡香"。后来睡香的名气越传越广，人们都争相引种，并将其视作祥瑞的征兆，于是就改名为"瑞香"。

咏荼蘼花

繁华总有尽头时，酣醉应书未唱诗。

开到荼蘼无艳色，当需菊桂展新姿。

铭心刻骨早筹划，炫丽奢华快避危。

一旦情愁钟点到，急临抱佛苦行迟。

咏月季花

庭院深深气象新，嫣红姹紫醉嘉宾。

一年四季从春色，满梗千苞化异珍。

百态含羞开次第，随时怒放逐芳茵。

天教月月女皇到，却忘冬寒会袭身。

注：月季原产于中国，有二千多年的栽培历史，相传神农时代就有人把野月季挖回家栽植，汉朝时宫廷花园中已大量栽培，唐朝时更为普遍。月季花是华夏先民黄帝部族的图腾植物。为中国十大名花之一。月季被誉为"花中皇后"，而且有一种坚韧不屈的精神，花香悠远。作为爱情的信物，爱的代名词，是情人节首选花卉。

咏夜来香花

灌木丛中驻瘦条，暖风着力梗枝摇。

太真玉液肌肤软，赵燕香囊胸颈缭。

侧处芽苞随叶瓣，身旁蝴蝶舞花腰。

繁星闪闪霞光收，最是甜醇七魄消。

注：传说是仙女的玉簪，化成了会在夜晚的时候散发出浓浓香气的花朵，尤其是在月光下面。所以人们又给了它夜里情人的美称。夜来香代表着危险的快乐，和危险的爱，或者是危险的浪漫。

咏罂粟花

七分窈窕几分凉，美丽毒蛇名已扬。

花朵何当担罪恶，瘾君理在坐班房。

吗啡镇静除疼痛，鸦片临床压痫狂。

媚惑人心非本质，还需辨别短和长。

注：罂粟是制取鸦片的主要原料，同时也是多种镇静剂的来源，如吗啡、蒂巴因、可待因、罂粟碱、那可丁。罂粟籽是重要的食物产品，其中含有对健康有益的油脂，广泛应用于世界各地的沙拉中，罂粟花绚烂华美，是一种很有价值的观赏植物。

咏石竹花

遥看锦绣铺成毯，近见明霞落玉桠。

疑是天仙挥首饰，织成彩服着精华。

风来摆臂酬宾客。雨到低头唱咳呀。

泼墨吟诗描节节，举杯斟酒品名茶。

注：石竹花又称洛阳花、石柱花，石竹花种类较多，花色鲜艳，花期也长，盛开时五颜六色，绚丽多彩。石竹花语：纯洁的爱、才能、大胆、女性美。

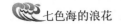

咏蓝菊花

已展澄心画菊花，也将紫定种仙葩。

访来白色扶回屋，让出阳光育在家。

但见蓝君真佛面，喜逢粉黛是精华。

相看恨晚秋将去，护好根须待发芽。

注：可能是虚拟的蓝色的菊花，蓝菊花花语可能是稀有珍贵忧郁忧伤。

咏丁香花

黄昏已上玉人楼，月影清撩美女愁。

几盼东风传喜讯，空飘冷露到床头。

丁香结子思长别，绣帛凝脂叹苦流。

体弱还遭蒙怨屈，因诗写就受冤羞。

注：丁香花，木樨科丁香属落叶灌木或小乔木。因花筒细长如钉且香故名。丁香花的花语：纯洁的初恋！

咏棣棠花

半卷帘栊半卷春，乍临芳草路边新。

黄金作带添娇绿，燕子衔泥逐翠茵。

欲赋新诗寻好句，思开老坛有香醇。

棣棠锭放幽情起，驻足扶枝忘手巾。

注：棣棠花枝叶翠绿细柔，金花满树，别具风姿，可栽在墙隅及管道旁，有遮蔽之效。宜作花篱、花径，群植于常绿树丛之前，古木之旁，山石缝隙之中或池畔、水边、溪流及湖沼沿岸成片栽种，均甚相宜。棣棠花的花语就是高贵。

咏迎春花

欲遣春来第一霞，飞临普通市民家。

金腰扭动人称美，倩影飘浮月赞嘉。

无意寒中欺百艳，愿从雪里唤群葩。

千花万卉芬芳后，隐姓埋名品早茶。

　　注：别名迎春、黄素馨、金腰带。与梅花、水仙和山茶花统称为"雪中四友"，是中国常见的花卉之一。迎春花不仅花色端庄秀丽，气质非凡，具有不畏寒威，不择风土，适应性强的特点，历来为人们所喜爱。其花语为相爱到永远。

咏千日红花

毋当碌碌千年鬼，愿做殷殷百日红。

蜂蝶飞葩消琐碎，和风拂面去朦胧。

今天会见成知己，是日相逢摆酒盅。

管鲍能留长久谊，花茶合炼有奇功。

　　注：别名万年红、千日白、球形鸡冠花、千日红，有很大的药用价值，是适合清热、去火、养生的花茶的原材料。古时候的人们把千日红花看作是真挚友情的象征，许多佳话因此广为流传。

咏剪春罗花

春风二月织丝罗，方下剪刀修粉娥。

着意翻新溶绿蜡，随心就俗化干戈。

时光易逝英年短，烟酒能消岁月多。

先把蓝图描绘好，志坚心明造巍峨。

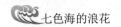

注：别称"剪春罗"、"剪夏罗"、"剪红罗"、"雄黄花"、"碎剪罗"等，有着剪不断的美丽与哀愁。

咏夹竹桃花

疑是桃花不结桃，看如竹子也无绦。

庭园路旁留丰影，屋角围墙出快刀。

夏日红颜生笑意，雨中绿梗复清袍。

修成玉体冰心洁，鸟雀栖枝纵颈号。

注：夹竹桃的叶片如柳似竹，红花灼灼，胜似桃花，花冠粉红至深红或白色，有特殊香气，花期为 6-10 月，是有名的观赏花卉。花语为咒骂，注意危险。

咏荷包牡丹花

误作牡丹枝叶姣，浓妆粉裹似荷包。

无声绿梗因孤寞，未语柔条只怕嘲。

艳惊洛阳空屋宇，纷飞蝶梦落荒郊。

清新玉露兼低树，思绪任凭向雀巢。

注：据说在曹州牡丹乡，至今还流传着一个与荷包牡丹有关的忠贞不渝的爱情故事。荷包牡丹花的花语为不可预知的死亡和绝望的爱恋。

咏西番莲花

此花应是外星来，冠似圆盘若蝶回。

恐遇奇人留造化，惊逢异域出精醅。

酿成美酒迎宾客，炼得仙丹去悲哀。

互助交流从互利，和谐世界建平台。

注：起源于南美洲，为多年生常绿草质或半西番莲又名鸡蛋果或百香果，木质藤本攀缘植物，亦有"热情之果"的雅称。

咏金丝桃花

金丝锈得细纤长，绿叶丛中出杏黄。

互衬偏从锋刺直，相依却在梗尖光。

亭亭玉立繁星布，片片裙飘众蝶狂。

道是人间真有幸，能观美女舞新妆。

注：又叫狗胡花，金线蝴蝶，过路黄（四川奉节），金丝海棠，金丝莲、土连翘，为藤黄科金丝桃属植物，半常绿小乔木或灌木：金丝桃的花语：迷信、复仇、娇媚哀婉。

咏剪秋罗花

山林草甸已周游，也借瓷盆染夏秋。

姐妹同胞三两共，弟兄堂表单孤留。

风刀剪切罗边裂，子房长圆柱上抽。

只怨坚强无有识，终生独美泪空流。

注：剪秋罗花，别称"剪秋纱"、"汉宫秋"。

传说褒姒进了周幽王的后宫后，一直眉头紧锁，周幽王用尽各种办法，只为求褒姒一笑，于是，便让人备好上等的丝织品摆在褒姒面前，并命令手下将这些丝绸尽数撕裂，欲以裂声博取一笑。褒姒依然不为之所动，以后便演出了"烽火戏诸侯"的一幕。

咏十姊妹花

同胞姊妹列成行，紫白朱红彩蝶妆。

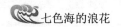

窃窃私聊闺女事，羞羞自隐绢巾香。

深浓苦掩相思泪，浅淡难遮远别伤。

了却姑娘心底怨，谁能告达小儿郎？

注：花似蔷薇而小，白色，重瓣丛簇多朵聚生，一蓓十花左右，故有此名。

咏丽春花

花从茎顶一枝开，起伏随风舞动来。

叶似筒蒿流乳液，绸添彩色化浓醅。

桃红紫白颜如玉，才子佳人喜为媒。

若问因何遭小议，依稀带毒受疑猜。

注：丽春花又名仙女蒿、虞美人、赛牡丹，系罂粟科，一、二年生宿根草本。

咏山丹花

亭亭少女垂羞脸，晚向春终出苦关。

朝露轻飘蝴蝶舞，徐娘半老后生闲。

山丹解得无芳去，早夏相知有艳还。

蒂落时间君惜未，苍苔委瓣可潸潸？

注：山丹花是百合科草本植物，花春末夏初开放，花下垂，花瓣向外反卷，色鲜红，有光泽，具清香，甚美丽。

咏玉簪花

仙女何将宝盒寻，从天掉落野郊林。

珍珠翡翠黄金镯，玛瑙钗钚碧玉簪。

对镜梳妆收发结，呼君抹粉染衣襟。

错将底色当唇露，幸好请安微发音。

注：又名白萼、白鹤仙。是百合科，玉簪属的多年生宿根植物。花语脱俗、冰清玉洁。

咏金雀花

暖暖春风醒百花，缤纷七彩映朝霞。

清醇阵阵鼻先觉，金色浓浓目已斜。

雀翅初飞凭绿叶，红晕复耀舞新芽。

山林鸟语娇香溢，蛋合黄莺进万家。

注：盛开的花朵，如展翅欲飞的金雀，满树金英，微风吹拂，摇摇欲坠，甚为悦目。金雀花的花语和象征代表意义：幽雅整洁

咏栀子花

庭园栀子已开花，却似太清飞玉葩。

暑夏风吹香欲醉，夕阳艳照影还斜。

千枝蕾露酲红粉，一梗头簪醉女丫。

绿水舟游观景色，杯中正泡雨前茶。

注：栀子叶色亮绿，四季常青，花大洁白，芳香馥郁，又有一定耐荫和抗有毒气体的能力，故为良好的绿化、美化、香化的材料。可成片丛植或配置于林缘、庭前、庭隅、路旁，植作花篱也极适宜，作阳台绿化、盆花。花语坚强、永恒的爱、一生的守候。

咏真珠兰花

幽兰气袭太真羞，何况真珠挂上头。

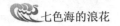

手执茶杯香味溢，耳听好友赞言流。

当初未把君留住，今日方知客远游。

遇得佳人需爱惜，千机错过即无求。

注：因其花朵像粟珠和鱼子，其花序似鸡爪，故得名。珠兰枝叶碧绿柔嫩，姿态优雅，夏季家庭养殖，花香浓郁，适合窗前，阳台、花架陈列，馥郁盈室，令人心旷神怡。

咏佛桑花

雄鸡一唱扶桑起，寺院门前斗艳红。

施主焚香供佛祖，方僧闭目转经筒。

叶从深绿飘慈雾，花吐姚黄锈黼蓬。

但等阳光归细柳，虚空已至复朦胧。

注：中文别名：佛桑、朱槿、赤槿、日及、佛桑，红木槿、桑槿、吊钟花、火红花、照殿红、宋槿、二红花、花上花、土红花、假牡丹、吊兰牡丹、中国蔷薇等。为马来西亚国花，南宁市市花。花语：新鲜的恋情，微妙的美。

咏长春花

叶色苍葱泛绿光，花颜质丽展期长。

终将爱恋求知己，总把青春梦别乡。

世上真情能至善，人间暖意可留香。

应如日日红高照，好把仁慈大发扬。

注：别名金盏草、四时春、日日新、雁头红、三万花。花语：愉快的回忆。

咏山矾花

独恋荒郊不恋庭，贫寒不弃守清宁。

香风七里名声远，山矾千岭色彩青。

可用黄坛寻润液，能将翠叶化新形。

劝君改变陈旧念，何必孤芳总寡零。

注：据传山矾名字的来历，是北宋时期著名诗人黄庭坚予以命名的：江南田野中有小白花，香气扑鼻，山野之人称之为"郑花"，王安石曾经想栽培、作诗，却忘了名字，于是黄庭坚建议命名为"山矾"，原因是人们不借用矾石，用此把服装染黄色，以此得名。

咏宝相花

宝相声名已远行，仙图美丽俗尘惊。

佛登三界莲台座，瓣展四周蓬荜旌。

华丽雍容成圣洁，吉祥富贵有神明。

龙袍凤袄多添喜，唐服宜增民族晶。

注：宝相花又称宝仙花，传统吉祥纹样，盛行于中国隋唐时期。吉祥三宝便是集中了莲花、牡丹、菊花的特征，经过艺术处理而组合成的图案。

咏木槿花

（一）

历山脚下长灵木，每至夏秋花烂漫。

四害逞凶移槿死，三仙遇帝抚枝欢。

谢恩讳舜恩公称，施礼芙蓉礼节宽。

倩影飘飘无找处，床前月色照阑干。

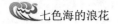

注：传说上古时期，古帝丘东有一座丘岭，名历山。山脚下生长着三墩木槿，郁郁葱葱，一到夏天和秋天，开满鲜花，烂漫极了。有一年孟秋时节，"浑沌"、"穷奇"、"木寿机"、"饕餮"这"四凶"也前来观赏。见到这么美丽的景色，萌生了想要据为己有的恶毒想法，进行了一场争夺木槿的战斗。最后，三墩木槿刨倒了，花朵枝叶却迅速的枯萎凋落。然后"四凶"便垂头丧气的离开了。虞舜听到后赶过来，并招呼农夫扶起木槿，浇水灌溉，然后奇迹出现了，木槿再次活了过来，像之前一样绽放着美丽的花，他和农夫都很开心地笑了。木槿复活那天，虞舜在梦里遇到了三位仙子，立即行礼，可是仙女却笑了，说姊妹已经以恩公的讳舜为姓，来报答大恩大德，然后便消失了。虞舜移居负夏后，分墩移植到新城里，践天子位后又移植蒲姑，木槿枝繁叶茂，繁花似锦。

该诗即以此传说而写成。

（二）

晨开夜合吐新颜，美貌荣华瞬息还。

夏日缤纷呈气象，朝阳放纵见斑斓。

艰辛泰若弥坚志，红火从容苦乐关。

情义应当无价物，亲朋好友共移山。

注：木槿花、朝开暮落花，木槿的花语是"温柔的坚持和坚韧"、"美丽永恒"。

咏蜀葵花

屋角庭园任意栽，初秋季节露清枚。

长长枝梗丛丛出，累累花苞处处开。

汉武妃嫔遭宠幸，祭坛花朵缀成堆。

五光十色多鲜丽，却似仙姬入梦来。

注：原产于中国，因在四川发现最早故名蜀葵，其栽培历史悠久。

咏鸡冠花

红黄紫白色清新，貌若雄鸡唱晓晨。

冠似南阳摇羽扇，茎如偃月护龙麟。

头临烈日无畏色，根植贫穷也立身。

子女三千多黑亮，生芽发达在明春。

注：中文别名：鸡髻花、老来红、芦花鸡冠、笔鸡冠、小头鸡冠、凤尾鸡冠、大鸡公花、鸡角根、红鸡冠等。鸡冠花生长于秋天，火红般颜色、花团锦簇，似火的绽放着，人们因此赋予它"真爱永恒"的花语。

咏蝴蝶花

临风彩蝶千姿舞，缱绻含羞占绿丝。

因恋芳菲无意去，方停皱翅纵枝垂。

曾遭嫉妒身遭责，也做救星心最慈。

不是风流终见怪，是非曲直有明时。

注：蝴蝶花，之所以叫这个名字，是因为它形似蝴蝶。盛开时，远远望去像成群结队的蝴蝶，在微风中起舞，风过时又是一阵温馨清香，让人如醉如痴。据说蝴蝶花上的那块棕色，是天使降临人间之时，亲吻了它三次而留下的，也有种说法是当天使低头亲吻蝴蝶花时，天使美丽纯洁的容颜就被印在了花瓣上。蝴蝶花的花语是沉思，快乐以及请思念我。

咏秋葵花

金卮一盏迎新日，田埂数排逢晚霞。

暮对斜阳离别意，心从旁午烦昏鸦。

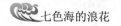

花开六瓣黄如蜜，叶出五尖爪似牙。

冷落黄莺无看客，风霜怎奈站前桠。

注：秋葵又名羊角豆、咖啡黄葵、毛茄，原产非洲，我国也有野生种。秋葵花也有花语，"为伊消得人憔悴"，"相思病"。也有说是"早熟"，花语不一。

咏红豆蔻花

华贵雍容应牡丹，芬芳倩亮数桃欢。

兰君桂子清香溢，月季芙蓉丽影漫。

聚焦年华红粉色，长成窈窕美仙姗。

花生叶旁身姿艳，只有青春最好看。

注：红豆蔻，又名红豆、红蔻、良姜子、大高良姜、大良姜、红扣等。红豆蔻的花，貌不惊人，但有清香味，奇特的是花瓣蜜腺之外，有两个相对的红色结构，不仅被民间看做爱情的象征，而且被称为"含胎花"，用来比喻少女。唐代诗人杜牧著名《赠别》一诗中把十三岁的美少女比作豆蔻，因杜牧此诗影响广泛，因此后世发展出"豆蔻年华"一词。

咏梨花

明月梨花透绿桩，灯台捧泪烛胭双。

书终乏力苦提笔，叶腐难支纵旧江。

岁月轮回还展艳，星辰往复不留梆。

应将美酒临窗饮，皓白如初魄异邦。

注：梨花的花语是纯真，代表着唯美纯净的爱情，但是也有谐音"离别"的意思。梨花的别名：玉雨花、晴雪、晴雨、淡客等。

咏藤花

藤枝一泻三千尺，紫蝶从天落世尘。

展翅随风飞洒脱，飘香袭客送甜醇。

花丛敬酒邀西子，叶瓣吟歌舞赵嫔。

日暮烟霞红半截，留存半截照榛榛。

注：紫藤适应性强，生长迅速，树形优美，花大而香，早已成为我国各地园林栽培中不可缺少的珍贵树种，具有很高的观赏价值，古代女子常作为发饰使用。

咏芦花

短笛声声欢乐曲，丝弦响处有和音。

空心鄙视吹东廓，守节尊崇做苏琴。

蕾供野食童稚趣，花成扫帚老叟寻。

柴扉御却寒风袭，火火余生实可钦。

注：芦花，即芦苇的花。生于河流、池沼岸边浅水中，分布于全国大部分地区。

芦苇的膜是竹笛发声的重要材料，芦苇的老花可做清扫工具"芦花扫帚"。

咏葵花

（一）

海洋仙女实痴顽，望穿双眼人未还。

却道新颜声笑靥，谁知故旧泪哀潸。

悲愁化作中烧火，愤恨随来几野蛮。

西落东升年复日，相思不断转成圜。

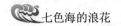

注：关于向日葵，曾有一个凄美的希腊神话传说。有一位海洋女神克吕提厄。她曾是太阳神赫利俄斯的情人，但后来赫利俄斯又爱上波斯公主琉科托厄。怒火中烧的克吕提厄向波斯王俄耳卡摩斯告发了琉科托厄与赫利俄斯的关系。耳卡摩斯下令将不贞的女儿活埋。赫利俄斯得知此事后，彻底断绝了与克吕提厄的来往。痴情的克吕提厄一连数天不吃不喝，凝望着赫利俄斯驾驶太阳车东升西落，日渐憔悴，最终化为一株向阳花（向日葵）。

（二）

葵花日日向阳开，吸得精华好作媒。

一片痴情成幼稚，千般愚戆变悲哀。

无需打量黄金貌，尽管猜疑黑白胎。

雨打风吹难变化，多生子女报炊台。

注：向日葵的花语是信念、光辉、高傲、忠诚、爱慕，向日葵的寓意是沉默的爱，代表着勇敢地去追求自己想要的幸福。

咏蓼花

已是深秋暮色斜，风微水绿宿归鸦。

芦条起伏飞黄叶，夕照朦胧看蓼花。

极目江天红混色，移身滩畔影遮沙。

笙箫远递凄凉调，应是离人未到家。

注：古人把蓼花形容为水上的火焰，并有"蓼花蘸水火不灭"的说法。因为蓼花如火一样的红色，所以古人又把蓼花叫作"红"，植物学家也把蓼花称为"红蓼"。其实蓼花还有个更古老的名字，听起来很有气魄，叫作"游龙"。

花语一：立志、思念，代表着人们内心对爱的执着与渴望。

花语二：离别之情，用此花表达心中对爱的渴望，以及不舍分离之情。

咏杨花

春丽暖香方起吹，河边杨柳作丝垂。

只因有序花飘落，疑是无情絮别离。

逐水随风君自爱，沾衣扑面我应知。

他时若是相逢日，不忘当初共折枝。

注：杨花实为柳絮。折柳送别是古人的一个习俗，形成这个习俗大概因为古代交通不方便，远行走水路居多，而水边多植柳树，折柳条最方便，而且柳者，留也，也更能表达送别者的依依惜别之情。

咏桃花

几度桃花几度开，粉红依旧故人哀。

楼空烛灭何时去？叶落声低哪处偎？

思绪频频追往昔，春风袅袅舞方才。

时光易过身将老，但愿明年好运来。

注：桃花是中国传统的园林花木，其树态优美，枝干扶疏，花朵丰腴，色彩艳丽，为早春重要观花树种之一。

咏草花

青青小草闪星星，万紫千红放不停。

春夏秋冬从七彩，东西南北也千形。

身虽低下无名辈，质自高风有性灵。

装点江山更亮丽，卑微之处见温馨。

咏菱花

夏日河塘对唱蟆，娇花出水涤清纱。

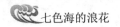

微风搅动粼波碎，绿草飘浮紫角遮。

古镜台前低柳叶，玻璃碟里盛甜瓜。

空盘只待郎君到，等把红菱带回家。

咏百合花

众多子女抱成团，抽出春苗变紫竿。

翠绿应连枝叶茂，白红混就夏秋阑。

终将鳞瓣充营养，也用鲜花比凤鸾。

一束牵来心意合，云裳起处戴金冠。

注：百合花姿雅致叶片青翠娟秀，茎干亭亭玉立，是名贵的切花新秀，以其宁静内敛的特点深受人们的喜爱。百合花又名强蜀、番韭、山丹、倒仙、重迈、中庭、摩罗、重箱、中逢花、百合蒜、大师傅蒜、蒜脑薯、夜合花等。

尾记

镜花缘里有奇香，一片红兰一片黄。

贵卉凌霜添傲气，娇葩染雪显张狂。

咏吟七律门初入，诗赞百花句自创。

现已书来成整集，还邀诸位论诗伤。

注：前之咏百花诗，是以镜花缘百花仙子之秩序而成。其注及说明，乃来自网络媒体，对提供信息的媒体深表谢意。若有表达不贴切或有误处，敬请指正。

七绝咏蟹爪兰

腿似横行但见青，红花露顶似精灵。

谁知脱俗翻风骨，始出峥嵘尽赞声。

看照片咏菊花仙子

梦里千回秀菊寻，排空驭气几光阴。

忽从醉酒银盘落，眼舞惺忪见剑琴。

绿萝赞

枝枝翠绿出奇葩，朵朵深红若早霞。

满体茸茸花着粉，周身艳艳瓣披纱。

雍容尽显清高态，华丽总生嫩滑芽。

博得名声先别喜，辛勤照护在谁家？

注：绿萝花很少见到，有幸一睹，方成此诗。

再咏水仙花

水清正可育奇珍，玉蝶黄莺笑太真。

不嫌贫寒羞奢侈，淡看傲慢向鲈莼。

瓜瓢浅陋生肌骨，卵石嶙峋见酒醇。

且答亭亭何为意？终因照护实艰辛。

咏蟹爪兰花

仙姬俯探向凡尘，识得人间已近春。

展就柔姿倾百态，畅开肺腑醉千宾。

九天纵落绸绫艳，万般张狂意气新。

只为羞名方脱俗，无肠公子化嫔身。

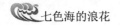

咏香祖兰花

浓醇馥郁沁心肌，已醉千妃抱枕移。

无愧香风封祖首，敢当高洁举旌旗。

涧边野露滋胎骨，幽谷甘精养倩姿。

世出寒门成娇艳，虽然秀众未骄持。

咏番红花

九月栽培二月花，兰黄紫白胜朝霞。

一家和睦亲相爱，百姓欢欣看瓣芽。

矮小身躯金低首，珍奇蕊柱药升华。

严寒不惧难从暑，柔美雅姿人最夸。

咏旱金莲

攀棚附架展芳心，脸染深红底打金。

似蝶如蜂随处舞，依黄恋绿自如吟。

岭西辛料徐徐选，塞外清茶慢慢斟。

萧后因将花粉用，容颜亮丽众人钦。

咏球兰

重叠五星心最红，相依朵朵感情丰。

高低有序羞随意，纪律严明好立功。

协作终成千般力，孤骄不敌二斤风。

足球应懂翻身道，冲出亚洲唯我雄。

注：球兰其花如足球，故有此喻。

再咏铁树花

何愁甲子遇花丰，铁树蓬松也可疯。
展若雄姿成宝塔，诚如众佛坐经筒。
吸吮天庭精华素，修炼帝京惊世功。
怪道苍葱朝圣者，喻言难事竟相同。

雨中观桃花

依旧桃花别样红，今年不似去年同。
当时爱慕阳光里，此日情添雨雾中。
人面着珠心越煎，阵风吹拂翠更浓。
群芳满眼清葱后，远别嚣尘最入瞳。

咏马蹄莲

一身素色好精华，翠叶帮忙衬绿纱。
淡雅犹如千木乳，沁香却似百蕤花。
盆中处子相思梦，眼下流光溢彩葩。
踏破关山腾万里，长啸过后响琵琶。

再咏蔷薇花

乳白鹅黄紫黑红，多瓣单重总欢瞳。
本来娇卉名声远，自古丽颜姿色丰。
翠绿繁枝添窈窕，芳香诱人展清葱。
留存爱意成花语，尽管凋零遇北风。

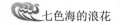

蒲公英的传说之一

乳胸有疾羞启齿，母怒疑贞女死辞。

投水遇舟逢搭救，野田采药化悲危。

小花敷服除痈症，闺秀真诚谢善慈。

朵朵飞飘天外落，随风又在爽秋时。

蒲公英的传说之二

官家小女唤朝阳，及笄时来未觅郎。

邂逅蒲公生爱意，寄居洞穴遂心肠。

多灾乱世愁离恨，卓著夫功喜返乡。

命薄魂飞飞角落，相随骨肉演刚强。

念奴娇·思梅

隆冬傲立，冒严霜飞雪，满身琼色。群艳凋零谁与共，却看淡然如极。玉蝶龙游，金钱绿萼，展尽清香饰。此生应是，暗凝千载功力。

未料寒去春来，启帘移步，对影终难识。苦未趁时香首对，离别竟无消息。任梦三更，不曾相遇，独自愁丝织。只深深念，几声胡乱平仄。

降都春·探菊

寒风渐紧。看万艳尽凋，唯东篱盛。掠露踏霜，趋步移身寻幽径。恰逢云雀鸣枝梗，且仔细、红黄蓝竞。慰平生念，缘因有福，抵临仙景。

当轻！低声敛息，尚娇嫩、莫把奇葩惊醒。几欲手牵，只觉心怦难从命，但留深意千般敬。不消说、殷勤顾省。探君能比谁痴？舞随浅影。

水龙吟·咏水仙

此花疑自瑶台，却矜娇艳庭前显。瓜瓢些水，数颗鹅卵，粗茶淡饭。葱绿身姿，银黄华盖，似纱如幔。献清香千缕，低吟浅唱，借诚意，完心愿。

世上奇葩成万。又如何、未嫌贫贱。遇寒生肌，应时蓬发，凌冬舒展。不善嫣红，无须姹紫，令人兴叹。待春风化雨，骨残香尽，作烟云散。

洞仙歌·访腊梅

雪皑冬冷，梦黄莺歌唱。趋步墙边醉心荡。蝶蜂欢、掀起千缕幽香。殷勤笑，犹觉神情舒畅。

喜迎寒季客，不惧风霜，那怕星稀且依杖。见倒扣金钟，蕊叶参商，仍不免、黯然惆怅。看疏影何时露丰姿，遇暖气回升，绿来橙藏。

贺新郎·昙花

夏夜蝉声弱。看今宵、亥初斑斓，卯前花削。月下美人愁波起，想必韦驮无觉。离恨苦、肠柔泪浊。世上许多舒心事，最横遭骤雨狂风虐。凭远处，渡黄鹤。

三千年现金轮烁。又何因、苍天无力，玉皇情薄。只念平生

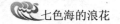

长相守，却见参盈商朔。谁之过、悲歌冤狱。西昃东升应有序，纵热血温作醒狮药。梦未了，几惊谔。

注：依昙花传说而填之。

祝英台近·碗莲

坐公交，乘地铁，移步古园去。杯水藏娇，绿叶映红著。浅波仙子娉婷，随风摇曳，有道是、幸逢奇遇。

蓦然处，惊呼天技神功，请来碗中驻。小巧玲珑，却如赵姬舞。紫砂彩釉瓷盆，并无挑剔，只需要，精心呵护。

汉宫春·咏睡莲

盛夏时分，在神仙六月，菡萏初开。群芳比艳竞染，粉面红腮。今朝相问，宜登台，磊落胸怀。应举荐，葩中精品，睡莲无愧金牌。

不必过于谦逊，你朝舒夜卷，稍作修裁。轻盈沁凉逸致，娴雅身材。浮萍贴水，更留心、袅袅香来。尖角处、高低错落，游人一路成排。

太空莲

约星邀月向天纵，吸得精华艳也浓。

先祖凌空经诱变，子孙着地更葱茏。

玉盘翠绿盛凉露，硕蕊娇柔点笑容。

最向人间红粉洒，闻香看客似排龙。

荷韵十章

荷羞

尖尖出水既清纯，初出闺房怕见人。

微展蚕眉微展眼，半遮鹅脸半遮唇。

虫鸣蝶舞惊三步，风拂露侵慌六神。

须等艳阳陪几许，那时或敢亮嫔身。

荷望

睡眼惺忪夜未眠，霓裳浅皱乱披肩。

临池远眺星河落，对月凝神冷露悬。

馋看新尖蜂蝶舞，愁思远客梦魂牵。

微风久未传音讯，最恨身心烈火煎。

荷舞

丝竹宫商越九霄，一抛长袖戏神雕。

绿枝头转黄金碗，玉体腰穿嫩粉绡。

恬静诚如池女坐，轻盈却似柳花飘。

笙箫曲曲还来处，燕亦怡然玉已娇。

荷醉

半是朦胧半是痴，玉簪散落泻青丝。

柔姿苦有莲三寸，信口狂言酒百匙。

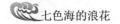

脚底绵绵飘步履，神情晃晃乱心思。

摇身吐气鸣蛙坠，激起粼波水一池。

荷喜

出水芙蓉戏旭阳，鲛绡衬托粉红妆。

高端淡韵粼波暖，典雅浓脂酒窝芳。

情窦初开池影碎，信风轻拭浅眉扬。

后生相约梢头月，对镜钗钏还隐香。

荷对

一汪池水托荷仙，姐妹同宗互爱怜。

性自通灵穿粉色，根兼共脉饮甘泉。

鲛绡不掩闺房事，香盒并收私份钱。

相约笈笄媒约至，孪生兄弟最周全。

荷愁

半老徐娘粉面残，丰姿渐退步蹒跚。

虽遗旧韵依稀是，但露衰容隐约寒。

别恨胭脂终退色，可悲年岁已难欢。

寻思抱怨消春早，炎夏烈阳添楚酸。

荷泪

时已近秋非小枭，立池经久韵终消。

丰姿不再难寻觅，瓣叶雕零未敢娇。

枉立清凉偏胜境，静观朋辈更心焦。

如何不叫愁云起，对水生悲夕雨浇。

注：小枭者，希腊神话里明智女神雅典娜的爱鸟。

荷哭

妾身尚在少年时，且怕鸡猪更怕狮。

蚱跳蛙鸣还可忍，马疯猴急已难持。

更兼贼手违心意，总有强梁折嫩枝。

抢地呼天鞭缺德，泪磨浓墨写悲诗！

荷愿

天青水净映池莲，萍托红霞蕊隐仙。

鲤碎粼波蛙戏露，风潜馥郁雨消烟。

清音送爽花增色，枝叶泛香心更贤。

灵性互通生美德，和谐盛世复年年。

樱桃

红彤的溜泛油光，是夜明珠玉案装。

信手拈来唇齿启，含樱化作醉醇香。

频思美味甘甜久，欲谢果农劳作忙。

好吃需知栽树苦，功夫不下也渺茫。

天香·并蒂莲

稽首兰云，移身浅水，逦迤晨钟朝露。眼泛粼波，步趋幽径，更有鱼欢蛙鼓。耳闻蛮唱，添几许、鸟三蝉五。云淡风轻荫倦，游人忘归时暮。

何由总难别去。见浮萍、绿丰红疏。兼有游人雀跃，慌循声处，茎顶双葩正竖。最惊叹、莲蓬紧相聚，七夕依偎，牛郎织女。

菊之恋

相互依偎自有因，世间此刻最纯真。

青枝扶蕊心追电，绿叶怀花意定神。

脉络通关传厚意，柔丝织网汇甘津。

只道情深情了得，霜翁暗里祝花嫔。

唐多令·菊之音

方见爽秋英，但闻细语声。又喃呢、倾诉离情。终得归来犹未晚，借时日，好卿卿。

风软且轻盈，云低还牵萦。看依偎、解读温馨。何日绫绸同醉饮，不辜负，此生灵。

满庭芳·菊之品

春去秋来，临冬迎夏，几多芳众匆匆。着红穿绿，经暑历寒风。花信随时有主，或栀子、雪涛青葱。如丹桂，凝香十里，只是最妖疯。

终逢，承冷露，严霜傲骨，万艳竞丰。警言后来嫔，前有顽

凶。填却缝空缺损，献欢愉、真心深浓。朝歌者，纵情山野，篱
下见陶翁。

扬州慢·菊之魂

凉意深浓，落英遍地，不须暗自神伤。冒秋霜染叶，看冷露
飞江。只虽是、西风渐紧，众颜凋谢，丹桂离场。总应该、成杰
无辞，寒彻花芳。

鉴前警后，到如今、遍放篱墙。纵满族群葩，宾朋友好，同
咏明昌。夙愿正从心发，祈天下、万类荣光。只融身、牵梦山川，
知为她香。

高阳台·菊之诉

天渐临冬，初寒乍袭，盛邀千里芳华。诚献幽香，还将开尽
奇葩。朔风难奈东篱菊，越是吹、越是凝佳。更何妨、红绿蓝黄，
一抹朝霞。

当年偶遇成知己，引痴情片片，可恨云遮。别后愁思，如今
再挂枝杈。醉心直展金莲步，不妩娇、素裹婚纱。启羞帘、但为
君开，薄酒清茶。

咏葫芦

匏瓢本是一根生，八月相期蔓上争。

只在天门开绝窍，个中城府露峥嵘。

花如白玉绒毛细，果若金黄子女盈。

切莫随心栽别处，锦囊妙药世间情。

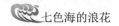

长亭怨慢·森林公园赏菊之一

（千百寻秀菊）

正吹起、西风凉透。几缕烟霞，泛思如旧。别梦经年，寄言千句，夜和昼。以心厮守，最爱看、窗前秀。日暮倚长亭，直等得、阴云沉厚！

急就，向东篱问讯，已是绿疯红透。寻寻觅觅，总不见、玉音香袖。折柳处、无缘听奏。怅寥廓，怆然愚叟。望四野黄橙，难挡身疲纹绉。

满庭芳·森林公园赏菊之二

（别丛终相遇）

竞找千遍，未逢真面，却道偏日西沉。此情难舍，凉露最骄淫。再趋东篱紧处，任足苦、为觅知音。斜晖里、风常拂袖，隐约有弦琴。

欢心！奇葩在，峰回路转，柳蔽林阴。见丰韵如前，鬓发钗簪。婉若天仙玉立，兼穿着、凤领龙襟。歌声里，含湑相告，思念到如今！

天仙子·森林公园赏菊之三

（客厅邀相见）

紫定釉瓷栽郁郁，宜与翠微常膝聚。双眸相促竟孤言，长别矣，无从叙，明月影斜横扫去。

可恨失联苦几许，白发又增还楚楚。今朝应是满心欢，须尽酒，金尊取，莫让此时杯独举。

千秋岁·灵石公园里的樱花特写

满枝新瓣，春月声声唤。冰玉洁，绸绫幻。斜阳传爱意，晨雾添身段。娇艳艳，近看竟是神仙面。

祖系中华贯，移入东瀛殿。青草地，流沙岸。日边落倩影，风里飘飞雁。应记得，万花点点心须善

南歌子（双调）·桂花咏

木樨秋催艳，繁枝露撮香。不应有恨向寒凉，芳直忠贞一路伴斜阳。

绿叶拥仙客，红丹携紫黄。用心织得美琼浆，不许吴刚伐桂演荒唐。

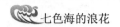
三. 十大名剑篇

中国古代十大名剑之承影

黑白苍穹替换间，唯存剑柄刃无还。

墙投锐影停留短，日照尘寰退去斑。

划起弧形松划倒，周昭岁记孔周攀。

重归暮色虚空至，起闭乾坤又一圜。

注：上古名剑，十大名剑之一。承影是一把"精致优雅之剑"，相传出炉时，"蛟分承影，雁落忘归"，遂起名为承影。后由春秋时卫国藏剑名家孔周收藏。

中国古代十大名剑之纯钧

辨剑邀来薛烛狂，纯钧贵过百城乡。

赤堇亿载山崖破，若涧万年河水荒。

刃闪高悬千仞壁，柄雕聚宿百重光。

天人共铸终成绝，欧冶神疲力竭亡。

注：纯钧，亦名"纯钩"，十大名剑之一，被称为"尊贵无双之剑"，是春秋时期铸剑大师欧冶子所铸。薛烛者，秦国人，虽小小年纪，已成为天下第一相剑师。

中国古代十大名剑之鱼肠

飞鹰疾势闪雷惊，凤鲭梅花起杀情。

甲士陈宫威瑟瑟，鱼肠隐腹亮铮铮。

王僚口馋闻香色，专诸心平执美羹。

铠破三层雄剑断，尖锋出鞘显精英。

注：鱼肠剑，古代名剑，专诸置匕首于鱼腹中，以刺杀吴王僚，故称鱼肠剑，是为"勇绝之剑"。后人若用鱼招待贵宾时，当将鱼肚正对贵宾，以示尊敬放心之意。

中国古代十大名剑之干将、莫邪

五山六水铁金精，未及炉温剑不成。

霸主威严干将急，晨曦闪烁莫邪诚。

身融烈火留情愫，盒跃银龙化愤鸣。

锻造刀枪飞祸害，妇随夫唱向农耕。

注：干将、莫邪是干将、莫邪铸的两把剑，干将是雄剑，莫邪是雌剑，被称为"挚情之剑"。

中国古代十大名剑之五七星龙渊

茨山凿透汇溪流，北斗龙泉利器飕。

伍子逃亡吴国去，渔翁助力苇丛留。

埋名搭救忠良意，接宝疑存芥末酬。

质洁高风喉刎剑，感悲胥悔可知羞。

注：欧冶子和干将为铸此剑，凿开茨山，放出山中溪水，引至铸剑炉旁成北斗七星环列的七个池中，是名"七星"，时在伍子胥手中。为答谢

渔翁搭救之恩，遂将此剑赠与渔翁。渔翁认为伍子胥小看了他，认定是为小礼而救人，渔翁为示高风亮节而吻剑。所以此剑是一把"诚信高洁之剑"。

中国古代十大名剑之泰阿

有技欧干铸术精，演成两国惹纷争。

晋强楚弱强搜宝，拥剑城危剑遇英。

玉碎身亡威道勇，沙飞石走霸风横。

凝神聚力心声发，鞘里泰阿逢出名。

注：泰阿剑被称为是"威道之剑"。

中国古代十大名剑之赤霄

酒色徒儿好起杠，吹牛撒谎世无双。

身垂锈铁言奇剑，梦坐龙庭演帝腔。

醉眼朦胧除白障，寒冰凛冽照西江。

欲知世上新鲜事，但看赤霄兴汉邦。

注：相传此剑就是刘邦斩白蛇起义的赤霄剑，故称赤霄剑是一把"帝道之剑"。

中国古代十大名剑之湛泸

无坚不破杀情无，政道阴阳看湛泸。

料断君臣成败事，分明诸子谪迁途。

神威可服千乘马，仁勇能赢万旅夫。

日月五金精炼得，安扶落泪梦多乎？

注：此剑为欧冶子所铸，是一把无坚不摧而又不带丝毫杀气的兵器，被称为"仁道之剑"。

中国古代十大名剑之轩辕夏禹剑

百采铜精有众仙，炎黄铸就续忠贤。

星辰日月苍穹远，草木山川大地延。

正篆农耕渔畜术，反书治国统和篇。

爱民仁勇归神道，剑舞轩辕夏禹天。

注：相传系黄帝所铸，后传与夏禹。传说黄帝曾用此剑杀死蚩尤，轩辕夏禹剑是一把"圣道之剑"。

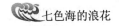

四. 十大名刀篇

中国古代第一刀——鸣鸿刀

剑出炉膛料剩槽，高温未散已成刀。

因能自发恐奇变，于是皇言绝为毛。

却道冲天灰鹊遁，才看拔地赤云逃。

喧宾夺主登巅日，即是鸣鸿作乳羔。

注：上古时期轩辕黄帝的金剑出炉之时，原料尚有剩余，由于高温未散，还是流质的铸造原料，自发流向炉底，冷却后自成刀形。

中国古代第二刀——苗祖之刀

三苗九藜甚疯狂，逐鹿中原欲逞强。

黄帝神威擒逆贼，蚩尤罪恶败山岗。

蛇龙决斗天昏暗，刀剑相争地老荒。

要解输赢谁为胜，轩辕之上已无王。

注：苗祖之刀，是上古三苗九藜部落联盟首领蚩尤的佩刀，被后世命名为"苗刀之祖"，在逐鹿中原之战中，败给了轩辕剑。

中国古代名刀之龙牙、虎翼、犬神

夏桀操刀暴戾浓，三邪祭庙扮顽凶。

身含剧毒缠魔咒，汤举轩辕闪锐锋。

碎片埋存荒野地，韩蕲起铸急惊丰。

包拯拥铡威严坐，唤得青天百姓封。

注：龙牙、虎翼、犬神，分别是上古三大邪器，夏朝末期为君主桀所有。汤王挥轩辕黄金剑疾斩之。后铸成"降龙、伏虎、斩犬"三把铡刀，开封府尹包拯也就成为了第一个"开封三铡"的持刀人。

中国古代第六刀——大夏龙雀

五帝春秋逐主雄，更看晋楚起腥风。

文公城濮当赢者，龙雀鄢陵正落空。

弱者赢强神运巧，庄王逆转湛泸雄。

从来剑利胜刀快，霸道输仁理亦同。

注：古代名刀，为春秋五霸中之晋文公所有，后世相传，在第三次晋楚战争时，败给了名剑湛泸。

中国古代第七刀——青龙偃月刀

蜀国云长武力强，青龙偃月泛银光。

五关六将惨成鬼，百勋千功怨染枪。

舞动大刀天地怯，抡飞铁柄马兵伤。

英雄未必真无敌，血溅沙场一样亡。

注：蜀国名将关羽所用之战刀，凭此刀的神勇，"过五关，斩六将"，威名远扬。

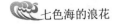

中国古代第八刀——新亭侯刀

丈八蛇矛已受褒，更兼铸得断魂刀。
关羽命死吕蒙手，翼德鞭抡部下尻。
未报兄仇增怨恨，终添晦气走阴曹。
新亭杀主成奇冤，奉劝应当爱养葵。

注：汉末名将张飞初拜为新亭侯时，命铁匠取炼赤珠山铁，打造成一刀，随身佩带。后关羽战死，张飞为报兄仇出征东吴，出兵前酒后鞭打士卒，部将不堪忍受，趁夜晚潜入张飞营帐，用新亭侯斩下张飞首级，连夜叛逃东吴。后吴蜀交战，两人被东吴送回，张苞亲执此刀将其千刀万剐，新亭侯为主人报仇后不知所踪。

中国古代第九刀——寒月

形如弯月冷冰霜，一剑封喉逐跳梁。
已在皇庭随太子，欲将寒月刺秦王。
曾从壮士藏图纸，未就声名溅血浆。
堪叹荆轲浸易水，舍生忘死赴疆场。

注：战国末年赵国徐夫人的名刀，形若新月，寒气四射。后燕国皇室花重金购买，交由宫廷匠师反复淬炼之后，终于成为一把见血封喉的毒刀，其强度也得到大幅提升，足以斩断当时的秦王佩剑——干将莫邪。燕国刺客荆柯携寒月刀刺杀秦王，失败被杀，后寒月刀不知下落。

中国古代第十刀——庖丁菜刀

自古提刀上战场，庖丁接手入厨房。
无华也可刃游海，朴实终能艺放光。
不是英雄都武将，难能寂寞见芬芳。
解牛本属平常技，只恐无心业自荒。

注：古代名厨庖丁所用菜刀，用之解牛，乃"游刃有余"。

五. 为国争光篇

易思玲伦敦奥运夺首金

神枪斗法见新星，飒爽英姿有妙龄。

举托平常多镇定，扳机有度更轻灵。

数年成就争金梦，三点连书夺冠经。

逐鹿伦敦今奏捷，笑看巾帼易思玲。

注：1989 年 5 月 6 日，易思玲出生于湖南。2012 年 7 月 28 日，在伦敦奥运会射击女子十米气步枪的决赛中，易思玲以 502.9 环夺得冠军。

叶诗文女子四百米个人混合泳
破世界纪录夺金牌

泳池热烈已纷纷，旗舞五星声远闻。

娇女几多争顶冠，金牌一块建功勋。

后来居上成奇迹，绝处登峰展骨筋。

敢问群英谁更勇。杭城小将叶诗文。

注：叶诗文，1996 年 3 月 1 日生于浙江杭州。2012 年伦敦奥运会女子 400 米混决赛中，以 4 分 28 秒 43 的成绩夺得冠军并打破世界纪录。

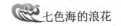

孙杨勇夺男子四百米自由泳金牌

孙杨有技献池中，不怕浪尖吹险风。

沉着劈波翻白沫，从容击水建奇功。

男儿挺得脊梁骨，华夏能操软硬弓。

喜庆擒蛟赢胜利，国歌高唱五星红。

注：孙杨，1991年12月1日生于浙江杭州。2012年伦敦奥运会，孙杨在男子400米自由泳决赛中以3分40秒14的成绩打破该项目奥运会纪录获得冠军，并改写中国男子游泳项目无金牌的历史。

王明娟勇夺女子举重48公斤级金牌

娇女温柔亦可刚，举坛佳丽也张狂。

凝神气运千钧力，展臂声开万道光。

苦练经年虽吃苦，香含久远最飘香。

明娟本是王家将，卸下金牌换彩妆。

注：1985年10月11日出生于湖南省永州市。2012年，王明娟"爆冷"奔赴伦敦奥运会；7月29日，王明娟在伦敦奥运会女子举重48公斤级别中以抓举91公斤，挺举114公斤，总成绩205公斤夺冠。

郭文珺卫冕十米汽手枪奥运冠军
勇夺金牌

西安有女郭文珺，射击场中几度闻。

大器晚成能吃苦，牛刀小试见辛勤。

北京奥运争金奖，欧陆赛场赢冠军。

枪手谁人能卫冕，无疑四顾首推君。

注：1984 年 6 月 22 日出生于陕西省西安市。在伦敦奥运会女子 10 米气手枪比赛中，郭文珺在九轮过后落后 0.5 环暂居次席的情况下，凭借最后一枪精彩的 10.8 环上演绝杀反超，成功卫冕，以总成绩 488.1 环获得冠军。

吴敏霞、何姿女子双人三米板问鼎

碧波潭里双飞燕，力压群芳板上仙。

起跳升空鹰展翅，翻腾转体凤盘旋。

人声鼎沸惊高技，池水劈开催美莲。

老将新军同携手，体坛书就续奇传。

注：北京时间 2012 年 7 月 28 日晚，伦敦奥运会女子双人 3 米跳板决赛在奥林匹克公园水上运动中心举行。最终中国组合何姿/吴敏霞以总成绩 346.20 分获得冠军。

曹缘、张雁全男子十米跳台摘金

掀起泳池华夏风，高台十米再称雄。

雄鹰展翅从天降，轻燕凌云向水冲。

小小涟漪惊看客，声声赞誉震苍穹。

是谁击得金牌落，近瞧缘全却小童。

注：在男子双人十米跳台决赛中，中国年轻组合曹缘（17 岁，北京）/张雁全（18 岁，广东）发挥出色，以完美的表现征服了裁判和观众，在强手如林的决赛中脱颖而出，以总成绩 486.78 分力压群雄。

李雪英女举 58 公斤级获金牌

金牌摘得献中华，巾帼举坛升小花。

力拔千钧身稳健，技惊四座客疯斜。

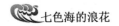

杠铃抓挺虽枯燥，心血滴流铺彩霞。

却道功名无久远，还需努力免虚夸。

注：2012年7月31日，李雪英在伦敦奥运会举重女子58公斤级决赛中，以抓举108公斤，挺举138公斤获得冠军。

卫冕男子体操团体金牌

热血男儿能拼搏，体操场上起干戈。

单杠腾越双杠摆，跳马滚翻鞍马挪。

抓住吊环如直笔，飞旋健体似陀螺。

伦敦夺罢三连冠，含泪欢呼唱国歌。

注：中国队的五位小伙子陈一冰、邹凯、张成龙、冯喆和郭伟阳发挥出色，18套动作零失误，最终以总分275.997分卫冕成功。

陈若琳、汪皓获女子双人十米台金牌

身如矫燕展奇葩，百态千姿众口夸。

稳定高难针插水，轻盈健美凤披霞。

翻腾自在云追月，伸曲有形蜂舞花。

圆梦伦敦虽不易，金牌已是落中华。

注：北京时间7月31日晚，伦敦奥运会女子双人十米跳台决赛中，中国名将陈若琳与汪皓的强强组合表现完美，以368.40分夺得金牌，实现了中国在该项目上的奥运会四连冠。

雷声夺男子花剑个人金牌改写历史

过关斩将剑封喉，技借偏锋任自由。

游刃有余龙起舞，出神入化客应愁。

挥撩蹬劈公孙退，挑刺移投越女羞。

手握轩辕存壮志，雷声夺冠喜神州。

注：在男子个人花剑决赛中，雷声顶住压力，连追 4 剑逆转夺魁，不负众望，以 15-13 赢得金牌，这也是中国花剑奥运历史上第一枚金牌。

林清峰男子举重 69 公斤级夺冠

抓住杠铃未放松，畅流汗水逐高峰。

锻成铁骨登天险，炼就钢身挺巨松。

暑夏高温蒸热气，寒冬酷冷露光胸。

铿锵震得群星落，摘取金牌迎笑容。

注：1989 年 1 月 26 日出生于福建厦门。2012 年 8 月 1 日，在伦敦奥运会举男子 69 公斤级决赛中，以抓举 157 公斤，挺举 187 公斤，总成绩 344 公斤获得金牌。

叶诗文再夺 200 米混合泳金牌

再上疆场再凯旋，杭州小女又争先。

仰天长臂车轮转，化蝶双膀海豚穿。

蹬腿曲伸蛙迅捷，侧身左右箭离弦。

猛然触壁灯光闪，纪录新生媒体传。

注：2012 年 7 月 31 日，中国 16 岁小姑娘叶诗文在 200 米混合泳比赛中，再一次上演了逆转大戏，凭借最后 500 米发力赢得了她在伦敦的第二枚金牌。 叶诗文在 150 米后还排在第三名，但是在最后 50 米的自由泳中越游越快，竟然第一个触壁，她的夺金成绩为 2 分 07 秒 57，打破了她 30 日刚刚在半决赛中创造的 2 分 08 秒 39 的奥运会纪录。

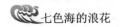

秦凯、罗玉通男子双人三米板问鼎

三米板伸惊飓风，刚柔并济显英雄。

悠然振起冲天雀，镇定弯成射日弓。

屈体飞旋珠玉泻，团身转圈火轮冲。

是谁登顶金牌摘，秦凯会同罗玉通。

注：2012 年 8 月 1 日，中国选手秦凯、罗玉通在伦敦奥运会男子双人 3 米板决赛中，以 477.00 分的成绩获得冠军。

丁宁、李晓霞会师乒乓球女子单打决赛

各把城关守擂台，会师决赛绽双梅。

挑推切削如游刃，扣击提拉似闪雷。

千众转头随左右，八方挥臂笑依偎。

鸣金收拍停球后，冠亚奖牌都摘来。

吕小军获男子举重 77 公斤级金牌

举重添金传喜讯，后生拼搏饮甘醇。

曾经挫折蒙伤痛，度过低迷历苦辛。

负压深蹲需镇定，提杠劲挺有精神。

眼含热泪频挥手，赢得欢呼慰国人。

注：吕小军，1984 年 7 月 27 日出生于湖北省潜江市。2012 年 8 月 2 日，在伦敦奥运会举重男子 77 公斤级比赛中，以 175 公斤的成绩打破了抓举世界纪录，同时以 379 公斤的总成绩打破世界纪录夺得冠军。

焦刘洋获 200 米蝶游金牌

翩翩蝶影碧池中，身后涟漪化彩虹。

划水双膀伸劲翼，踏波两腿作精弓。

珠玑击碎溅银色，桂冠擒来展泪瞳。

领奖台前还掩喜，诚如玉立一莲蓬。

注：焦刘洋，1990年3月7日出生于黑龙江哈尔滨。2012年8月1日，焦刘洋在伦敦奥运会女子200米蝶泳比赛中，以2分04秒06破奥运会纪录的成绩夺得金牌。

张继科夺乒乓男单金牌

守住城门把好关，胡骑未得过天山。

发球旋转埋机巧，纵腕挑提隐诈奸。

猛拉弧圈追挡板，直抽斜线见凶蛮。

继科争冠倾全力，王皓勇拼留憾还。

向王皓致敬

乒坛搏击几春秋，胜未骄矜败未羞。

敢尝艰辛挥汗水，拼将智慧斩枭酋。

金牌闪闪战场掠，技术精精脑海谋。

三届亚军诚宝贵，直拍横拉取诸侯。

羽毛球混合双打获金银

国羽兵多技也高，混双骁将数披袍。

过关平寇摧营垒，拔寨擒旗抒虎毛。

劈杀追身添勇气，推拉对角亮快刀。

争锋决战雄师在，共执金银望汉皋。

注：北京时间 2012 年 8 月 3 日，羽毛球混合双打决赛在温布利体育馆举行，中国两对羽毛球组合张楠/赵芸蕾与徐晨/马晋争夺冠军宝座，最终 2:0（21:11、21：17）张楠/赵芸蕾战胜徐晨/马晋，张楠/赵芸蕾获得金牌，徐晨/马晋获得银牌。

董栋获男子蹦床金牌

既看阳刚也看柔，蹦床董栋拔头筹。

冲天一窜临星月，旋体数周羞碟球。

抱膝空翻惊四座，团身跟斗展双眸。

男儿勇敢登峰顶，难抑欢欣喜泪流。

董栋，1989 年 4 月 13 日出生于河南省郑州市。2012 年，伦敦奥运会男子蹦床项目中，以 62.990 分的成绩获得冠军。

李雪芮获羽毛球女子单打金牌

巾帼羽坛兵马强，冠军济济列成行。

玉娘霞牧张韩李，钊颖唐黄龚谢王。

长盛不衰防自满，创新开拓莫徬徨。

青山之外青山绿，莫教金牌乱寸方。

注：李雪芮，1991 年 1 月 24 日出生于重庆市大渡口区。中国女子羽毛球队运动员，2012 年伦敦奥运会羽毛球女单冠军。

陈玉娘、梁秋霞、梁小牧、张爱玲、韩爱萍、李玲蔚、叶钊颖、唐九红、黄华、龚智超、谢杏芳、王仪涵等都获得过女子单打世界冠军。

田卿、赵芸蕾获女子羽毛球双打金牌

羽球场上起风波，假打违规处重科。

争冠热门遭责难，偏锋副帅抖金戈。

东方不亮西边亮，勇将真多智慧多。

摘得金牌归祖国，艺高胆大唱欢歌。

注：伦敦奥运会羽毛球女子双打决赛中，田卿、赵芸蕾组合2-0击败日本组合藤井瑞希、垣岩令佳夺得冠军。

孙杨再夺 1500 米自由泳金牌

争霸泳池谁是王，当今只认有孙杨。

水中长距凭坚毅，嘴上狂言织锦囊。

脚下风云翻泡沫，身边对手显慌忙。

闲庭信步依谋略，摘取金牌好返乡。

注：2012 年 8 月 5 日，孙杨在伦敦奥运会男子 1500 米自由泳决赛中，以破世界纪录的 14 分 31 秒 02 夺得冠军。

中国队获女子重剑团体金牌

女子温柔却也刚，何须改扮着男装。

身披铠甲临天下，手握轩辕上战场。

疑似腾蛇伸玉信，犹如猛虎袭山冈。

轮番上阵奇功建，得胜还描彩色妆。

注：在伦敦奥运会女子重剑团体冠军的争夺中，在老将李娜的带领下，与孙玉洁、骆晓娟、许安琪四人联手击败韩国队夺冠。

陈定男子 20 公里竞走破纪录夺冠

神行太保疾如风，练就长驱脚板功。

迈过崎岖生甲马，踏平艰险借乌骢。

伦敦逐鹿雄心大，奥运争先赤胆忠。

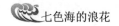

拔取头筹酬壮志，五星旗帜映人红。

注：2012 年 8 月 5 日，陈定在伦敦奥运会男子 20 公里竞走中以 1 小时 18 分 46 秒的成绩夺得冠军，并打破奥运纪录，成为继刘翔之后第二位在奥运田径赛场上夺金的中国男运动员。

林丹卫冕奥运会羽毛球男子单打金牌

男单夺冠是林丹，险处君临不胜寒。

记得汤侯开创苦，冥思赵栾继前难。

声名显赫功名就，事业辉煌霸业宽。

摘取金牌回故里，神雕侠侣共凭栏。

注：汤侯为汤宪虎、侯加昌；赵栾为赵剑华、栾劲，都是羽坛一代名将。

蔡赟、傅海峰获羽毛球男子双打金牌

一路征程一路冲，一场赛事一场雄。

远拉近扣强强将，高吊低推硬硬弓。

举手投神添默契，挥膀击掌点灵通。

风云组合神奇道，摘取金牌映日红。

注：2012 年 8 月 5 日，伦敦奥运会羽毛球男双比赛中，蔡赟/傅海峰（中国）对阵玛蒂亚斯·鲍伊/卡斯腾·摩根森（丹麦），以 2：0（21-16、21-15）夺冠，巅峰时期的"风云"组合势不可挡。

吴敏霞获女子跳水三米板金牌

轻功借得展奇葩，技艺终归做到家。

优美坚柔诗泻意，轻盈超逸板开花。

因晶演绎长年梦，无郭书成吴敏霞。

延续廿年辛与苦，征程未完指天涯。

注：吴敏霞，1985 年 11 月 10 日出生于上海。在女子单人 3 米板决赛中，吴敏霞用完美的 5 跳，以 414.00 的惊人高分轻松夺冠。凭借这一枚金牌，吴敏霞实现了她个人运动生涯的大满贯。

邹凯卫冕男子自由体操金牌成就五金王

方形毯上抖威风，蹦跳翻腾样样通。

直体疯旋天地暗，团身急滚火轮疯。

轻盈却似云烟起，稳健当如伏虎雄。

飘逸高难传绝技，五金染得国旗红。

注：邹凯，1988 年 2 月 25 日出生于四川省泸州市。2012 伦敦奥运会体操男子自由操的比赛中，邹凯夺得金牌，成为中国奥运史上第一个获得 5 枚金牌的运动员。

周璐璐女子举重 75 公斤以上级夺金

举坛巾帼有精英，璐璐伦敦霸主名。

绝地逢生缘搏击，乾坤逆转显精明。

微波些小雄心壮，思绪万千头脑清。

迈过崎岖途见坦，前程尚远再请缨。

注：周璐璐，1988 年 3 月 19 日出生于山东省烟台市。2012 年 8 月 6 日，在伦敦奥运会女子 75 公斤级比赛中，以抓举 146 公斤，挺举 187 公斤，并以总成绩 333 公斤破世界纪录的成绩夺得金牌。

徐莉佳获帆船激光雷迪尔级单人艇金牌

凭帆借力有高招，识得湍流认得潮。

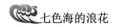

饮露餐风肤变黑，送霞迎日女成娇。

邻波击碎追惊燕，蓝梦成功捉巨雕。

一道激光催利箭，颠峰险处摘金标。

注：徐莉佳，1987 年 8 月 30 日出生于上海。2012 年 8 月 6 日，伦敦奥运会帆船激光镭迪尔级女子单人艇中，徐莉佳一路领先夺得冠军，是中国帆船史上在镭迪尔级中的首枚奥运金牌。

邓琳琳获女子平衡木金牌

平衡木上演奇招，珠丽玉佳仙子飘。

斤斗空翻兼转体，腾身劈叉再弯腰。

拉提倒立云留步，踺子全旋松不摇。

笑傲群芳惊绝技，如蜂似蝶舞天桥。

注：邓琳琳，1992 年 4 月出生于安徽亳州市利辛县。2012 年 8 月获得伦敦奥运会体操女子平衡木冠军。

女子乒乓球团体金牌

郭跃丁宁李晓霞，轮番上阵斗风沙。

先锋拍马挥刀剑，将帅奋骑抢戟叉。

左右合围擒敌首，高低突刺拔獠牙。

鸣金击鼓回营寨，摘取金牌又捧花。

冯喆喜双杠金牌

双杠献术喜登峰，技艺高超霸主封。

屈体回环惊挂臂，纵身倒立转游龙。

滚翻腾越风云幻，倒立飞旋意气丰。

一吼声浪情烈烈，成全满贯再冲锋。

注：冯喆，1987年11月19日出生于四川省成都市。2012年，获伦敦奥运会男子双杠冠军、男子团体冠军。

男子乒乓球团体金牌

王皓马龙张继科，新兵老将再鸣锣。

轮番上阵枪挑戟，依次登台剑砍戈。

箭发高低穿铠甲，弓开左右射标梭。

摧营拔寨平巢穴，升起国旗听国歌。

吴静钰夺得49公斤级跆拳道金牌

以礼相逢以礼终，兼修内外脚拳功。

迅如雷电飞鸣镝，利比游龙露剑锋。

左右高低旋或转，屈伸近远守和攻。

系牢红黑强身带，娇小女家登顶峰。

注：吴静钰，1987年7月13日出生于江西省景德镇市。2012年，在伦敦奥运会跆拳道女子49公斤级上卫冕金牌成功。

陈若琳卫冕女子十米台跳水金牌

似曾相识九霄台，今日又逢花占魁。

演绎高难需勇气，登临绝顶已成才。

冲天娇燕蓝天去，出水芙蓉碧水来。

二百金牌中国梦，儿孙后代有谁猜？

注：陈若琳1992年12月12日出生于江苏南通。她在伦敦奥运会上成功卫冕10米跳台单人及双人项目。陈若琳所得的十米台金牌，是中国健儿

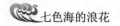

奥运赛场上的第二百块金牌。

邹市明卫冕男子四十九公斤级拳击金牌

强者自强拳似钢，游龙出水逐强梁。

上钩直借仁中府，左刺偏看四白堂。

举手阻拦潮汐袭，弯腰躲过飓风猖。

三登奥运擒三奖，卫冕金牌堪称王。

注：邹市明，1981年5月18日出生于贵州省遵义市绥阳县。2012年8月12日，获得伦敦奥运会男子拳击49KG级冠军，成功卫冕。

李娜澳网捧杯

自由驰骋竞争场，北闯南冲名已扬。

法国前年曾拆桂，澳洲今日又飘香。

曾思退役因伤痛，从此卧薪还倔强。

登顶惊言人朴实，荣归故里羽绒妆。

注：李娜，1982年2月26日出生于湖北省武汉市。2011年法国网球公开赛、2014年澳大利亚网球公开赛女子单打冠军。

张梦雪

奋争奥运建殊功，摘取金牌握手中。

牛犊初生无惧虎，汽枪发力也惊风。

神奇眷顾勤劳客，纪录光临励志童。

练就穿杨精准术，再圆新梦谢山东。

注：2016年8月7日，张梦雪首次出战里约热内卢奥运会，在女子10米气手枪决赛中，以199.4环夺冠，用打破奥运会纪录的方式，夺得里约

奥运会中国代表团的第一枚金牌。

吴敏霞、施廷懋完美合作

泳池博击几春秋，汗水纷飞未敢休。

姐妹双花方绽放，巴西万里已封侯。

敏霞昨折伦敦桂，廷懋今争里约优。

联手强强谁可敌，歌声响处慰神州。

龙清泉勇攀高峰

2016 年 8 月 8 日，在里约奥运会男子举重 56 公斤级赛事中，龙清泉以总成绩 307 公斤破世界记录的成绩获得金牌。

一片清泉最隐龙，深潭映照出高峰。

自从少小成名罢，便向举坛王座冲。

天道应酬勤奋客，金牌必挂大智胸。

缘何不弃铿锵苦，只为深情血样浓。

陈艾森、林跃男双 10 米台夺冠

北京时间 8 月 9 日凌晨，2016 年里约奥运会跳水项目陈艾森/林跃凭借着近乎完美的发挥，为中国代表团拿下本届奥运会第四枚金牌。

广东偏自出人才，总有金牌生板台。

但看陈林针入水，已将观众掌添雷。

身姿潇洒成飞雀，动作骄柔似绽梅。

卸却疲劳谋早起，征程拟就请君猜。

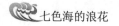

咏孙杨

风光最是在伦敦，拼博精神浪里掀。

里约伤情难胜算，金牌吻嘴铸灵魂。

中长满贯辛兼苦，百炼真金怨或恩。

机械加油方润滑，待将荣耀满孙门。

注：2016年里约奥运会男子200米自由泳冠军。

邓薇举重女子 63 公斤级折桂

福建三明有女丫，举坛升起美娇花。

自从百乐牵新马，常使邓薇披彩霞。

莫谓金牌随信手，个中艰苦只咬牙。

凭谁会拒天伦乐？衣蔽鲜红血隐疤。

注：2016年8月10日，在里约热内卢奥运会举重女子63公斤级比赛中，邓薇以抓举115公斤，挺举147公斤，262公斤的总成绩获得冠军。其中，抓举成绩平了奥运会纪录。

陈若琳和刘蕙瑕

泳池烽火出精英，敬请陈刘演奏鸣。

一曲和谐添重彩，满腔情愫化金旌。

雏凤清声尊老凤，前程无量说征程。

板台跳水本强项，宜谋越坎好纵横。

注：2016年8月10日，2016里约奥运会跳水女子双人10米台决赛在玛利亚—伦克水上运动中心举行，陈若琳和刘蕙瑕以总成绩354.00分夺冠。

石智勇一举成名

广西福建出奇葩，两个英雄不一家。

同姓同名同职业，异乡异地异风华。

小生壮族五通镇，长者龙岩闽越娃。

都向神州添色彩，高吟低唱众人夸。

注：2016年8月10日，石智勇（广西人）在里约热内卢奥运会举重男子69公斤级决赛中获得冠军。另有一石智勇（福建人），在雅典奥运会男子69公斤级决赛中获得冠军。

向艳梅梅花绽放

梅开艳丽几重光，练就移山铁臂膀。

不做娇枝栖小雀，认从檀木作雕梁。

红装卸却铿锵响，三伏未消寒夜长。

方有金牌酬故国，后甜先苦理寻常。

注：2016年8月11日，里约奥运会女子举重69公斤级决赛，向艳梅以261公斤的总成绩获得金牌。

丁宁乒乓女单获冠军

怡宁过后有丁宁，常在乒坛展五星。

横拍反胶敷两面，弧圈左手化无形。

快攻凶猛寻常技，落点刁钻闪烁精。

织就锦囊赢胜利，乒坛代代有娉婷。

注：2016年8月11日，里约热内卢奥运会乒乓球女子单打决赛，经过7局苦战后，丁宁击败李晓霞，首次夺得奥运女单冠军，成为乒乓球历史上又一位大满贯选手。

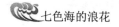
马龙乒乓男单冠军

谁是乒坛满贯身？马龙无愧笑青春。

男单夺冠凭高技，灵气冲天问九津。

正手长拉追死角，反胶横握出能人。

青山之外青山险，宜作先智再历辛。

神行太保——王镇

虽在伦敦只摘银，四年然后历艰辛。

至诚可嘉勤劳色，其貌不扬纯朴心。

天赋还逢甘露雨，金牌更向铁肩人。

登梯再借亲情背，一路披荆最写真。

注：2016年8月13日，王镇以1小时19分14秒的成绩获得里约奥运会田径男子20公里竞走项目冠军，成为继刘翔和陈定之后第三位夺得奥运会田径项目金牌的中国男运动员。

钟天使、宫金杰脚蹬风火轮

神州多产自行车，只到战场成绩差。

天使钟临征赛道，宫金杰出染红霞。

二丫身手英姿显，一束灵光终线划。

几代仁人盼出彩，青春不负好年华。

注：2016年8月12日，钟天使与搭档宫金杰，以32秒107的成绩，摘得里约奥运会场地自行车女子团体竞速赛金牌，这也是中国自行车项目奥运首金。

施廷懋板上开花

施廷懋美板花开，入水芙蓉出水来。

演绎高难纵绝技，终将艳丽化霜梅。

娇娃出自名师手，壮志追思凤露台。

从此攀登无止境，东京已近莫徘徊。

注：里约奥运决赛中，施廷懋的状态神勇——她夺得金牌时，是个人的最好成绩（406.05 分）。

孟苏平举坛逞威

难能寂寞炼真金，汗水相随倩女心。

只把铃声当乐曲，还将苦味化清音。

金牌总请英雄挂，甘露偏朝壮士霖。

不误人生添重彩，篇章记得好光阴。

注：2016 年 8 月 15 日，里约奥运会女子举重 75 公斤以上级比赛中，以抓举 130 公斤、挺举 177 公斤，总成绩 307 公斤夺冠。

曹缘三米板上起旋风

毕竟尊名几度闻，男儿飒爽展千筋。

伦敦搭档雁全仔，今日单登三米云。

可惜双鹰偏折翅，但将孤影觅香芹。

舒姿展体翻腾后，喜见曹缘得冠军。

注：2016 年 8 月 17 日，在男子三米板单人跳水项目中以 547.60 分获得金牌。

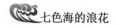

乒乓球女子团体金牌

晓霞敢做带头兵、陷阵冲锋还掠城。

但看诗雯金玉手，雄踞世界状元名。

丁宁搭档刘家女，双将频挑十里营。

击鼓鸣金收网后，三娇飒爽是精英。

乒乓球男子团体金牌

联手许昕张继科，精兵还有马龙哥。

轮番勇斗东洋仔，将帅挥操胜利戈。

定鼎三朝金奖位，声闻百度五星歌。

荣光只恋睿智者，但愿新生别趴窝。

赵帅拳脚见功夫

开山必具硬功夫，摘取新茶第一株。

腰带从身豪气盛，征衣得体脚拳粗。

游龙出水充陪练，喜雀凌空识险途。

只信金牌胸口挂，还传捷报告音姝。

注：2016 年获得巴西里约热内卢奥运会跆拳道男子 58 公斤级冠军，实现中国男子跆拳道奥运会金牌零的突破。

任茜潇米十台

后生历练跳坛经，初出茅庐便有形。

眼闪灵光存壮志，口含金奖见娉婷。

前程尚远才兼德，心路崎岖警又醒。

智勇双全归正道，荣光发达在银龄。

注：2016年8月在女子单人十米台决赛中，裁判打出3个90+的高分，最终任茜以439.25分夺冠，成为了中国首位"00后"奥运冠军。

傅海峰、张楠男双登顶

羽坛一老又牵新，双打金牌慰国人。

老傅兢兢传德艺，小张肯肯塑青春。

沙场默契南风盛，网拍连心硕果醇。

百尺竿头还努力，争雄未毕练清晨。

注：2016年8月20日，里约奥运羽毛球男双决赛，傅海峰/张楠2-1击败马来西亚组合吴蔚昇/陈伟强，国羽男双卫冕成功，这是国羽在里约奥运会的首金。

刘虹

谁将满贯集娇身，但看刘虹抿嘴唇。

奥运赛场曾折桂，锦标园里也逢春。

翻新纪录风光好，历练人生炉火纯。

今日联姻俱乐部，神仙合力化甘醇。

注：2016年8月20日，里约奥运会女子20公里竞走决赛，刘虹以1小时28分35秒的成绩获得冠军。

谌龙羽毛球男单摘金

羽球奥运三连冠，榜上谌龙已出名。

正值青春添活力，更同侠侣共纵横。

银光疾箭高精术，铁毅坚心勇猛兄。

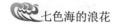

接班林丹时最好，争光报国慰亲情。

注：2016 年 8 月 20 日，里约奥运会羽毛球男单决赛，谌龙以 2-0 战胜李宗伟，首次获得奥运冠军。

陈艾森十米台夺冠

奥运高台摘两金，双簧独唱尽佳音。

借来天赋加挥汗，亦自睿智添慧心。

难度提升增实力，弓弦协调助操琴。

莫将仙乐混嘈杂，唯此方能艺日深。

注：2016 年 8 月，在里约奥运会男子双人十米跳台决赛中，陈艾森与林跃凭以总分 496.98 分夺得冠军；在男子十米跳台决赛中，陈艾森以 585.30 分的总成绩夺得金牌，成为奥运历史上第一位在男子跳水项目中，同时收获单人和双人金牌的运动员。

郑姝音跆拳道得金

抱拳致礼有精神，格斗腾挪娇女身。

出腿飞龙喷冷气，弓身隐影避火轮。

三番谋略欺红绿，八面威风战友邻。

捷报传来时正好，凤凰双奏赞青春。

注：2016 年 8 月，在巴西里约热内卢奥运会跆拳道女子 +67 公斤决赛中在决赛中，郑姝音以 5:1 战胜埃斯皮诺萨，收获个人首枚奥运金牌。与赵帅是体坛的又一对"神雕侠侣"。

中国女子排球队逆袭夺冠

惊心预赛破涵关，东道层层出小蛮。

过罢巴西擒恶虎，横穿铁网向铜湾。

收银已就盼峰顶，奋力还需战末班。

借得偏师智且勇，红旗再插夹金山。

注：2016 年 8 月 22 日，2016 年里约奥运会女排赛在马拉卡纳齐诺体育馆落下帷幕，由郎平挂帅的中国女排在决赛中，激战四局，以 3-1 翻盘塞尔维亚，继 1984 年洛杉矶和 2004 年雅典折桂后，时隔 12 年第三次斩获奥运会冠军。

世锦赛宁泽涛 100 米自由泳折桂

枪声响处箭离弦，激浪翻腾勇向前。

划水轮番双臂急，转身迅捷满池旋。

技高多有雄心志，礼敬还添八一篇。

此块金牌成色足，再催新秀越峰巅。

鸟巢再飞梦

斗转星移几度秋，鸟巢牵梦实难休。

球场草地添新绿，田径健儿争最优。

跑跳掷投无极限，欧非亚美尽追求。

穿云雏燕成鸿鹄，演尽风流志也酬。

苏炳添创造中国百米新历史

五星胸缀看衣红，一道寒光化疾风。

方见令烟枪口出，已将旧册火中融。

挤身决赛非容易，来日登巅苦练功。

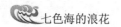

十秒大关今作古，任凭汗血闯天宫。

注：2015年北京田径世锦赛上，苏炳添百米跑9秒99挤身决赛。

六州歌头·王嘉男北京世锦赛

跳远得铜牌有感（平韵格）

时光回转，三十二年前。那一刻，惊鸿跳，险登巅，首开山。后有云霞姐，军霞妹，陈定弟，刘翔仔，金银摘，喜连连。田径赛场，也系中华梦，诚意相牵。愿的卢蹄疾，娇燕直冲天。极地登攀，国人欢。

看初秋爽，鸟巢伟，情热烈，色纷繁。身抖擞，飞关隘，气昂轩，越峰峦。但见神州将，踏板上，战风烟。沙坑里，争高下，竞周旋。更是三弓齐引，同携手、直逼皇冠。累青春还少，悔泪莫轻弹，谨记豪言。

注1：1984年洛杉矶奥运会上，朱建华获跳高铜牌，首夺田径奖牌。

注2：王嘉男、高兴龙、李金哲三将北京田径锦标赛同时进入决赛，并获三、四、五名，史无前列。

醉太平·中国队获得

4×100米接力银牌

应当庆功，豪情最浓！四人联手争雄，效神驹剑龙。

华秋劲风，灵犀贯通，接交赛棒从容，看青春正红！

注：中国男子4x100米接力队成员分别是莫有雪、谢震业、苏炳添和张培萌。中国队发挥出色，以38秒01的成绩获得亚军，实现中国男子短跑接力上的重大突破！

锦缠道·吕会会获北京

田径世锦赛女子标枪银牌

标枪掷罢，喜恨不消评说。本应该、足金成色，却因横遇风卷雪。泛力回天，买一腔纠结。

叹无常急来，此诚唐突。望王冠、未能擒夺。懂真经、天道酬勤，谢看台观众，不叫雄心缺。

注：吕会会成绩为 66 米 13，排在第一。压轴登场的德国选手莫利托尔完成绝杀，她投出了 67 米 69，吕会会与金牌擦肩而过，撼获银牌。

酷相思·张国伟

夺北京田径世锦赛跳高银牌

九月金秋寒欲拂。鸟巢里、多豪杰。看田径场中声急切。前一浪、横杆越，后一浪、横杆越。

起跳腾身真激烈。个个想、金牌挟。告英勇登巅应不屈。银牌者、心纠结。落第者，心纠结。

注：2015 年 8 月，张国伟不负众望，在北京田径世锦赛上，跳出 2 米 33 夺得亚军。

从无锡到杜塞尔多夫

世乒赛上振人心，长盛不衰中国金。
平野新吴现狼相，丁宁杜堡披桂衾。
昨曾嘲语讥三将，今日真功灭杂音。
凡事卧薪方有益，欲弹天籁早调琴。

注：2017 年 4 月，亚洲乒乓球锦标赛在江苏无锡举行，日本选手平野美宇连克中国女乒三大主力丁宁，朱玉玲和陈梦而夺冠。一时间对三将嘲语

满楼。之后的 7 月杜塞尔多夫的世锦赛上，丁宁以 4-1 战胜日本选手平野美宇，使其未进入四强，一雪前耻，最后丁宁夺魁。

　　新吴，即无锡的故称。

六. 节气与习俗篇

说 明

　　"二十四节气"与"十二月建"原属《干支历》的基本内容，它在上古时代已订立。古籍载，天皇氏始制干支之名，以定岁之所在。"二十四节气"是干支历中表示表示季节、物候、气候变化以及确立"十二月建"的特定节令。干支纪元法，正月建寅，立春为岁首，交节日为月首。"二十四节气"最初是以北斗七星斗柄顶端的指向来确定。干支历将一岁划分为十二辰，"建"代表北斗七星斗柄顶端的指向；一岁之中斗柄旋转而依次指为"十二辰"，称为"十二月建"（或"十二月令"）。斗柄从正东偏北开始，经南、西、北转一圈，为一周期，谓之一"岁"（年）。在古老文化中，方位和时间以及八卦是联系在一起的，寅位是后天八卦的艮位，是年终岁首交结的方位，代表终而又始，如《易·说卦传》："艮，东北之卦也，万物之所成终而所成始也。"

故立春为岁首，寅月为"春正"。北斗斗柄指向确定的二十四节气，始于立春，终于大寒。

西汉时，二十四节气名称首见于文献《淮南子·天文训》。汉武帝时期，将二十四节气吸收入《太初历》作为指导农事的历法补充。汉及后期很长一段时期采用"平气法"（即平均时间法）划分节气。"平气法"用测影确定日短至的冬至日，将冬至与下一个冬至之间的日期平均分成十二等分，称为"中气"，再把相邻"中气"之间的日期等分，称为"节气"。平均每月有一个"中气"与一个"节气"，统称为"二十四节气"。"平气法"是时间平均法，每个节气间隔时间约15天，计算不考虑太阳在黄道上运动快慢不匀。"平气法"划分的节气，始于冬至，终于大雪。到了明末后，采用了"定气法"划分节气，"定气法"比之前的"平气法"（平均时间法）在精确度上有了提升。"定气法"是根据太阳在回归黄道上的位置来确定节气的方法，即在一个为360度圆周的"黄道"（一年当中太阳在天球上的视路径）上，划分为24等份，每15°一等份，以春分点为0度起点（但排序仍习惯上把立春列为首位），按黄经度数编排。太阳在黄道上每运行15度为一个"节气"，每"节气"的度数均等、时间不均等。"定气法"划分的节气，始于立春，终于大寒。现行的二十四节气，沿用的是三百多年前订立的"定气法"。

立春

韭黄和面煎春饼，又是庚年律一轮。

序列生肖先让后，时令芦菔土成珍。

东风拂水知蓝绿，庭树飞花舞暮晨。

好酒杯盘盛笑意，且看蜂蝶咬香椿。

注：**立春**，是二十四节气中第一个节气，又名正月节、立春节、岁首、岁旦等。上古"斗柄指向"法，以北斗的斗柄指向寅位时为立春节点。现行的"定气法"划分节气，当太阳到达黄经315°时为立春节点。立春：一候东风解冻；二候蛰虫始振；三候鱼陟负冰。花信风为：一候迎春、二候樱桃、三候望春。

雨水

立春过后雪消踪，散则随升雨渐丰。

红带藤椅赠岳丈，桐油布伞避灾凶。

为求喜气干亲拜，怀抱婴孩道路逢。

但等东风萌百草，菜花起伏雁飞冲。

注：每年阳历二月十九日前后，太阳到达黄经330度，为雨水。立春后，东风既解冻，则散而为雨矣。雨水：一候獭祭鱼；二候鸿雁来；三候草木萌动。花信风为：一候菜花；二候杏花；三候李花。

惊蛰

春雷炸醒蛰虫囚，田埂耕牛最发愁。

门外施灰驱蚁喈，手中铃响咒鸠偷。

油壶满载存宗庙，老虎餐丰卧地沟。

桃花始发蔷薇艳，听得仓庚唱不休。

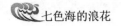

注：每年阳历三月五日前后，太阳到达黄经345度为惊蛰。蛰虫闻雷声惊而出走。一候桃始华；二候仓庚中饱鸣；三候鹰化为鸠。花信风为：一候桃花；二候棠梨；三候蔷薇。

春分

栽莲植树赖春分，小麦施肥拔节勤。

种草消灾需种草，粘君警雀辨粘君。

阴阳对半平寒暑，昼夜同长各寸斤。

雷电声声醒百艳，海棠梨蕊尽纷纷。

注：每年阳历三月二十日前后，太阳到达黄经0度，为春分。春分之日，昼夜长短相等。一候元鸟至于二候雷乃发声望三候始电。花信风为：一候海棠；二候梨花；三候木兰。有"种佛指草"置于屋顶消灾避火之说；有用汤圆粘雀嘴以警告不再来吃粮食的传说。

清明

春暖百花依序开，节从三月踏青来。

文公有愧穿羞屐，芥子无邪化柳枚。

恩德追思常记忆，豆瓜播种愿诚栽。

清明岁岁兼寒食，酒肉时时上祭台。

注：每年阳历四月五日前后，太阳到达黄经15度，为清明。大地一派清洁明净。一候桐始华；二候田鼠化为鴽；三候虹始见。花信风为：一候桐花；二候麦花；三候柳花。

谷雨

三月暮春三月中，土膏脉动响声隆。

谷棉栽种应时节，衣食不愁随俭丰。

只盼风调兼雨顺，但求国泰且民雄。

愿邀仓颉同祈福，茶煮明前手执盅。

注：每年 4 月 19 日—21 日时太阳到达黄经 30°时为谷雨，源自古人"雨生百谷"之说。同时也是播种移苗、掩瓜点豆的最佳时节。一候萍始生；二候鸣鸠拂其羽；三候戴胜降于桑。花信风为：一候牡丹、二候荼蘼、三候楝花。

立夏

立春东迎夏从南，地更葱茏水更蓝。

觅菜螺蛳苋笋绿，江鱼蚕豆酒酿醋。

厅堂挂起檀杆称，树荫排来戏耍男。

借得乌糕当粪土，孙膑有幸著兵谈。

注：立夏是农历二十四节气中的第七个节气，夏季的第一个节气，表示盛夏时节的正式开始，太阳到达黄经 45 度时为立夏节气。斗指东南，维为立夏，万物至此皆长大，故名立夏也。立夏三候：一候蝼蝈鸣，二候蚯蚓出，三候王瓜生。

小满

秧栽小满谷应秋，麦到此时方露羞。

养蚕姑娘需晴好，种田阿哥盼雨柔。

避害驱虫方得利，防风蓄水有奔头。

天公若是能帮忙，遍地黄金笑语稠。

注：是二十四节气之第八节气，夏季的第二个节气。太阳到达黄经 60°时为小满，日期在每年公历 5 月 20 日到 22 日之间。小满反映了降雨多、雨量大的气候特征，小满江河满（南方）。小满三候；一候苦菜秀；二候靡草死；三候麦秋至。

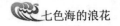

芒种

芒种既忙花退堂，女儿国里馋芬芳。

可能早稻应收割，兴许晚粮需插秧。

端五来临防五毒，疲劳正至避劳伤。

黄梅酸涩终成饮，飞鸟不停呈瑞祥。

注：芒种，是农历二十四节气中的第9个节气，夏季的第三个节气，表示仲夏时节的正式开始；太阳到达黄经75°时叫芒种节气。

芒种，一候螳螂生，下候鹏始鸣，三候反舌无声。

夏至

月至盈圆始有消，昼长阳盛在今朝。

当前两极阴应发，再见三庚火自烧。

农事繁忙防病毒，暑天炎热灭虫妖。

一骑飞速荔枝糯，狗肉溢香多脱销。

注：太阳运行至黄经90°时为交节点，一般在公历6月21—22日交节。夏至这一天，太阳直射地面的位置到达一年的最北端，几乎直射北回归线，此时，北半球各地的白昼时间达到全年最长。

夏至：一候鹿角解；二候蜩始鸣；三候半夏生。

小暑

暑气蒸来还算小，骄阳竟纵赤云烧。

芝兰乏力低垂首，枝叶无风懒扭腰。

墙角母鸡寻冷土，河中草鸭戏鱼苗。

蒲葵舞却蚊虫去，急盼腾龙扫炽潮。

注：小暑是农历二十四节气之第十一个节气，夏天的第五个节气，表

示季夏时节的正式开始；太阳到达黄经 105 度时叫小暑节气。暑，表示炎热的意思，小暑为小热，还不十分热。

小暑：一候温风至；二候蟋蟀居辟；三候鹰乃学习（鹰始挚）。

大暑

暑气蒸来越发狂，禾苗趁热蕴奇香。

高温稻笑农人苦，闷湿萤飞扇子忙。

隔岸倾盆鸡躲雨，对浜喷火狗蹲墙。

几声虫叫儿童喜，挥汗正争谁更强。

注：大暑是农历二十四节气之一，太阳位于黄经 120°。大暑期间，中国民间有饮伏茶，晒伏姜，烧伏香，喝羊肉汤等习俗。大暑：一候腐草为蠲；二候土润溽暑；三候大雨时行。

立秋

夏去秋来暑欲休，乡亲父老庆丰收。

金瓜蜜蜜香薷汁，玉米橙橙肥肉油。

坐看窗前云也白，遥闻树上翼方遒。

梧桐叶落知时节，牵手子孙河上舟。

注：立秋，是农历二十四节气中的第 13 个节气，更是秋天的第一个节气，标志着孟秋时节的正式开始："秋"就是指暑去凉来。到了立秋，梧桐树开始落叶，因此有"落叶知秋"的成语，太阳从巨蟹座运行到狮子座（黄经 135°）。

立秋：一候凉风至；二候白露降；三候寒蝉鸣。

处暑

暑霸虽凶止有时，恰逢乞巧赋情诗。

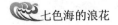

长空竞逐悲纤弱，万物归阴见枯枝。

应感上苍施五谷，但将生命展新姿。

张弛有道随天意，躁进畏危最少知。

注：处暑，即为"出暑"，是炎热离开的意思。处暑是农历二十四节气之中的第干眼四个节气，时间点为公历 8 月 23 日，太阳到达黄经 150°。

处暑：一候鹰乃祭鸟；二候天地始肃；三候禾乃登。

白露

九月初来即爽秋，清晨叶染水凝稠。

几惊玄鸟从归去，也唤飞鸿作远游。

程酒甘醇逢酒客，露茶香绿润茶喉。

兼葭已是苍苍日，白昼登高望肥牛。

注：白露是农历二十四节气中的第十五个节气，当太阳到达黄经 165 度时为白露。

白露：一候鸿雁来；二候玄鸟归；三候群鸟养羞。

秋分

漏钟时节已秋分，期半月明除翳云。

石板初凉茶有味，蚕虫久练翅添纹。

金乌跨度离将去，木樨留香见近闻。

黄叶落条长短夜，斝杯还得上鱼荤。

注：秋分，农历二十四节气中的第十六个节气，时间一般为每年的公历 9 月 22—24 日。南方的气候由这一节气起才始入秋。太阳在这一天到达黄经 180°（秋分点），太阳几乎直射地球赤道，全球各地昼夜等长（不考虑大气对太阳光的折射与晨昏蒙影）。

秋分：一候雷始收声；又二候蛰虫培户；三候水始涸。

寒露

秋风贪夜梦难长，品酒方休品茗香。

寺院晨钟惊众客，石桥寒露染初霜。

怨声鸿雁还乡急，思儿老母备衣忙。

落英翻复成风景，是否东篱菊已黄？

注：寒露是农历二十四节气中的第十七个节气，属于秋季的第五个节气，表示秋季时节的正式结束；时间在公历每年 10 月 7 日~9 日。是太阳到达黄经 195°时。

寒露：一候鸿雁来宾；二候雀入大水为蛤；三候菊有黄华。

霜降

且说秋霜一把刀，西风转作北风号。

漫漫薄雾抱黄叶，熠熠床灯照客袍。

晨起清流生瑞气，暮垂丝露着纤条。

归来煮沸三江水，慢饮清茶握紫毫。

注：每年阳历 10 月 23 日前后，太阳到达黄经 210 度时为霜降。霜降表示天气更冷了，露水凝结成霜。

霜降：一候豺乃祭兽；二候草木黄落，三候蛰虫咸俯。

立冬

冬破爽秋风进衣，南阳北冻各依归。

絮棉裹体寒潮急，鱼肉上台蒸气微。

尺蠖藏身眠洞穴，雉人入水到天圻。

几多辛苦收成好，窗外雪飞茶桌围。

注：立冬是农历二十四节气之一，也是中国传统节日之一；时间点在

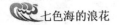

公历每年 11 月 7-8 日之间，即太阳位于黄经 225°。

立冬：一候水始冰；二候地始冻；三候雉入大水为蜃。

小雪

西风渐展小尖刀，满地橙黄子叶逃。

塞北寒流常为客，陌垅残菊已成糟。

露霜遍地沾沾袜，湿雪零星点点袍。

煮水泡茶须自乐，且将诗句作滋膏。

注：小雪，是农历二十四节气中的第 20 个节气。时间在 11 月 22 或 23 日，太阳到达黄经 240° 时，此时称为小雪节气。

小雪：一候虹藏不见；又二候天气上腾地气下降，三候闭塞而成冬。

大雪

总道丰年瑞雪多，山乡飘忽若飞鹅。

泥坯草屋风卷席，碗盏油灯影摆梭。

远区庶民求饱食，穷边子女想衫罗。

司机欲驾豪车去，抱怨深埋不得挪。

注：大雪，是农历二十四节气中的第 21 个节气，更是冬季的第三个节气，标志着仲冬时节的正式开始；其时视太阳到达黄经 255 度。

大雪：一候鹖旦不鸣；二候虎始交；三候荔挺生。

冬至

昼夜迁移论短长，阴阳变换露和藏。

时从此日春先发，气至今天浊最狂。

填九期期新节令，逢三过过暖流洋。

合家饺子香烟绕，祈祷安康向寿昌。

注：冬至，俗称"冬节"、"长至节"或"亚岁"等。冬至兼具自然与人文两大内涵，既是二十四节气中一个重要的节气，也是中华民族共同的传统节日。冬至被视为冬季的大节日，在古代民间有"冬至大如年"的讲法，太阳运行至黄经270°时（冬至点），冬至标示着寒冷的冬天来临。

冬至：一候蚯蚓结；二候麋角解；三候水泉动。

小寒

出门冰上复初痕，三九隆冬被未温。

毡帽凝霜成刺獾，鬓毛结露演蛮蕃。

乌云压顶飞银絮，凉气侵衣出怨言。

但愿来年光景好，八仙请坐满杯盆。

注：为农历二十四节气中的第23个节气，也是冬季的第五个节气，标志着季冬时节的正式开始。太阳到达黄经285°时为小寒。

小寒：一候雁北乡，二候鹊始巢，三候雉始鸲。小寒：花信风为：一候梅花、二候山茶、三候水仙。

大寒

寒寒相接月盈虚，近郊菜农忙送蔬。

时令草花知季节，逐天鹰隼疾渔鱼。

雾霾难阻回乡客，短信频传贺岁书。

除旧迎新磨贡墨，对联拟就莫踟躇。

注：大寒，是全年二十四节气中的最后一个节气。每年公历1月20日前后，太阳到达黄经300°时，即为大寒。

大寒一候鸡使乳；二候鸷鸟厉疾，又三候水泽腹坚。大寒：花信风为：一候瑞香、二候兰花、三候山矾。

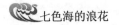

元旦

寒来暑往乾坤转，斗运星移又一年。

旧额颜侵成旧色，新风意发有新仙。

天香滴翠生欢乐，心语纷飞贴对联。

翘首佳期峰会到，雄文解结望忠贤。

正月十五观灯

正月元宵十五灯，青云紫气袭宾朋。

灵龙九派频添彩，皮鼓十番终断绳。

走马千遭邀走兽，飞仙百态遣飞鹏。

手提玉兔还寻犬，孙女孙儿喜骤增。

元宵节戏元宵

且把邻居作弟哥，元宵共渡酒同鹅。

三杯饮后诗词咏，一纸铺前竹笔拖。

不但汤园当佐料，也将菜肴作吟歌。

谁知醉眼矇眬久，错把芝麻作墨磨。

吃元宵

一口汤园一口香，假牙粘紧嘴难张。

孙儿嬉笑呼娘看，孙女眉开拍手狂。

瘦肉芝麻喷桌子，豆沙皮馅掉衣裳。

强捂不叫洋相出，只见锅中已掃光。

春至

（借茂林修竹老师半联，凑成一律。）

习光和煦日初长，荡漾东风柳絮扬。

细雨含情滋沃土，田畴漫绿润禾香。

蘸来浓墨描新画，扯起粗喉唱故乡。

思约亲朋三五许，登高望远携琼浆。

冬凝

银光满眼色微稀，万象萧疏鸟绝飞。

倒影临波生刺獾，枝条复雪化珠玑。

寒风惧冷停吹拂，空气凝胶不吐唏。

唯见伸篙平鉴破，河漂竹筏走红衣。

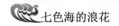

七. 黄山松篇

咏松

狂张臂膀揽云天，尽展身躯向广延。

未惧严寒侵骨骼，几经霜雪颂先贤。

清风拂过身心醉，暴雨临来意志坚。

万壑涛声空谷处，精华育就度千年。

齐天乐·黄山松

总居峰顶还居壁，依然缝中沉寂。错节虬枝，丛林独木，沟壑悬崖深立。痴情最极，任光劈雷轰，雨侵风袭。甲闪鳞飘，向人展得尽生息。

虽无养肥地力。为谁娇百态，弯曲平直。荡冠葱茏，披装翠绿，更兼丰姿云集。横飞纵逸。会四海宾朋，八方亲戚。只在黄山，赞声随处觅。

注：黄山历经沧海桑田孕育出的奇秀的黄山松，以它特有的千姿百态和黄山自然环境相辅相成，达成了自然景观的和谐一致。黄山松的种子被风送到花岗岩的裂缝中去，它登临峻峭峭壁之上，以无坚不摧、有缝即入

的钻劲，在那里发芽、生根、成长。黄山松是从坚硬的黄岗岩石里长出来的。它们长在峰顶、长在悬崖峭壁、长在深壑幽谷，郁郁葱葱，生机勃勃。

黄山迎客松

玉屏开处见奇枝，游众忘归时亦迟。

翠叶摇摇凝笑脸，微风拂拂致新辞。

金狮作揖留情意，白象欢歌露憨姿。

展臂诚邀天下客，黄山一品结相知。

注：迎客松在黄山玉屏楼左侧、文殊洞之上，倚青狮石破石而生，高10米，胸径0.64米，地径75厘米，枝下高2.5米，树龄至少已有800年，黄山"四绝"之一。

黄山送客松

玉屏好客苦留兄，宾至若归还品醇。

心向天都松鼠跳，意穿西海岩石嶙。

躬身且作临行礼，挥手兼成拭汗巾。

欲入黄山深远去，云梯百步已三程。

注：送客松，黄山十大名松之一。送客松高4.8米，树龄约450年，立于玉屏楼右侧道旁，枝叶侧伸好像作揖送客，与名扬世界的黄山迎客松遥遥相对应。

黄山蒲团松

丈余枝曲密如盘，展得横身半亩宽。

遥看玉屏思绝顶，眺望北海坐蒲团。

浮丘炼石终成道，释岛追徒尚有鞍。

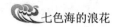

且向幽径留足迹，不枉行路任贫寒。

注：黄山十大名松之一，位于玉屏索道上站（玉屏楼站）附近，地处海拔1610米，树身不高，不过一二丈。铺展平整，状似蒲团。树高2.9米左右，胸径35厘米。树龄约350年。全体像个"丁"字。

黄山团结松

兄弟五人从密围，各登科第迎朝晖。

虬枝互系风光好，铁臂盘缠雀誉飞。

游客频频留倩影，微风习习见英巍。

豆萁何必相煎急，但看黄山少是非。

注：生长在黄山北海至西海的山路旁。古松铁根盘结，五干围抱，枝叶茂盛，团团簇簇，状若兄弟五人相互拥抱，人称"团结松"。

黄山黑虎松

登临始信见奇松，黑虎横拦半路中。

冠盖繁华描黛墨，虬枝挺拔着青葱。

僧人已去无踪迹，看客久思凝碧空。

谁使笔狂书草体，巡天巨字染深浓。

注：黑虎松在北海至始信峰岔道口，有一古松挺立，即为此松。树高15米，胸径65厘米，冠幅投影面约100平方米。根据推算，它已生长了"700余年。传说一天有一高僧路过这里时，突然看见一黑虎卧于松顶，吓了一跳。后来黑虎不见，那位高僧四处寻找，只见一棵古松高大苍劲，干枝气势雄伟，虎气凛凛，且冠盖浓绿近黑，似一黑虎卧于坡下，便取名为"黑虎松"。

黄山连理松

苍松照样演风流，并蒂齐肩倩影稠。

主杆分叉成敬意，丛枝互对享悠幽。

黄山本是钟情地，仁木承当爱恋洲。

只为千年留此刻，长生殿里早筹谋。

注：连理松为黄山十大名松之一，列入世界遗产名录。位于自"黑虎松"去"始信峰"途中左侧。树高20多米，在离地2米处树分两干，并蒂齐肩，其粗细、高低几乎一模一样。因为人们常以连理比喻夫妻，所以赋予此树的传说也是爱恨缠绵的唐明皇与杨贵妃的故事。相传二人曾于七夕明誓，百年之后同去黄山，修身养性再结连理。死后二人果然同游黄山，并留恋此地美景而化身为连理松。所以携手同游的恋人经由此树，都要在这里留影，让古树为幸福爱情作证。

临江仙·黄山龙爪松

始信峰高精气现，几多怪石奇松。循崖度壑险危中。眼前神韵，犹似隐蛟龙。

但见侧根如铁骨，探身正望长空。直疑此处会腾风。吞云吐雾，凭恃任西东。

注：黄山十大名松之一，它位于始信峰上，5根主侧根裸露土表，粗大，扇形伸张，似苍龙之爪，苍劲有力，深扎岩中，这是一株约400年树龄的松树。

鹧鸪天·黄山探海松

绝壁天都生玉枝，侧身飞探展雄姿。笑看苍海烟霞起，戏揽浮云朋客驰。

寻胜境，醉先师，且栖此处莫时迟。只缘觅得风光好，仙宴

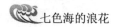

何非不作痴。

注：又名小迎客松，黄山十大名松之一，立于卧云峰陡腰，地处海拔1670米，树高仅3.5米。特点侧枝倾伸前海，犹如苍龙探海，戏搅浮云。树龄约500年。

相传，有位仙人应邀去天都赴宴，行至桥上，只见云海翻腾，浩气临空，于峰万壑，倏忽变幻。他看得如醉如痴，将赴宴忘得一干二净。另一位仙人东方朔见此光景，即拍拍他的肩膀，笑曰："老翁老翁，犹似老松，不尝他酒，独饮海风，一醉千年，其乐无穷。"那仙翁一听，觉得此话颇有道理，心想：这里比仙宫还美，何不在此一醉千年？于是便摇身一变，化作一棵苍劲的松树，日夜饱饮海上的烟霞，这就是探海松。

一剪梅·黄山卧龙松

始信峰中有卧龙。角崭髯张，破雾排风。欲飞霄汉走天河，盘月衔星，探海腾空。

身自登高尾挽弓。一展英姿，再会枭雄。踏青抱翠立葱茏，不问缘由，只在情钟。

注：卧龙松，位于卧云峰，地处始信峰东侧，树干分为两枝，附岩盘曲生长，顶枝反侧融为一体。作伏卧状，昂首，角折髯张，有苍龙凌波之势。

小重山·黄山竖琴松

方进辕门听奏琴，似风吹雨打、芭蕉心。高山流水觅知音。丝弦软，千载到如今。

总在黟山深。任凭人驻足、立珍禽。卧云峰上逐晴阴。情难却，相对共君斟。

注：黄山十大名松之一，位于卧云峰侧北坡的竖琴松以形取胜，它主干挺直，顶状如伞，形似竖琴，又如古时官署中的辕门，所以，又称"辕门松"。

八. 随笔篇

童年记事

（一）

宗祠坐落沪西郊，壁上东头有我巢。

几拨春秋倾老屋，数排砖墅掩疏茅。

拆房圈地移居宅，植树生根引氧包。

新景透窗无弱影，企盼新梦旧门敲。

注：我家在壁上村一号，村的最东头。上世纪七十年代初，为统一规划农村，将老屋拆掉了，搬进了"农村新村"。后又因建大型公园，又将整个村庄全部拆迁，所以老宅已无影踪矣！不知能否在梦中再见老家模样？

（二）

东浜岸上放鹞飞，柴梓间中戏忘归。

夏共椿槐数七簇，冬同袄袖拢寒衣。

书包合罢绳龙耍，口角相争黑手挥。

些许顽童今健否，相逢见面可嘘唏？

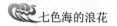

注：作于辛卯年五月十四日。

（三）

当年战地沪西郊，蒋匪都成破卵巢。

肋迫村民充苦役，强搜屋宅掠财钞。

弯腰屈膝防流弹，掘地藏身避贼蝥。

隔岸房间成火海，红旗忽至敌狂跑。

注：在漕宝路七号桥有一个很高的碉堡，距我家竹园的直线距离在步枪的射程内，每次到竹园去弄菜，都必须弯腰，低着身子，靠篱笆遮掩，否则碉堡内就会打冷枪，"嗖嗖"的，怪可怕。为防备蒋匪烧房子，所以在竹园里挖了个藏身地窟，人和稍值钱的东西都转移在里面。蒋匪败退就火烧民宅。一天，看到河西房子着火了，我们都惊叫起来。赶紧往地窟里转移东西。没多少时间，解放军冲了过来。所以，我们河东的房子没有被烧。

（四）

红旗已树我村头，战马殊功也整休。

草料频添摇后尾，顽童嬉戏惹奇羞。

前蹄奋起啸声急，后脚飞扬数丈攸。

幸好僵绳拴得紧，未成灾祸汗频流。

注：一九四八年冬，人民解放军已解放了我们家乡，并在我村驻扎。大概是炮兵部队，所以有很多驴马，拴在立了一排木桩的场地上。有顽童用竹竿捅它们的生殖器，惹得发怒，撩后腿，吓得我脸渐白，汗流浃背。

童年记事之五《少年积肥队》

到老方知小孩狂，初生牛犊最逞强。

大人走地巡天急，学子扶锄积肥忙。

日暮完成三万斤，凭空计划一千方。

红旗一面因高调，今日思来是幼殇。

注：时值大跃进，暑假期间，我们七八个学生成立了少年积肥队，我任队长，跟着演奏起无知狂想曲。

无题

金戈铁马曾经有，退岗谁人共泛舟。

电子成串天上舞，诗词偶作水中游。

纵无基础难升级，却有名师易找刘。

曲赋诗词均有趣，心轻泰若度金秋。

注：作于 2011 年 7 月 18 日

随笔

岁月曾经走四方，青春换得绿军装。

秦川雁塔蓬窗暖，蜀地渝城被单凉。

闽水仓山飞电讯，申城教室论沙场。

勤劳不敢忘宗旨，奉献留甜梦里香。

注：60 年 8 月保送到西安（秦川）军事电讯工程学院学习，后转入重庆（蜀地）通信兵工程学院继续学习，（中间逢文化大革命）67 年 2 月到空军福州（闽水）场站报到，在通信营修理所工作，直到 1985 年 6 月回上海，在空军政治学院搞教学（申城教室），直至退休。

又

十六从军六十还，乡音稍改发生斑。

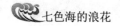

寒窑踏探黄花摘，公馆追寻歌乐攀。

烙铁熏蒸挥汗水，雄鹰劈雾夜陪班。

榕城返沪壮年至，粉笔随身到老顽。

注：本人籍贯上海市。1960年8月从军，未到十七周岁，2004年5月退休，六十周岁足矣。其间共四十四个年头，而在外地度过了三十五年。在西安时，曾踏探"寒窑"，在重庆曾去过"白公馆"和"渣滓洞"。

汉城教授教我作七律

星辰罗列苍穹里，杂乱缤纷密似麻。

七律无穷难计数，方程四例定无差。

同联对立邻相粘，偶句从平押到家。

识得声音波谷韵，刘师教我摘诗花。

注：刘汉城，安徽怀宁人，现定居上海。中共党员，南京政治学院上海分院文史教研室教授，汉语教学组组长。2004年2月退休，与我同在上海市杨浦区军队离退休干部第二休养所。我们还同住一幢楼，所以请教刘教授就非常方便了。

旱涝逆转急

方从铁扇借芭蕉，便见龙王气焰嚣。

地裂如沟鱼鳖死，房倾似腐碗盆漂。

皆因帝脉遭侵害，致使天神起咆哮。

倘对庭科忘敬畏，遇惩受罚劫难逃。

赞书坛名家张旦华同志

偏借中锋演技奇，书坛逐字举旌旗。

笔挥遒劲龙蛇舞，墨泼流畅燕雀嬉。

旦暮凝功金凿破，华年展艺臂悬垂。

真经取得君成道，且喜今朝有大师。

注：张旦华，中国书法史学会常务理事，中国书画学会副主席，中国国家书画院副院长，中国兰亭书画院终身名誉院长，中国书法美术家艺术创作中心终身荣誉教授，香港特区国际羲之书画院副院长。与我同属一个干休所。

示内

（一）

厮守相随四十秋，卿先退岗但无休。

清贫共度艰难日，辛苦同登风雨舟。

烦恼齿唇张小咀，消愁雀鸟跃高楼。

心胸豁达宽仁待，福寿康宁共白头。

（二）

艰难困苦过成烟，幸福安康已在前。

共育花苗花艳丽，同栽树木树相连。

千愁度水波且去，万喜乘风鹊又传。

莫为微尘遮细眼，雪融云散向新年。

（三）

双双退岗度金秋，一样勤劳一样优。

偶有宫商非合律，遂教口角只含羞。

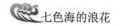

风云变幻难依旧，经济由来巧运周。

淡定今生无妄念，回头笑看已风流。

注：老伴随部队东奔西走，没有一个固定的居所，为了家，辛苦她了。虽然偶有"宫商"不太合律，终归是贤妻良母，唇齿相依也。

答刘汉城教授赠诗

古稀临近发痴邪，欲遣仄平翻律花。

苦缺文才勤补拙，幸逢教授好除差。

认真评点圈初作，仔细筹题用大家。

莫道山高天路远，吾需努力别先夸。

建军八十四周年感

生死存亡道亦同，扶民护国必崇弓。

巴黎起义出真理，湘赣挥枪建伟功。

箕帚能除千载秽，棍鞭可赶百群熊。

倚天长剑铁手握，笑看芳菲舞赤风。

回汉城教授赠诗

愚生遇赞喜洋洋，但觉双鬓已老苍。

学律诚心虽在暮，吟诗努力未羞霜。

奈何检点多庸作，怎地书来有好章？

幸得名师勤指正，滥竽或可减诗荒。

注：我与刘教授住在同一栋楼，他在十八楼，我在十七楼，是邻居也

附刘教授诗："三槐堂里喜洋洋，大雅临秋寄老苍。韵出深情解死结，字含明理化严霜。寻源应摆金陵谱，数典还看七宝章。平仄千锤成律手，

扁舟一叶救诗荒。"

贺天宫一号升空

鲲鹏展翅路迢迢，始建天宫纵九霄。

玉帝移身邀贵客，仙姬纵指奏笙箫。

嫦娥起舞填新句，蟾兔欢歌献绝招。

只见神舟声振吼，群雄逐宇在今朝。

咏文房四宝之毛笔

书毕春秋论古今，也需凝力作神针。

竹杆心直风骨在，貂发毛软暗劲临。

雀跃蛇游言世事，龙飞凤舞述奇禽。

包丞执笔描朱色，污吏贪官汗水淋。

咏文房四宝之端砚

身自端方体魄刚，亿年修得铁心肠。

无言却可描城府，有肚终能立法章。

浅水书成传后世，巨篇修好继前纲。

能同笔墨邻邦近，但纵风云立殿堂。

咏文房四宝之徽墨

当是有形心自薰，能言善辩几多闻。

通身漆黑晶光闪，满纸春秋胜负分。

数度忠言书曲直，千回正气溢欢欣。

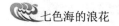

松烟历炼成风骨，碑帖临摹看右军。

咏文房四宝之宣纸

先祖蔡伦真有成，儿孙出脱逐宣城。

经年演变扬名族，历代迁移出精英。

尺幅条绡藏世界，千章册页载峥嵘。

淡浓黑白春秋史，描得山川一路行。

浣溪沙·感事

月残星疏夜虫鸣，微醺已感衣衫轻，朦胧忽觉泛思情。

少时鱼书频来去，欲清时节不复清，无缘鸣镝不怨卿。

注：戊子秋九月末，对窗外之凉夜，有感而作。此词系旧作，未发表过，重修编于此。

念奴娇·回首有感

我今秋暮，忆当年，西去军营书读。朦胧时间，情道业，不知何等肃穆。细流涓涓，微波逐逐，约会东篱菊。一时心扑，几经春来花馥。

驻足塘滩河边，趋步频斜目，透雾露覆。唯自无方，声催速，雾月欲逢泪簌。岁月流逝，往事多蹙，感慨心中蓄。想君未哭，但愿醉卧长伏。

水调歌头·有感（借苏轼韵）

明月总常有，醉后不知天。曾游凡世宫阙，却道到聋年。欲遣霜雪飞去，虽是温和斗室，凌暮亦言寒。杯举少君影，泪落众花间。

下楼阁，寻旧址，未成眠。心中往事，今生千梦已无圆。但愿祈求六合，何惧穿梭裂缺，只为天堂全。一任蝶梦久，醉里会姣娟。

注：作于辛巳年暮春

梦弟邀我游太虚

秋风瑟瑟进门来，绰约神思醉入眠。

忽觉将倾将欲坠，但感无倚更无牵。

清香才透无明亮，疏影已至有昏暗。

不言无语拥却去，微风细吹飞即巅。

初时呼啸飘飘身，后即翻腾喘喘咽。

似浪拍舷难自持，如磁吸引受牵连。

霹雳一声魂魄惊，訇然裂缺胆心癫。

两耳少倾风声停，双脚些许软若棉。

闻得清声如玉女，听罢细言若潺涓。

"皆因时紧未及因，但请君谅后方宣。"

问及跟前何人是，"答曰眼睁即了然。"

听从启眸无由得，欲睁垂铅难启绵。

渐次见光晃且忽，然后可辨角与边。

近前朱墙琉璃瓦，次第雕梁画栋椽。

金碧辉煌添瑞气，云蒸霞蔚生紫烟。

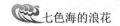

却顾眼前能是谁，翻看心喜身已挛。

携我至此非别人，辨君来今乃我娟。

含情脉脉唇欲启，羞色微微面如胭。

"再问此地系何方，""答曰此处近天边。"

"何来该处别非专？""太虚幻境有清泉。

警幻催我带君至，君我携手赴此间。

今日与君太虚游，明朝共衾长生筵。

前路欣慰却非顺，结局未卜恐受煎。

君若不惧即点头，君若恐惧请遵便。"

言毕双颊泛红晕，语罢两眼滴浊泪。

把手相向言肯切，攥拳对视意弥坚。

点头愿与卿厮守，挥泪敢赴身为烟。

言尽云开彩虹起，手到毡铺霓灯悬。

孔雀开屏金鸡唱，玉兔额首桂花妍。

可人楚楚飘彩带，云鬟柔柔插金钿。

锈衣缎鞋步盈盈，金环玉珮身绵绵。

鼓乐齐鸣响钟磬，龙凤同舞起丝弦。

金童玉女捧红烛，青衣花旦执銮扇。

行至殿下双双跪，仙姑面前旦旦言。

"愿为比翼共双飞，愿结连理到百年"。

警幻忽地言转怒，责备之声响耳边。

"查遍册籍穷记录，尔等今世无姻缘。

今日趁早分手去，免遭灾祸受熬煎。"

交臂呼嚎言肯切，"遂我心愿意志坚。

富贵不求求成全，感恩不尽铭心田。"

却是佛尘扬拂处，顿作雷鸣火四溅。

飞沙走石楼倾倒，天旋地转光消湮。

情急欲拉贵人手，却是空空不得牵。

呼天喊地无回音，悲天怆地有谁怜？

凄凄惨惨肠揪揪，呜呜咽咽泪涟涟。

未及地陷人将堕，心灰意冷声呜咽。

忽觉身后人推搡，醒来妻儿唤跟前。

竟是南柯一梦境，若有所失意缠绵。

时时忆得梦中景，此情悠悠年复年。

注：《浣溪沙》、《念奴娇》、《水调歌头》和《梦弟邀我游太虚》四首，乃 2008 年 10 月前后所作，于 2015 年重修，现编于此。

观扬州鉴真塔

七度慈航岸复登，艰辛不惧浪翻腾。

东瀛理应扬仁义，邻里和平慰此僧。

注：十年前赴扬州对拟录研究生政审，观鉴真塔，得七绝以记之，现将旧作重修。重修于 2011 年 7 月 13 日

辛卯年十一月十六日夜观月全食

日地银盘巧运功，直牵疏影覆蟾宫。

分明哮犬啖轮窟，不啻嫦娥遇走熊。

应信天条终有序，难遮法眼透无穷。

谁言一叶障眸久，但看烟消绝挽弓。

读延龙兄《泉声悠悠》
兼谢赠书之情吟排律一首

北国袭寒风，霜降落叶枫。

清泉流浦江，暖意拂愚翁。

美玉生齐鲁，华章跃掌中。

明灯翻页页，侧耳响隆隆。

时代风声激，胸腔血气丰。

曾随春舞剑，又见夏飞鸿。

壮志存高远，诗书唱鄙崇。

皮条鞭俗弊，铁手挽长弓。

忽作攀登旅，竞当歌咏工。

山川留足迹，江海忆舟蓬。

杨柳轻絮细，亭桥石栏雄。

溪边枝摆臂，树上鸟餐虫。

笑语添情趣，欢声逐远穹。

花开花且去，草败草能葱。

日月乾坤转，时光白驹匆。

人生将至老，余热几翻红。

脑健双眸锐，身强两耳聪。

佳篇频出彩，好友尽顽童。

曲赋都融会，词牌亦贯通。

临稀真有幸，岁晚巧启聋。

网络传佳讯，同夤在胶东。

悠悠扬管笛，滴滴润陪僮。

只看天涯路，匀牵地面篷。

飞旋千里去，拍掌执杯盅。

注：张延龙，山东老干部诗词学会会长，我未谋面的西安军事电讯工程学院校友，是我的学长。

悼周总理逝世三十六周年

悲逢早奏陨星曲，三十六年牵梦长。

面壁东投求救国，身临异域顶垂梁。

才能拔萃兴唐汉，睿智无穷安异疆。

竭虑殚精终积疾，圜球遗恨哭忠良。

咏梅兰竹菊四君子

梅傲冰霜未惧冬，几曾怯步酷寒中？

兰幽独领香花叶，诗丽书骚九畹葱。

竹节高风歌大节，腹空铁骨逐深空。

菊黄引得东籬曲，无限情思染腮红。

大海之问

连天碧水百层堆，直击长空到女魁。

丽日微波掀百尺，狂风巨浪倒千桅。

远洋隔岸争相渡，异域邻邦盼往来。

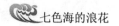

万类生灵添友谊，谁伸恶手铸军盔？

无题

寒夜凭窗旧梦飞，菊花灯下笔生辉。

诗成忘却炎凉事，岁泛浮思破烂衣。

放眼前方天地远，低头脚尖足胫微。

抚今追昔沧桑变，何必斤斤计是非。

赞山泉

不老青山已白头，挺胸伸向玉京楼。

且将甘露从天吸，还把琼浆纵地流。

绕过岩峦淋草木，途经卵石润鹦鸥。

生灵万象苍葱处，侧耳叮咚向海投。

赞老年诗友

诗坛有韵尽宜诚，处处清音绕耳萦。

壮志昂扬能返少，豪言顿挫可羞倾。

连天笑语催英发，动地歌声促向荣。

日暮霞光多璀璨，后生也赞夕阳情。

春讯

三九除寒霸已消，今看傍晚赤云飘。

鸭凫水面涟漪浅，鸟舞天空掠影娇。

远绿近无还掩脸，风和气爽正催苗。

轻声咏唱诗词后，晨露抽成翠嫩条。

春之疑

乱笔纷纷欲写春，未知究竟是何真。

虫鸣叶绿犹相似？雨洒花红些许循？

楼上痴鼙兴倦意？堂前雏燕吐甘津？

数番疑惑难磨墨，但见耕牛脚步匀。

春雨愁

细雨轻撩亦有愁，难挨蚤痒逛街休。

阳光少见心胸闷，寒气久留关节抽。

布伞参差行路苦，裘衾湿冷换衣羞。

频频远眺天边色，满眼轿车约酒楼。

颂雷锋精神

曾经几代颂雷锋，实践高风效劲松。

憎爱分明砭朽暗，言行一致作民佣。

心怀奉献天空阔，胸有豪情斗志浓。

换取良知传美德，何愁腐败不消溶。

我说雷锋

为何半世国人思，只是平凡见伟姿。

一搀妪翁扶弱小，数声言语振雄师。

胸怀理想无畏惧，口念真经辨狗罴。

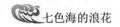

但愿常依仁义策，中华崛起颂红旗。

春雨喜

有言春雨贵如油，久旱田畴裂似沟。

庄稼蔫萎农户急，菜蔬倒伏市民愁。

忽传天上飞机响，又见云中闪电流。

手捧甘霖忘湿袄，唯看鳌氏正低头。

报载：云南飞机和地面立体人工增雨成效显著。

象棋趣

（一）

楚河汉界杀声高，争霸两军金甲鏖。

跃马横车摧残敌，顶头架炮御兵刀。

九宫城里烟尘滚，孤帅帐中狼狈嗷。

相士随从难护驾，当先小卒掠黄袍。

（二）

汉界楚河埋杀情，偃旗息鼓伏刀兵。

先听炮响藏谋术，后看马啸临棘荆。

卒小过河成大器，将孤居帐困危城。

擒来相士车径入，红黑输赢已辨明。

（三）

韩信施谋汉界拖，霸王用计楚河挪。

炮轰九阙摧雄剑，马踏千山破敌倭。

相士平庸行歪路，将军懒惰坐残窝。

铁车横直兵无退，如梦人生亦似何？

说风筝

万里游丝一线牵，东风着力会神仙。

弹丸城廓隆昌地，广袤汉唐安乐天。

渴饮晨曦丰节骨，饥餐夕露润绸棉。

若无身手犹空梦，难作飞升只纵旋。

我的人生七十年简述

十六军营去，只归花甲身。

童音柴院里，弱影渭河滨，

岁月随痕过，余晖落叶泯。

凭窗观雁塔，返沪见娘亲。

胎发还存味，青丝已露银。

长安攻电路，渝地炼忠心。

坐看雄鹰吼，笑传科技真。

松香浸汗渍，粉笔洒灰尘。

在职齐家少，退休将事均。

闭门编菜谱，入市买梨苹。

进屋支炉灶，提刀削蔗莼。

三餐荤素配，四季暖寒匀。

剁馅饺包肉，临摊眼识菌。

坐床翻报纸，展册品邮珍。

不善商宫角，难分玉石珉。

从容桥戏趣，但识语言神。

端砚磨浓墨，明眸赏绿茵。

含饴孙辈乐，纵线纸鹞驯。

移步桃园树，仰头星界宸。

乘机飞远地，举足访乡邻。

瑞丽风光好，大连空气醇。

玉龙山雪白，天子岩峦嶙。

九寨沟颜美，五台霞色纯。

峨眉朝圣者，椰岛忆情人。

祖国千河秀，神州万象新。

往来添敬意，呼吸着甘津。

忽觉生痴念，欲期吟仄平。

停车逢教授，会客待愚荣。

纸上涂诗律，屏前对友朋。

网联寻厚谊，雅阁认顽兄。

敢与乾坤转，犹成铁石铿。

康宁传幸福，舒畅化坚贞。

无谓雅兴盛，唯谋血脉盈。

夕阳多亮丽，残彩亦峥嵘。

观风信子照片有感

数枝风信展芳姿，冠顶蓬松瓣有知。

红白常添尘世乱，黄兰总惹酒杯痴。

瓜甜得靠农瓜技，蕾绽当从育蕾师。

春讯莫忘须望月，此时正是护花时。

说越冬蝈蝈

日照阳台绿叶荣，撕喉浅唱谢恩兄。

时人不解求凰调，余岁难宽落凤情。

腿断须残双翼折，声低韵缺百心惊。

纵然地老天荒后，连理枝头几梦萦。

无题

蒜头鼓鼓聚鳞茎，瓣瓣相依最弟兄。

衣膜整齐坚又密，柱杆失落散而茕。

围团一处同心力，离别八方多口声。

怪道双亲归地府，几多子女产权争。

注：有一个电视剧《人间正道是沧桑》，杨立青曾说过家庭的一个"蒜瓣理论"。

清明忆母亲

亲情浓烈何如妈！日夜辛劳守护家。

纤手渐成粗糙节，青丝已变白霜花。

饥时苦觅三餐粥，累后难含一口茶。

不厌贫穷无怨悔，归天裹得几层纱？

春发诗情

丝柳抚风春荡漾，青枝吻鸟吐晨芳。

妖娆是景连天远，翠绿为衣满幅苍。

骚客无须思七步，吟歌一泻走千行。

仄平音韵皆风采，谁似此时诗绪狂。

清晨交响曲

但见东方鱼肚白，路边摊贩紧相连。

油条松脆看清滴，蛋饼金黄蘸酱鲜。

白领匆匆来即去，司机急急嚼便咽。

还听快快催声起，手脚忙忙薄纸卷。

风吹落残红

才见枝头花艳艳，轿车顶上尽沾颜。

风吹洒落桃梨雪，雨袭飘零老弱潜。

苦看嚣尘摧玉质，犹听喋血滴银环。

暮春已过春当去，满地香魂几日还？

铺路石之愿

虽经百碾未曾违，冷语嘲言仍有辉。

盛夏倾盆除浊垢，严冬舞雪复银衣。

千轮滚滚真诚送，万众欢欢热烈祈。

只愿人人平坦道，遗君脑后不歔欷。

赞戴清林三画三咏

挥毫泼墨见真功，渲染淡浓终喜瞳。

鹰逐山巅常放眼，鱼翔水底欲掀篷。

香荷一簇留清骨，粉蕊千丝荡热风。

更有题吟声韵雅，诗魂亦似画魂同。

注：戴清林者，山东老干部之家诗词版块的诗友，未谋过面。

纪念五四运动

图存岁月起雷霆，学子无畏化忿青。

不忘忧仇求救国，胸装耻辱望晨星。

严惩国贼从民意，敢用身躯洒血腥。

振臂呼号留史册，风云过后见真经。

说黄岩岛

中沙海底耸高山，出水芙蓉尽展颜。

船越潟湖通便道，舟停港口避风湾。

明珠串起居关隘，宝藏生遍隐贼顽。

自古黄岩归我国，岂容染指纵倭患！

赞最美女教师张丽莉

何曾丽莉仅添姣？烛影摇摇作自嘲。

且把人生当彩画，更将命运筑归巢。

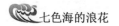

惊天弱手强驱鬼，恸地英姿剑出鞘。

忽道金陵无册籍，心流浊泪向谁抛！

注：张丽莉，2006年毕业于哈尔滨师范大学，分配到佳木斯市第十九中学任教。2012年5月8日的一次交通事故中，为救学生而受重伤，致使双腿截肢。

观日环食

带食朝阳出海疆，晨曦碧水着奇妆。

银钩渐细金环现，黑影频移暗圈藏。

及至圆盘全露脸，方才玉宇又重光。

伟哉金戒偏忘摘，本可牵心博女郎。

荷塘月色

散漫疏影泻荷塘，雾幕飘飘隐隐香。

云外奏琴欢韵起，池中跃鲤激波扬。

微风撩拨浮萍动，夜露搔挠裂蕾昂。

怪道蜻蜓频点水，涟漪不倦戏鸳鸯。

歌唱六一儿童节

曾经六月好阳光，照耀鲜花吐异香。

飘拂领巾添笑脸，坚持理想战严霜。

现今后代前程远，他日儿孙志气昂。

薪递火传多美景，中华永远向隆昌。

题友人所摄照片

《渴望自由》——期盼

自由真是贵逾金，未入樊笼不懂音。

投进牢房方跌足，洞穿泪眼始呻吟。

虽然饱食无忧虑，总管尊严受袭侵。

幸福家园何处是？谁人解得个中心！

题友人所摄照片

《母猴护崽》——母爱

爱子虽然是本能，从来世界此题恒。

千猿育崽慈祥露，百鸟临巢心血凝。

舔犊常存还哺意，劬劳不息守燃灯。

莫从吴起违诚孝，曾子堪当万众称。

题友人所摄照片

《情深意长》——忠心

如宾起敬是何音？流水高山绕古琴。

举案齐眉还不足，灵犀彩凤最当钦。

同行比目真诚意，相伴鸳鸯挚爱心。

若问柔情今可有，唯看眼里富含金。

题友人所摄照片

《小孩与狗》——和谐

同对乾坤共戴星，同披日月共眠青。

寄居玉宇随规律，诚待苍生爱性灵。

善报终归因善举，温柔毕竟有温馨。

天宗造物缘和睦，但看人狗互诉听。

题友人所摄照片

《夫唱妇随》——责任

夫唱妇随筹小家，爱巢同筑育新花。

寒风袭扰齐呵护，暑气侵凌共荫遮。

有福临身都享福，无虾入口各寻虾。

灵犀点点求通达，恋恋相依到海涯。

暴雨成灾

惊雷响处度乌云，闪电催风顶裂纹。

鼎镬轰开千担豆，天穹折断万层筋。

掀翻石柱成新障，击碎城砖露旧坟。

直待消停除夜色，疮痍满目化心焚。

思念

儿时柳影渐成灰，未得迟迟入梦来。

月照疏枝萤火逐，丝粘薄翼缚蝉哀。

冬临落叶寒风拂，春至吐芽轻絮挨。

树去人迁无觅处，关灯独自坐窗台。

注：老宅已拆迁，影踪已全无

路过被拆老宅感慨有加

老来常忆少无猜，竹马悠悠击落梅。

戏水河中曾赤裸，思瓜地里直徘徊。

乌云一度催风雨，破涕忽然展眼腮。

古柳何时栽旷野，难寻总角复悲哀。

遥望杭城

司机遇险现真诚，乘客卫兵天地情。

急刹停车虽本意，潜移默化始成铭。

平凡岗位看操守，不朽精神感众生。

遥望杭城思壮士，万千民子送英灵。

注：吴斌（1965.3.8----2012.6.1）男，浙江温州平阳萧江人，杭州长运司机。2012年5月29日中午，吴斌在驾驶大客车行驶于沪宜高速时被迎面飞来的制动毂残片砸碎前窗玻璃后刺入腹部致肝脏破裂，但他仍强忍疼痛将车停稳，并提醒车内24名乘客安全疏散及报警。吴斌因伤势过重抢救无效牺牲，年仅47岁。

喜闻蛟龙号深潜超过六千七百米

中华勇士探龙宫，敖广庭前举酒盅。

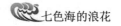

使女嫦妃齐献舞，虾兵蟹将共垂躬。

从前术泛难交往，今日技精常走通。

同祖同宗多协作，深潜探宝建昌隆。

注：蛟龙号载人潜水器是一艘由中国自行设计、自主集成研制的载人潜水器，从 2009 年至 2012 年，接连取得 1000 米级、3000 米级、5000 米级和 7000 米级海试成功。

刘洋乘神舟九号飞天宫

中原巾帼出刘洋，拔地飞天逐宇航。

镇定无畏成勇士，坚强果敢谱华章。

身怀绝技追星月，胸有豪情化雪霜。

携手嫦娥舒彩袖，天骄满誉是红妆。

嫦娥请刘洋带信后羿

曾经悔恨窃灵丹，碧海青天影单寒。

斗转星移挨寂寞，容衰貌退度荒残。

忽传华夏来娇女，直驾神舟赴玉坛。

但请刘洋圆夙梦，捎书后羿报平安。

读《楚辞》

屈宋纵横有巨篇，风骚独领数千年。

引经据典承奇史，度法明彰举圣贤。

上序唐虞三祖制，下寻夏启五儿愆。

应龙助禹涂山女，直向苍天问扁圆。

注：屈宋指屈原宋玉。

七月情怀

七月流光生异彩，千年竞梦向瑶台。

几多感事风云涌，一面旌旗闪电开。

九派奔腾生意气，六朝胜败演弘恢。

天骄布洒神机道，华夏丰碑傲雪梅。

神九三章

（一）

一道烽烟纵赤霄，蔚龙拔地起狂飚。

天宫喜接新朋辈，华夏顿生贤女娇。

莫道前程横险恶，终将信念架金桥。

坦途铺就长梯在，驻月追星路不遥。

（二）

百步穿杨未足奇，直奔碧落展红旗。

人间一日神舟月，霄汉三英壮丽诗。

手接天宫成绝活，话通空海惹情思。

满杯频对苍茫处，华夏振兴当此时。

（三）

升空半月路迢迢，世界频频说九霄。

对接居宫牵万众，凯旋返地接天娇。

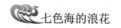

伞花飘落风引路，舱盖打开声纵潮。

华夏巨龙存壮志，苍穹逐鹿在今朝。

甲午中日战争一百一十八年三章

（一）

清帝中兴未改身，近邻倭寇大刀抡。

明治奋发增军舰，慈禧腐庸多朽臣。

狼子口张心有野，朝廷气短政无新。

横秋老气终挨打，割地丧权又赔银。

甲午中日战争一百一十八年三章

（二）

甲午烟云尚未消，但看倭寇又招摇。

抡枪炫武依山姆，摆富牵狗助小刁。

染指岛礁充盗贼，躬身战犯纵魔妖。

卧薪应记羞仇日，誓保疆土灭祸枭。

甲午中日战争一百一十八年三章

（三）

当年浴血浪涛中，骁勇难挨舰炮疯。

太后专心忙寿庆，水师朽械喂罴熊。

捐躯多有忠良将，强国当开软硬弓。

今日凭谁挑事端，三军领命作英雄。

闻哈尔滨阳明滩大桥引桥垮塌

北国冰城传笑话，长桥断卧拧麻花。

钢筋不力腰难直，官宦多头舌便邪。

献礼旌旗还舞舞，倾翻丑陋已遮遮。

祸缘人起谁朱笔，羁押高墙摘顶纱！

注：2012年8月24日清晨5时30分，通车不到1年的哈尔滨阳明滩大桥的一段引桥发生断裂，突然坍塌，致使4辆大货车坠桥，3人死亡，5人受伤。

农历九月十三寄友人

难寻好句写新诗，已是黄昏寂寞时。

机盖翻开晶液亮，思维跳跃幕屏移。

已将容貌浮心底，唯恐冷霜摧菊枝。

无忘十三香九月，凭窗叙旧梦长期。

贺歼15舰载机着舰成功

喜看双龙逐海空，联横合纵不同功。

鹰依巨甲封喉剑，舰拥神机斩枭雄。

惊世缘因强国梦，冲天只为惩狗疯。

何须着力谈酬话，但等诸兄列伍中。

悼罗阳

神鹰着舰首低垂，欲借深沉化大悲。

有道名师功就日，封喉利剑折锋时。

如何壮士心无憾，只为英雄梦有诗。

既失栋梁天亦哭，真情化作慰灵旗。

注：罗阳，辽宁沈阳人，中共党员，研究员级高级工程师，曾任歼15舰载机工程总指挥，2012年11月25日12时48分执行任务时，罗阳突发急性心肌梗死、心源性猝死，经抢救无效，在工作岗位上因公殉职，终年51岁。

读天舒《寻找那一片绿》

临窗喜见绿欢歌，更借清流入蕨窝。

手捧随和心觉贵，耳聆平仄脸然酡。

沉思致理留风彩，深咏律音听韵波。

直近甘泉香澈骨，春风激荡演婆娑。

注：天舒，原名项永鹤，高中的同班同学。

冬至并笑谈世界末日论

冬至已临百怪来，风声鹤唳滚惊雷。

南寒北冻千古少，鬼哭人疯末世哀。

玛雅狂书天欲毁，愚人最信地将摧。

推窗眺望风云事，未演奇谈灭顶灾。

闻莫言获诺贝尔文学奖

壬辰岁次有腾龙，华夏文坛春意浓。

诺奖标飞惊今世，莫言功就登巅峰。

开山必有神奇力，破咒当需宽阔胸。

天道酬勤还励志，长江后浪更逞汹。

满江红·冬至日话世界末日

冬至来临，看最近、阴云厚实。如玉碎、北寒南冻，鬼惊神嫉。人祸天灾争战急，山崩水决风雷叱。叹世间、莫测诡奇多，谁思密？

须牢记，知有诘。遭报复，当寻失。找根源是故，却因无佛。乱法犯科民众愤，权贪腐蠹群情溢。到午时三刻响钟声。无须慄！

赠蓝田种玉版主

种玉蓝田辛苦人，无车淡泊耐清贫。

轻看汗血浅知辈，未识随和鼠目绅。

几看三叉冲大漠，常聆九溪叹忠臣。

东篱却是风光好，尽见南山四季春。

注：山东老干部之用家网站诗友。

八声甘州·元旦

见匆匆白驹向新年，几多艳阳天。阅秋冬春夏，关山叠翠，顿挫丝弦。最是红腾绿跃，喜事竞蹁跹。潜海升空急，鹰舰争先。

更有京都盛会，举旗康庄路，一往无前。仗全民同德，聚睿智群贤。想曾经、长风千里，望未来、盼子富城坚。君倾耳、待钟声起，爆竹无眠。

谢刘教授赠诗并原韵奉和

枯木逢春待发枝，老苍寻律尽银丝。

倘然昨日无推手，那得今天敢习词。

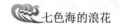

影舞当需随月亮，情真已助入浅池。

诚书大雅来窗后，正是心花绽放时。

附刘教授赠诗："松树冒寒先发枝，回春不怕少青丝。江山景秀后手笔，家国情深前代词。兄弟低吟火诗界，雪莲高立傲天池。大开胸墨初出彩，水陆兼程逢好时。"

水调歌头·谢刘教授鼓励我学词

刚学仄平律，渐黯七言声。倘无身教言传，何敢作诗兵。恰遇名师指点，兼得荧屏启聩，悟道有真情。终敢涉词海，斗胆向填令。

既遵教，略开窍，细耘耕。不畏征途，无非音调万遍哼。今且初开山石，明后从容字句，水到渠终成。万里云天开，牵线放风筝。

寿楼春·毛泽东诞辰纪念

听风凄声稠。更乌云密布，银裹沙丘。许是毛公魂魄，几添情柔。烟雨舞，湘江流。正少年，胸怀深忧。恐美好河山，砖分帛裂，胡虏啮神州。

求真理，寻良谋。聚工农大众，刀戟标矛。指点安源星火，井冈金秋。鏖战急，军帏筹。巧用兵，挥师擒酋。建民主中华，功高盖世天地悠。

望海潮·雪

银君高寿？难知何岁，曾同女娲齐肩。尧退舜临，文崩武继，兴亡几与频牵。秦汉遇群贤。李唐宋元日，常顾山田。且在明清，见公侯将相谈天。

临枝落地登巅。只心纯影正，体美形妍。阡陌纵横，层林起伏，依然六瓣如绢。凝洁白人前。入水听音韵，如拨丝弦。直待祥云笼罩，当舞伴丰年。

六州歌头·月

阴晴圆缺，西落复东凌。平川阔，雄关铁，越崚嶒，照皇陵。俯览世间事，溯风袭，裘衾冷，征战急，军马踢，断疆绳。绿水青山，几片繁华地，徵降商升。看诸侯将相，随处觅红澄，天择强胜，扑苍鹰。

更文人爱，骚朋敬，晨致意，夕添兴。王维玩，东坡共，谪仙乘，友情凝。且奏春江曲，心花放，海天应。枝梢静，蛙声寂，彩云蒸。听得寺中钟响，夜归僧、推敲难凭。谢诗词吟唱，遍洒素绸绫，洁白如冰。

粉蝶儿·201314
（爱你一生一世）感

昨日隆冬万千八哥喜鹊，一双双、意真情确。顶严寒、冒酷冷、雨僝风朔，定终身、良日吉辰需捉。

谁知容后能否死守城廓？又何须、轧堆登角，看今朝、亲热极、似绳相索，恐将来、劳燕欲分强弱。

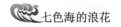

永遇乐·说雾霾

凝望长空，灰浓烟紧，尘阻云障。雾罩江南，霾笼塞北，一片迷茫相。神鸦飞舞，黄蜂振翅，尽展苦涩帘浪。眼矇矇、难寻可处，只凭高来低挡。

缘何至此，天昏山暗，不见故园清爽？祸首元凶，罪魁当数，污秽多排放。石油燃烧，车龙衔接，尾气终成魑魅。寰球小、无方节制，岂能不髒！

巫山一段云·寄远

白发频添急，余晖能几何？倘然悲叹作嫋娿，却在自消磨。

愁至当排遣，兴来应放歌。且将晚岁挽舟艭，凭钓再观鼍。

钗头凤·重温长征组歌

心依旧，歌仍秀，又闻悲壮风云骤。征途雪，关山铁，残阳寒月，朔风冰发。血！血！血！

弦无朽，琴难锈，愿听音符千年奏。情深切，声昂烈。红军旗歃，赤心贞节，接！接！接！

人月圆·民工回乡

新春将至归心切，怎奈票难求。千辛万苦，严寒岂惧，为解乡愁。

临窗递币，如逢甘露，欣喜难收。急编短信，团圆在即，置酒添鳅。

凤凰台上忆吹箫·收到
"家人"新年贺卡

东岳情浓，浦江欣喜，涌来千丈波澜。贺卡传诚意，满纸香漫。虽是天南地北，谋面未，网络相连。留名七，龙腾凤舞，激越飞旋。

新年，正当日丽，飘缕缕温馨，送暖驱寒。岂止无声物，方寸能言。须把春花收取，存此片、牢记心田。当斟酒，从今又添，几许杯欢。

注：家人，乃"山东老干部之家"诗词版也，贺卡上有"家人"七位的签名。

翠楼吟·拜年

拜别辰龙，迎来癸巳，神州是夜如昼。春风常送暖，且随处笙吹弦奏。门联祥佑。更猎猎旌旗，殷殷红绶。山河秀，国强民泰，岁丰人寿。

此刻，应举金樽，任酸甜香辣，素荤鱼肉。不分南与北，更那管骄娇新旧。情深长懋，在薄酒三杯，填词今首。须厮守，朔望钟鼓，笑盈除傺。

新年致刘教授

去年只在习诗中，今岁桨篙追晚风。
曾在迷途难辨北，久凝黄道渐知东。
偶因舟楫方浮水，巧遇时机但见枫。
几念西邻窗户亮，难忘栽树育苗功。

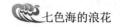

除夕读刘教授所寄名句

天道枯荣自有因，凡夫勇作倔强人。

多芬耳聩编金曲，保尔身残续暖春。

霍氏轮椅推宇宙，白仑暗目演西宾。

宜将名句当醒药，更待千诗送近邻。

雨水节的短信

雨水登堂细雨飞，沁心醒目见芳菲。

侵衣也觉身边暖，挚友难求世上稀。

欲把杯盘装美肴，未将锦帛裹蔷薇。

余生庆幸离篱近，笑对斜风启旧扉。

雨水节的雪

昨飘细雨雪今飞，思绪致遥情忘归。

闭目依然浮厚道，新诗竟自出深扉。

童心鹤发留余庆，绿树春风欲启帏。

虽是随年人渐老，举杯不念此身肥。

遥寄蓝田种玉版主

荧屏结识已经年，难说面谋哪一天？

幸喜珠玑常驻案，更兼文彩总登巅。

筆耕神韵惊群客，诗露遗风拂众贤。

种玉蓝田非俗辈，无心有眼也枉然。

172

官星富二代戒

穷人孩子早当家，官星二代却啃爹。

训子严勤名自正，躬亲缺失性犹斜。

偏生溺爱无终果，细琢精磨始见花。

宝马金银天路短，未留神气只留疤。

为孙子孙女扎灯笼

一声令下便风风，针线剪刀来领功。

竹篾弯圈糊白纸，铁丝围架建灯宫。

扎成兔耳依头竖，贴上红圆当眼瞳。

稚手从牵街上走，行人几次问愚翁。

读《延龙诗文集》兼答谢赠书之情

春暖百花遍野临，初雷划过逐飞禽。

阳台日照移高处，案桌悠泉淌至今。

喜鹊深鸣摇绿叶，眼皮微跳猜佳音。

忽传快递求签字，边扫凭条羞乱襟。

千里鱼书齐鲁意，古稀愚弟忘情心。

忙将封纸除还去，即睹张兄笑不禁。

目下珠光光熠熠，耳边韵满满歆歆。

诗词出彩惊骚客，联句精华含玉金。

笔端文章能破立，书中至理益纵擒。

咏吟百次难松手，忖度三时竟启喑。

白发苍苍当老壮，雄心勃勃亦呈轻。

行间言壮志，遍页聚精英。

刀下分清浊，律池游仄平。

呜呼！

但愿年年常此乐，

蛋素鱼荤，未及高山流水听焦琴！

贺《军休天地》创刊十周年

今生有幸喜相逢，乐助军休友谊浓。

宗旨鲜明传国策，主题突出助龙钟。

流金岁月常春客，夕照余晖不老松。

磨剑十年锋已利，龙泉出鞘作倚第。

贺新郎·贺《军休天地》
创刊十周年

岁月流曾急。也匆匆、青丝白发，此情难息。尺地荧屏无聊处，斗室杯茶孤疾。跃拐马、擒车血袭。和煦春风传关爱，借军休天地清音笛。宣国策，去顽习。

十年磨剑朝还夕。紧相随、陶然能学，益知消寂。栏目同餐丰盛宴，娱乐安康启迪。如聚会，宾朋促膝。挥汗辛劳多硕果，看满园姹紫嫣红激。敬老友，迎新戚。

注：《军休天地》杂志系上海军休系统月刊。

望海潮·中国梦

昆仑横贯，江河东泻，绵延万里中华。盘古裂天，群雄逐鹿，尘封白骨如麻。沉黑土无渣。见宫阙争位，蕃犬磨牙。百类遭灾，只相随社鼓神鸦。

春雷炸碎坚枷。锁河川造福，赤地生花。昂首远洋，兼程水陆，挥旗且向山涯。龙舞伴红霞。纵箭牵星宿，蛟取深砂。看九州长剑立，流泪忆伤疤。

木兰花慢·神十圆梦

望苍穿碧透，见高处，侧风轻。纵烈焰轰鸣，游龙拔地，银箭升腾。云耕，太空揽胜，共天宫一号并肩行。娇女从容授课，学童兴致听经。

何曾，久梦变真，思摘月，欲追星。看慌窃灵丹，独卧冷窟，孤冒寒冰。欢情，但圆凤愿，借神舟往返已初成。只等明朝点将，玉京再展新厅。

汉宫春·安吉白茶

翠竹连绵，看土肥雨沛，水澈峰青。奇峦深涧，但见叠瀑天倾。云遮雾绕，半山腰、叶绿风灵。收汗处、寻思有说，白毫价值连城。

今日喜观神韵，见金镶碧鞘，内裹银翎。扁平削尖挺直，玉色晶莹。清汤亮丽，只闻时、馥郁轻盈。难怪道、茶经记述，徽宗御叙芽英。

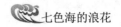

破阵子·闻冀宝斋山寨博物馆

雾里群花难辨，云端痴梦无根。虚冒古瓷狂出彩，戏说珍藏直捞银，何须分伪真。

打乱周秦唐宋，掀翻先后乾坤。低仿瞒天凭弱智，赝品欺人留钱痕，雷民更害民。

咏八一

既撇恩仇又撇愚，仁人劲捺到南湖。

一横横贯雄师路，三笔笔连强国途。

双九至尊权自出，千年故土梦将苏。

今天铸得轩辕剑，直指常山斩吠狐。

七月苍天肝火旺

七月苍天肝火旺，疯喷烈焰演猖狂。

临江水竭禾苗渴，立地油煎羽翼黄。

烧烤无需炉与炭，桑拿只取蒜和姜。

谁知铁扇藏何处？赶紧偷来派用场。

有感而无题

五岳巍峨耸九天，苍松翠柏历千年。

依然叶翠华冠茂，但见根深岩石坚。

唯有清流滋沃土，方知血乳育忠贤。

清醒识得民生事，不是移山则复船。

童戏广场水

出梅入伏赤龙雄，吐雾吞云未起风。

尾扫江河流变少，口吹焰火热成疯。

长缨在手擒无法，铁箭依囊挽缺弓。

唯见广场喷水处，白帘凉爽戏顽童。

叹斯诺登

棱镜照人千道霓，或登高处或居低。

不鸣则已无声息，一诺惊开万马蹄。

昨日藏身沉密室，如斯爆料弃家泥。

明枪躲过思圆梦，只叹疯猪也逮鸡。

注：藏字诗，对句第二字从下往上即为"叹斯诺登"也。

崇拜气功大师的悲哀

皂泡飞飞色彩丰，得光相照必欺瞳。

只因伎俩迷高士，哪有心思拜马翁！

小丑翻云还复雨，星官立石又倾铜。

一朝破却无寻处，势败权终两手空。

气功大师的背后

骨牌刚倒又登场，才出牢门怕太阳。

花样翻新瞒小丑，牛皮照旧唬官场。

光环毕竟高端送，头衔正需星众镶。

揭露谎言还本质，师爷个个是钱囊。

怀少帅

国恨家仇久未消，满腔热血自心烧。

拼将旗帜翻新色，又执长缨缚老枭。

囹圄不忘驱日寇，轮椅总记探河辽。

总言定论封棺后，功过是非肩上挑。

注：少帅者，张学良是也，东北易帜，和西安事变，是公认的善举。

念奴娇·对大师设问

大师多也，见常有惊语，自称仙骨。梦话去来光在后，石垒城墙穿越。火不临身，眼能取物，耳辨书中月。运功发力，远方生死定夺。

我看最是狂言，倘然如此，何必思饥渴。即赴疆场除宿敌，拼得刀消枪灭。吹气苍穹，卫星变轨，唯展中华翼。谁知真相，竟成官腐星孽。

拜星月慢·七夕

漫步池塘，抬头林树，恰是秋初乞巧。落日余晖，有枝头归鸟。看相对，但觉、缠绵海誓私语，掩隐山盟情调。促促偎偎，也依稀微笑。

月如钩、倩影河中倒。粼波里、似众星奔跑。绰约织女牛郎，正匆匆天道？只贪求、建鹊桥飞索。回神处、问蛩虫何叫？答的是、恨苦相思，慕人间最好。

桂枝香·闻有最牛的违章搭建

高楼绰约，正直插兰天，顶似西岳。且用长焦拉近，假山成削。云端别墅葡萄架，却还如、故都城廓。下层居户，心惊胆颤，夕朝难度。

是谁理，淫威一幕。竟长无官管，演成邪恶。听任抬砖沉石，立亭增阁！千呼万唤还申诉，府吁衙请上微博。至今方见，即将推倒，众欢成雀。

又闻奇经堂涉嫌非法行医

最牛顶墅拆除时，媒体风声更引思。

再爆经堂终涉案，方闻大帅又违规。

当初衔授层层加，今日污行件件追。

曾几推波助澜者，偏成捉鬼打妖师。

咏秤

终能四两拨千斤，孰重孰轻凭细纹。

功过是非君论说，贪廉善恶戥区分。

砣虽小小循天理，星也匀匀断素荤。

片刻钩盘良莠辨，有人坦荡有人焚。

怀霍去病

汉武嫖姚颂少年，茂陵随葬竟消烟。

兵锋瀚海闻铮骨，马踏匈奴奏凯弦。

身自卑微无正册，功当盖世有封田。

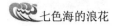

后人忆得前朝事，四击胡骑越北燕。

注：西汉著名抗匈将领，是一位青年将军。十七岁，拜骠姚校尉，追随大将军卫青，率领八百骁骑深入大漠，大破匈奴骑兵，拜骠骑将军，封为冠军侯。元狩六年，因病去世，年仅二十四岁，被葬于茂陵。

说伍员

父兄遭弑致仇深，混过昭关白发侵。

作胥浦中流悔泪，吴王府里展雄心。

郢城既破鞭尸影，骄越虽亡藏拙音。

私恨引狼充国贼，何须怒目又长吟。

注：伍子胥，名员（一作芸），字子胥，楚国人，春秋末期吴国大夫、军事家。以封于申，也称申胥。

宴清都·话韩愈

总袭中原客。曾经是、起名难就翻册。卢窗求字，娇音赐教，火虚心释。潮汕八月从官，只恐怕、承儒辟佛。削野乱、裴度军营，淮西历练骑射。

文流百折迴旋，金涛玉浪，奇诡轻逸。平川壮阔，高山俊秀，见新刀笔。凭谁首开门法，想必在、除陈务实。看至今、木卜登科，祠扬圣德。

韩愈，字退之，河南河阳人。自称"郡望昌黎"，世称"韩昌黎"、"昌黎先生"。唐代杰出的文学家、思想家、哲学家、政治家。韩愈是唐代古文运动的倡导者，被后人尊为"唐宋八大家"之首，与柳宗元并称"韩柳"，有"文章巨公"和"百代文宗"之名。

惜红衣·刘叉

一丈扶桑，千般琐碎，损刀冲发。玉洁龙牙，并非对空月。车行雪路，终碾得、斯民鞋没。因噎，天大地宽，遇多多心结。

曾经侠骨，醉后生非，还胎踏诗槛。新奇怪僻不减。拜师迄，语向总添孤悖。谓理当金去，谀捧本该轻蔑。

注：刘叉，唐代诗人。他以"任气"著称，喜评论时人。韩愈接待天下士人，他慕名前往，赋《冰柱》、《雪车》二诗，后因不满韩愈为人写墓志铭，取走韩愈写墓志铭所得的酬金而去，回归齐鲁，不知所终。

瑞鹤仙·七十感怀

这人生七十，应似也、仿若行香将息。风吹更燃炭，散烟飞灰落，相随时夕。枝摇雾滴，望夜阑、星迅斗急。叹华年既退，金梦即消，或去难觅。

回首真当慰籍，草绿从身，耸肩担责。长空电射，连鹰燕，舞刀戟。借兰天沃土，红花繁叶，青春曾付故国。念流光欲过，应懂感恩戴德。

咏中秋

欢声起处有精华，逐地虫鸣混水蟆。

碟里酥甜香更袭，人间喜悦寿无涯。

月明正照关山影，世好今开幸福花。

但见流光横闪过，犹闻后羿唤回家。

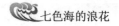

小重山·重阳

今日重阳气象新。天蓝风又软，忆青春。登高未及选时辰。言秋菊，一脉泻愁云。

钩月亦知因。寄千丝万缕、相思魂。只凭惆怅有人闻，频添得，惬意向黄昏。

柳梢青·贺杨浦区军休中心
第一届运动会胜利召开

生命荣光，夕阳风采，却似朝霞。虎跃龙腾，鹰翔燕掠，声震天涯。

谁言热血年华，只是在、青春嫩娃？舞棒操拳，横车跳马，更看谁家？

题杨浦大桥照

何有竖琴从此横，多重奏得玉皇惊。

无须持国丝弦绝，赴宴瑶池道路明。

牛女不愁年岁苦，云龙且喜电雷轻。

谐音万里传东国，应自浦江方远征。

注：杨浦大桥北起上海内环高架路，上跨黄浦江水道，南至张江立交；线路全长8354米、主桥全长1172米。

题南上海夜景照片

繁星点点九霄天，可是瑶池宴从仙？

林立群楼云海处，纵横快道浦江边。

粼波泛起千思远，记忆升腾廿载前。

南片荒芜消迅捷，君看沪上竖神肩。

题南浦大桥夜景照片

此地原来一片荒，恰逢改革好时光。

大桥矗立高楼起，匝道盘旋兴味长。

日月无颜争仲伯，神仙有意返家乡。

只因天地昌明后，昼夜同辉跃凤凰。

注：南浦大桥是中国上海市区第一座自行设计、建造的双塔双索面迭合梁斜拉桥。

题上海浦东机场夜景照片

匝道通天接五洲，南来北往竞人流。

鹏程万里云中会，夙梦千年脑际留。

风起青萍翻绿水，潮催激浪引沙鸥。

如何此地无长夜，桐引凤凰惊列侯。

注：浦东国际机场位于上海浦东长江入海口南岸的滨海地带，占地40多平方公里，距上海市中心约30公里，距虹桥机场约40公里。

长相思·题上海外滩

金外滩，银外滩。黄浦江边马路宽，驾车看斑斓。

思从前，忆从前。梦断云涛涌苦难，更无今日欢。

注：位于上海市黄浦区的黄浦江畔，即外黄浦滩，为中国历史文化街区。1844年（清道光廿四年）起，外滩这一带被划为英国租界，成为上海十里洋场的真实写照，也是旧上海租界区以及整个上海近代城市开始的起点。

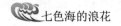

行香子·夜眺陆家嘴

长剑临宸，广宇会神。望前方、地笑天欣。高楼林立，五彩缤纷。看习风软，夜天湛，粼波匀。

似图似画，如诉如陈。展新貌、日异时新。氤氲紫气，缭绕祥云。羡周边友，八方客，五洲宾。

注：陆家嘴位于上海市浦东新区的黄浦江畔，隔江面对外滩。是众多跨国银行的大中华区及东亚总部所在地，中国最具影响力的金融中心之一。

咏衡山路夜景

五里衡山路也幽，梧桐隐约旧时楼。

风情夜幕浓香溢，别墅霓虹浪漫流。

缘禄寿司引众客，运通豪士滴黄油。

休闲漫步穿神秘，敢问今宵可有愁？

注：衡山路两旁繁茂的法国梧桐和林荫中颇具特色的各类高档欧陆建筑，为衡山增添了浓郁的异国文化气息。衡山路是上海最负盛名的休闲娱乐一条街。

观上海大舞台（体育馆）夜景

圆盘飞落沪西南，逐鹿争锋意正酣。

斜望立交通远夜，纵观楼宇刺纯蓝。

射灯光耀云天亮，绿荫风生紫气甘。

但等金牌分发毕，明星走马上歌坛。

注：上海大舞台（上海体育馆）是剧院式的体育馆。可承接各类文艺演出、大型体育比赛、集会、大型展览等。

夜飞鹊·上海人民广场夜景

灯光照人处，风景如何？林立大厦嵯峨。圆方曲直现神韵，明珠镶嵌金锣。闻生息鲜活，探人情温柔，绿树婆娑。花团锦簇，闪晶莹、犹在星河。

回首旧时洋场，流尽苦啼痕，缘积沉疴。策马圈田家散，倭兵领地，山姆军窝。一声霹雳，既惊天、雨过云挪。借飘扬旗帜，殷红国徽，激越欢歌。

注：旧时称跑马厅。1861年，当时跑马总会的董事，英国人霍格勾结英国驻沪领事向上海道台提出，要求划出一圈土地作为跑马厅的跑道。在当时清朝地方官吏的默许下，他策马扬鞭，从第一百货商店门口起，向西转南兜了个大圈子，然后按马蹄的痕迹圈起来，用低价强征马道圈内农田466亩，迫使三万多户农民离开家园，建成了号称"远东第一"的"上海跑马厅"。抗战时期，这里曾被当作日本侵略军的兵营，解放战争时期又成为美国军队的俱乐部。

上海欢乐谷夜景

瑶琳胜境又如何？举步松江也着魔。

欢乐时光须勇进，流金岁月莫蹉跎。

耳听总角惊声浪，眼望童儿越漩涡。

夜静华灯西子美，当羞白日众疯蛾。

注：上海欢乐谷位于上海西南部的松江佘山国家旅游度假区内。欢乐时光和流金岁月都是游览项目。

夜半乐·十里南京路

一条十里街面，东西两段，难尽繁华处。看购物观光，客流

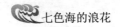

商旅，会餐聚友，金融贸易，更兼肩拥相呼，不分寒暑，总攘攘、霓虹亦狂舞。

外滩择路举步，广厦参差，大楼成伍。名店铺、金牌徽标无数。小泉刀剪，王开照相，燕云片皮鸭鲜，万生香腐，更听得、静安响钟鼓。

也此兴念：迎友留宾，合吴联楚。借北请南邀谊常驻。最应该、身硬再铸开山斧。方立足、不败长征路，浦江欢笑人赢福。

注：南京路是上海开埠后最早建立的商业街，南京路之于上海就如同"第五大道"之于纽约，是中外游人到上海必逛的一个景点。

题韩德彩将军

韩逢十九正当年，德道提心烈火前。

彩练蓝天擒恶寇，英豪捷报舞长鞭。

雄关铁帅营盘固，飞箭强弓国界坚。

将至暮年余勇仍，军功已绽墨池边。

注：韩德彩，安徽凤阳人。1949 年 3 月入伍参加中国人民解放军，1951 年空军航空学校毕业。1952 年初，19 岁的韩德彩参加抗美援朝。在抗美援朝战争中，机智地击落了 5 架先进的美国敌机，韩德彩先后荣立一等功 2 次，空军授予他"二级战斗英雄"荣誉称号。朝鲜民主主义人民共和国最高人民会议常任委员会授予他一级国旗勋章、二级自由独立勋章及军功章。曾任空军师长、军长，南京军区空军副司令员。他爱人原与我在同一干休所，且同一支部。

题刘国材先生

骏马扬鞭自奋蹄，身辞翠绿越长堤。

青春未染千姿色，热血奔流百丈齐。

声自爽朗心也直，志存高远品难低。

感恩戴德常怀善，朴实无华最解迷。

注：中国骏转理事会是由一批退伍军人、军转干部、离休军人组成的民间组织，致力于创建"大整合、大服务、大发展"平台，为全国各地优质项目落地提供切实帮助。曾任职于中国空军部队的刘国材先生担任理事会会长。

柳梢青·嫦娥喜妆台

回想当年，误吞丹药，驭气升天。直上寒宫，愁思孤独，寂寞尘寰。

神州火箭腾烟，正该在、隆隆向前。喜对妆台，镜中匀粉，先赴虹湾。

生查子·题落叶

秋暮紧冬寒，凉气穿衣缝。无奈绝情时，香艳终归梦。

忍泪各别离，来岁难相共。且作乱鸦飞，复落愁思冢。

再题刘国材先生

斟罢杜康杯未干，友朋初会只贪看。

三巡纵论心相近，几语飞花酒湿滩。

本是同营沿异路，有缘临座品方丹。

扬鞭立马征程急，但见玉聪途上欢。

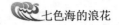

谢刘教授之答

荷韵虽然写十章，此心依旧仰明堂。

常思借句演平仄，总忆推车教舞枪。

世事无常难定律，诗词有韵不迷茫。

我身庆幸平民料，终得开门见子房。

　　附刘教授原玉："骏转平台又十章，三槐打造七言堂。入山我背假板斧，出道君拿真猎枪。人事常游金灿灿，身心一病雾茫茫。可怜深宅门罗雀，岁暮无聊学子房。""十章"即指拙作《荷韵十章》，见三槐堂诗集卷一之《百花篇》。

调笑令·元旦

　　元旦，元旦，头顶星移斗转。征途未惧艰难，心中又拨算盘，盘算，盘算，来岁宏图大展。

在上海品靓艺术品有限公司
观醴陵中国红瓷器

历数官哥汝定钧，风骚各领旧炉春。

虽然古镇名天下，却道萍乡有近邻。

借得毛瓷成国粹，但将红色染奇珍。

洪江伴得雪峰在，溢彩流光迎嘉宾。

　　注：官哥汝定钧，分别是古代五大名窑之官窑、哥窑、汝窑、定窑和钧窑。

　　古镇即为磁都景德镇。

读刘教授诗《伟人就是伟人》有感

一无鬼蜮二无神，但有忠奸百类人。

凤自韶山频展翅，剑封旧制苦求真。

翻天必竟刀枪利，建国依然大众亲。

即便寒流偏刺骨，神州是日最思春。

依韵和刘教授诗

都成白发夕阳人，不再衣衫日日新。

本是迷徒思启窍，幸来施主拂封尘。

只求格律应依韵，也学西邻未弃贫。

但愿年年身骨健，灵犀出在酒三巡。

刘教授原玉：

彩头眷顾退休人，岁末古稀望布新。

格律喜逢堂主日，论坛难及学斌尘。

不提老朽独困病，莫忘糟糠同济贫。

预向诸公道声喜，权当酒席过三巡。

拨错算盘

东瀛化鬼拜阴魂，首尾频摇脑已昏。

欲渡陈仓翻铁律，暗修宪政复军痕。

背依大叔壮狐胆，手撒金钱豢小孙。

激怒邻邦添愤懑，只如螳臂挡乾坤。

后生可畏兼贺海菊荣登 MDRT

寿险精英进殿堂，犹如渡海竞舟樯。

毕生心血难逢喜，百万圆台竟对妆。

道德情操赢业绩，金融服务理财箱。

辛勤逐顶甘和苦，回首行程最是香。

腾蛇将退休

旧符退色换新桃，梦里回眸说尖刀。

紧扣箱笼关虎咒，放开手脚博惊涛。

划区设界弓弦紧，吻月巡天技艺高。

最忆蛇年秋盛会，今宵午马是英豪。

雪龙是英雄

雪龙科考向南行，勇闯冰山赖技精。

倩影曾经遍四海，声名已是满征程。

方施援手苏俄客，却陷自身危险情。

沉着待机同协力，凯歌一曲发心声。

甲午年感

甲午风云百廿年，国人当记旧仇篇。

巨龙昂首多温故，家国和谐有圣贤。

不怕东瀛忘尺牍，无非吕宋演疯癫。

舰船箭炮飞鹰翅，浴血疆场不愧天。

注：1894 年（光绪二十年）7 月 25 日丰岛海战爆发，甲午战争开始，

由于日本蓄谋已久，而清朝仓皇迎战，这场战争以中国战败、北洋水师全军覆没告终。中国清朝政府迫于日本军国主义的军事压力，1895 年 4 月 17 日签订了《马关条约》。

剑器近·马年说马

疾如电，最喜是、奔腾追箭。一飞直冲霄汉，距天半。奋蹄遍、直碾得、风云变幻。长啸几声惊叹，共人恋。

真羡，满身筋骨健。堪当重任，逐鹿急、万里多征战。却依鬃毛寄深情，踏冰封徒途，竟还豪气冲冠。纵然千难，渴饮清泉，饿食青枯寸段。咬钉嚼铁鞍鞭唤。

叹香格里拉独克宗古城被焚

祝融何必顾名城，毁柱焚梁古屋倾。

过火焦烟吞胜迹，遇风灰鹊袭廊棚。

天干物燥寒添乱，路窄街深水拒行。

月洒银光愁再唱，恨遗茶马永难生。

注：2014 年 1 月 11 日，有着 1300 多年历史的香格里拉"月光之城"独克宗三分之二被焚，丽江古城大火的翻版。消防栓缺水，消防车难以进入现场，绝大部分建筑为木质。这些客观原因，难以掩盖国内古城过度快速商业开发背后的隐忧。

记柳午亭先生

曾渡东洋梦国强，黄棠岂止有山庄。

八拳高手擒魔贼，一世清身挺脊梁。

宁死不能当汉奸，有生诚建避风塘。

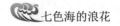

但看杨柳飘飞絮，方识怪人藏里墙。

注：柳午亭，毛泽东敬重的先生，字大谧，号午亭，烈士柳直荀之父。

纵横说烟台

秦时齐郡汉东莱，远忆烽烟出土台。

政也三巡求不老，花从百媚最宜栽。

千年古刹山峰秀，万里澄波海浪堆。

喜有琼浆醇且美，金沙醉卧在贪杯。

闻我军试射十倍超音速武器有感

箭挟神威逐碧空，初闻且喜泪盈瞳。

近邻难隐芒针苦，远客只如猴兔疯。

擒敌宜应先出手，射雕必要早张弓。

迅雷直对欺人鬼，真理原该天下同。

会所的悲哀

外敷败絮内金堂，独在幽深免露墙。

径曲隐身鹰犬密，灯昏锁眼蠹虫忙。

浓情织网渔私利，妙笔生花为己香。

一剑封喉蝼蚁穴，尚方岂止有鱼肠。

洪城又闻铲字声

铲字声声是何为？阴阳两极各相随。

贪官总好充儒雅，趋利常装送字师。

坐贾行商藏墨宝，溜须拍马只权私。

今朝有鬼洪城落，此地飞灰又砸碑。

注：洪城是江西省南昌市的古称，最近，江西省人大副主任陈安众落马，南昌的街头巷尾响起了铲除他的"墨宝"之声。十多年前也曾响起过铲除胡长清（时任江西副省长）"墨宝"的声音，这不感到可悲吧？

西河·长江之歌

（为建国六十五周年而作）

融洁雪，沱沱乳汁清澈。东流必竟可通天，巴塘浪极。四川决胜向宜宾，金沙奇险横溢。

峡江美，难训桀，迴肠九曲还折。奔腾万马声声吼，水欢宽阔。凛然正气向前方，凝成扬子精血。

亿年浩荡总是杰。孕神州、田绿河碧。润泽性灵丰活，最坚贞不屈生生不息，成就中华强如铁。

满江红·长江之歌

（为建国六十五周年而作）

万里长江，从天泻、奔腾激越。滋沃土、稻粱桑粟，殿堂寺阙。终得平川增旷廓，更依乳汁添生息。亿万年、养育我中华，坚如铁。

丰碑树，青史立。山伟岸，人豪杰。峡门邀白帝，洞庭烟绝。黄鹤楼头诗韵雅，滕王阁里时风急。应说是，遍域献深情，娘亲血！

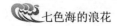

永遇乐·祖国颂

（为建国六十五周年而作）

盘古开天，女娲修补，夸父追日。燧氏留明，皇羲罔卦，稼穑神农策。炎黄帝喾，尧禅舜继，辟地拓疆修德。数风流、英雄最是，奠基华夏坚石。

观星历定，圆周精确，勾股九章算术。火药罗盘，纸张雕版，书写红楼密。月宫存照，蛟龙探海，航母核潜歼十。人豪杰、山河壮丽，有谁匹敌？

437 具志愿军烈士遗骸回故里

白骨他乡六十年，今归故里作长眠。

英雄未报名和姓，儿女潸然涕似涓。

浴血疆场捐血肉，精忠报国做忠贤。

青山绿水铭功德，万里春风悼众仙。

注：2014 年 3 月 28 日，搭载 437 具中国人民志愿军烈士遗骸的专机降落在沈阳桃仙国际机场。据悉，遗骸被妥善安置在沈阳抗美援朝烈士陵园内，离开祖国 60 多年的烈士英灵魂归故里。

十六字令三首·摩天大厦

楼！拔地临霄摘斗牛。丝弦起，宫阙居诸侯。

楼！远近高低若波丘。风帆竞，明月邀鹭鸥。

楼！云里长厅客最留。相闻处，冬夏复春秋。

十月的礼赞

长城一贯自东西，曲折江河水向低。

十月秋高收硕果，九州地广染金霓。

群山起舞人欢笑，万水奔腾马奋蹄。

曾度艰难升旭日，拨开云雾唱雄鸡。

伟人吹响进军号，华夏铸成威武师。

大地香风催奋进，长天彩练舞旌旗。

一星两弹强军梦，四海五洲朋友知。

能上碧空追月兔，直从深海抢先机。

丰碑座座经风雨，故土殷殷醒睡狮。

无惧敌酋刀霍霍，敢擒魔鬼剑嘶嘶。

而今炼得神仙道，从此直摧钻洞螭。

建设家园同努力，腾龙跃进展晨曦。

红色的十月

国从甲午记深仇，华夏终生孺子牛。

便有英雄摧顽石，还将热血迎金秋。

兵锋瀚海平妖孽，马踏狼居斩鬼头。

十月天空红一色，更添新梦越诸侯。

国防三章

生死存亡道是何？保家卫国必磨戈。

无须怨恨妖魔厉，我自身强敌自瘸。

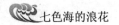

南北东西陆海宽，三军将士保平安。

未侵他宅砖和瓦，但护神州不至残。

中华崇尚义和仁，拒做恃强凌弱人。

敢有熊罴欺大雅，提刀未惜血沾唇。

念奴娇·读宋代陈亮
《念奴娇·登多景楼》感

宋危时节，正该如、祖逖诚依贤杰。却道只图，门户计、气得龙川心噎。武穆英雄，十年征战，痛饮胡虏血。可憎群蠹，铸成千古冤屈。

天地翻复神州，今非昔比，坚似金刚铁。笑对豺狼和虎豹，不必心存畏慑。老总豪言，毛公论断，教诲多亲切。穷追猛打，定将倭匪消灭。

注：陈亮，原名汝能，字同甫，号龙川，学者称为龙川先生。婺州永康（今属浙江）人。南宋思想家、文学家。祖逖（266年－321年），字士稚，范阳遒县（今保定市涞水县）人，东晋军事家。

陈亮《念奴娇·登多景楼》：

危楼还望，叹此意、今古几人曾会。鬼设神施，浑认作、天限南疆北界。一水横陈，连岗三面，做出争雄势。六朝何事，只成门户私计。

因笑王谢诸人，登高怀远，也学英雄涕。凭却长江管不到，河洛腥膻无际。正好长驱，不须反顾，寻取中流誓。小儿破贼，势成宁问疆场。

最高楼·闻我国研制成东风-41
型洲际弹道导弹

凭谁问，唯汝点灯笼？今且借东风。碧空揽月乘长箭，蓝洋捉鳖坐蛟龙。练刀兵，藏核弹，缓称雄。

倘未有、一星和双弹，又怎可，护疆平外患！看近日，贼逞凶。鬼妖匪霸欺人甚，狐猴狗兔黔驴穷。我天弓，瞄洞穴，震虫蚤！

一剪梅·蝈蝈

晨起笼中虫已休。昨夜欢欢，低语啾啾。依然俯首唱心歌，欲尽余音，欲尽孤愁？

我苦秋中竟别游。难再聆声，难享温柔。但将思念变牵萦，他日重谋，来岁还求！

鹧鸪天·七十一岁生日自嘲

丹桂登堂菊隐芳，天高云淡宜新装。当初心舞空中月，今日风吹发际霜。

谁享得，此辰光？一年两度谢爹娘！生逢闰九奇缘在，但借秋魂共夕阳。

注：农历甲午九月初六，乃余七十一岁生日，今年又是闰九月，过"两次生日"，故有"一年两度谢爹娘"之说，填词自嘲也。

一年生日两相逢

一年生日两相逢，甲午金秋岁再丰。

197

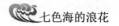

月罢重来添小寿，九天之后历初冬。

昨填词阙邀星月，今作律诗当酒鐘。

狂歌且对青山唱，只待东风润老松。

存照自题

放歌只为吐心声，国庆来临喜气盈。

寻句填词当泼墨，登台演艺总倾情。

喜逢华诞须斟酒，面对灯光必献诚。

谨祝盛强园旧梦，老兵还作纵喉鸣。

注：国庆节来临，杨浦军休中心组织文艺演出，我登台朗诵自己创作的诗词，表达对祖国热爱之情。

夜飞鹊·初冬早晨故乡的云

高楼尚初醒，声也微微，巡看满是朝辉。染红雏菊染丹桂，申城涂彩披霓。侵黄浦江水，照临冬飞叶，立石啼鸡。巨龙舞练，正扶摇、并与天齐。

白云再牵苍狗，朝露泛霞光，轻雾披衣。犹似纵横阡陌，弯斜曲折，循幻遵奇。且从九野，挂垂帘、玉幔金帷。问长空征雁，如何徘徊，不急南归？

注：甲午闰九月十二日晨，见东方早霞奇美，遂用手机拍下，并填一词记之。

哭连襟方尧琦

马年未去有惊魂，圣诞邀君入鬼门。

昨日知青挥汗水，返城餐桌育儿孙。

齐家不及匆匆步，立命难成苦苦根。

古稀方至尘缘断，催人满脸泪留痕。

贺羊年

骏马功成暂整休，金羊满志竞风流。

回眸旧岁堪欣慰，展眼前程再加油。

莫道路途多险隘，敢登峰峦最通幽。

同仁共织中华梦，幸福花开满九洲。

拜读并答谢顾老师送《茂林诗稿》

投我以诗稿，欢欣自不消。

眼望齐鲁地，思泛浦江潮。

手捧金镶玉，声闻凤翼箫。

天涯增好友，是处架长桥。

浙江生赤子，东纺出新苗。

千里山东任，万钧肩胛挑。

情从心底沸，花在异乡妖。

敢说苧麻业，多亏大将腰。

功成身且退，岁越志无凋。

寒雪翻冰浪，骏骑奔白绡。

诗坛声雀起，国学语招摇。

墨续兰亭韵，曲和修竹谣。

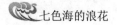

名淦名至实，愚弟愚浮条。

字歪诗词少，眉低脸面焦。

今朝收厚礼，何以报琼瑶！

注：顾老师乃是山东老干部网站诗词版的诗友，我们虽未谋面，却通过诗词结下了友情。

友述沸油溅手一事

友儿偕媳进家门，父母欢装碗与盆。

东买时蔬西买菜，南添煎炸北添炖。

热锅油沸蹄膀下，汽浪珠溅肉手吞。

满是晶莹肥皂泡，最留舔犊爱心痕。

乙未年 5 月 29 日高中同学聚会
于七宝镇小木屋饭店

春末夏初阴雨时，但将此刻诉相知。

曾经室外谈天地，记得东窗读小诗。

余岁人生留念想，满怀金色忆差池。

有谁猜透陈年事？唯有此君鬓角丝。

抗日战争中的台儿庄战役

此地曾经鏖战处，当年耳闻杀声稠。

将帅胸装民族恨，军民枪对日倭头。

复渠不战泰安失，矶谷遭歼士气休。

张庞原本有前仇，国难同心斗敌遒。

注：张自忠、厐炳勋。

泸沟桥的记忆

七七泸沟晓月沉，乌云滚滚鬼森森。

宛平夜遇阴谋计，日寇帐含狼子心。

民族危忘需励志，弟兄情谊可断金。

石狮无语长相守，默慰忠魂直到今。

为南半仙写照

虽自谦称只半仙，真经摘取几多年。

总将名利置身后，却把真诚寄宅前。

眼膜有羔心底亮，诗词大雅律魂牵。

怀宁本是钟灵地，多少人才逐九天。

南半仙原玉

海口自称南半仙，过从此网未逾年。

早存眼疾为牛后，迟揽缰绳立马前。

韵顺阳春最心暖，律严下里总魂牵。

棋高不怕又和局，虽老也知天外天。

注：南半仙，网名，汉城教授也。

读"上等兵之韵"兼答谢赠玉之谊

弱冠从戎橄榄装，军营梦醒夜行忙。

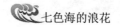

廿年锤炼终成果，万里征程紧握枪。

十载诗词寻律韵，满怀情感战风霜。

青州总有欢欣事，齐鲁挂帆重起航。

注：上等兵：山东老干部之家网站诗词版的诗友，自2012年起便在荧屏相识。

依韵答刘教授

十六从军近一生，夕阳西下迈诗程。

字丛浪迹无功底，律韵翻花最竞争。

习有名师方进步，心无旁骛会知萌。

乘风终得扬帆远，大道平川傍汉城。

附刘教授原玉："怀揣平仄乐余生，人在诗坛赶路程。时事开评斥贪腐，红楼献议息纷争。搜来好字为求对，切去方音可卖萌。笔下有源流不绝，一腔热血一干城。"

抗日战争中的上高战役

时光倒转忆当年，弹雨枪林镜山巅。

官桥隐隐硝烟烈，将士铮铮腰背坚。

日寇飞机兼坦克，军民铁血加忠贤。

上高豪气惊天地，岂有妖魔不着鞭！

注：上高战役是抗日战争中，中方取得全面胜利的一场战役，称为"抗战以来最精彩的一战"。

抗日战争长沙会战中的薛岳

天炉筑就待时机，帷幄筹谋振国威。

三卫长沙智且勇，几编铁网逼和围。

提颅喋血征衣湿。纵马挥师捷报飞。

数万倭兵瓮里鳖，战神胸映奖章辉。

注：薛岳，抗日战争中指挥了四次长沙会战等著名会战，时有抗日"战神"之称，被认为是"抗战中歼灭日军最多的中国将领"。

7月29日在朋友家作客

烈日高温贤弟情，诚邀客仕敍心声。

空调惬意茶浓郁，圆领汗浸瓜卖萌。

铁铲油锅煎炒急，酒杯瓷碗理分清。

喷香腐鳜登台后，众口流涎说美羹。

抗日战争中的常德会战

殊死相争常德城，危亡故国出精英。

残垣尽染满腔血，焦土终成日尸坑。

王家畈里铜墙厚，暖水街头白刃铮。

莫道苏俄多格勒，山河寸寸见忠贞。

注：常德会战，有东方斯大林格勒保卫战之称。

解佩令·抗战胜利七十周年
大阅兵有感

东风核弹，红旗利箭。再添来、雄鹰灵便。铁甲奔流，气昂

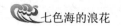

昂、催生雷电，势威威、直惊霄汉。

官兵上万，豪情盈满。最难忘、英姿新展。抖擞精神，叫虎豹、豺狼心憻，煮凶顽、聚餐庆宴。

赞老兵方队

百岁凭临一梦牵，常将世事记心田。

魂随血色苍天碧，骨护长城国土坚。

衣染硝烟还敬礼，胸怀志气慰先贤。

此生应是东风给，只代英灵看变迁。

青玉案·赞阅兵仪仗队

三军仪仗多威武，正步走、声如鼓。倒海翻江谁敢阻！雄姿风发，旌旗龙舞，恰是擎天柱。

整齐划一精英聚，个个严然下山虎。倩女高挑还楚楚。兴邦崇礼，灭魔肥土，方有和平处。

千秋岁引·致阅兵方队的
领队将军们

万花秋点，旌旗漫展，却是中年最丰健。堪看阅兵队伍整，频添将士呼声唤。抖威风，演神勇，领鸿雁。

心底几掀千种愿，强国振军豪气远。最记前途有征战。当初献身握剑戟，遍犁四处胡虏患。已张弓，正瞄的，离弦箭。

阅兵式上的反航母导弹东风26

我正欢欣敌发愁，东风亮相慑枭酋。

总依航母围疆海，更把神州作对头。

以为高魔无制法，谁知利箭最封喉。

尖刀一到庖丁手，游刃有余能解牛。

赞阅兵式上的白求恩女兵方队

五台山秀有恩公，救死扶伤好作风。

肩挎药箱心最热，身穿白衣志如松。

女兵不是花瓶饰，技艺常随将士功。

今在长安街上过，明朝为国护旗红。

雷峰塔之联想

夕照有雷峰，隔湖形不重。

香缘添劫火，妙景化流淙。

功德应时运，残垣起尊容。

延年承祖业，莫叫塔砖松。

寒霸袭

月宫居独女，寂寞几昏昏。

白蝶惊眸子，棉衣透体温。

凉风侵骨髓，凌柱接锅盆。

惨惨嫦娥袖，悽悽桂树根。

弈公思救渎，利剑劈昆仑。

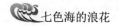

羽翼漫天舞，妖魔四处奔。

江南阴气袭，塞北冷锋囤。

雪里封蚤蟆，冰中冻巨鲲。

频添烦恼事，累及竹篱村。

抱怨疯来急，难思再感恩。

寒潮除荼毒，劣候去顽瘟。

消融流绿水，满地玩儿孙。

烈日农家喜，岂可骂山门。

乌龙茶

乌龙极品铁观音，汤水澄黄韵味深。

摘杀摇烘工序足，秋冬春夏四时金。

甘鲜馥郁绵留颊，健美减肥利身心。

最是安溪形也美，翻江倒海共君斟。

戏说二月二十九日

请问今天何趣是，四逢一闰说群人。

鬓毛霜雪临花甲，嘴角馋言十五春。

别想年年增福寿，只思日日向鲈莼。

儿孙最懂心中事，时有蛋糕沾齿唇。

欣闻欣之老师八十寿辰，
以此诗贺之

人逢八十见匆匆，青发稚童成老翁。

且慰平生存壮志，当欣暮岁唱新风。

韶华隐退霞光灿，世事洞明诗句丰。

了却闲愁心最正，还来喜浴夕阳红。

注：欣之老师是山东《老干部之家》的诗友。

G20 峰会在杭州召开

国运昌隆有友朋，共商世事为融冰。

舞台搭就敬丝竹，程序按排献技能。

一曲江南酬贵客，满篇宏论引飞鹏。

开山且有真功夫，欧美低迷我独兴。

天宫二吻华夏扬眉

当年不让进空天，从此潜心二十年。

谨记前羞多奋发，再依科技又无眠。

中华最出埋头客，欧美终除号令权。

今日扬眉应有道，进军宇宙有飞船。

赞贵州天眼——
最大的单体射电望远镜

且种梧桐到贵州，筑巢引凤在山丘。

大窝凼里张锅盖，漏斗坑中展巨眸。

对准幽深探奥秘，细听混沌辨微啾。

借来盘古开天力，勇拔当今第一筹。

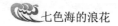

中国的量子通讯卫星

都传量子最神奇，扰动微微便别离。

理论艰深难尽懂，内涵丰富未全知。

醉心科学攻经典，牵手箭星藏隐规。

我有将聋封眼术，定能御敌守安危。

注：量子通讯卫星是一种传输高效的通信卫星，彻底杜绝间谍窃听及破解的保密通信技术，抗衡外国的网络攻击与防御能力。

赞南海军演

恶浪滔滔七月天，仲裁闹剧起硝烟。

本来南海应无事，唯有白宫挥破扇。

美国机船围铁桶，我军舰队练神拳。

但当轰六长鞭出，终见敌遁逃一边。

长征胜利八十周年感

伟大长征八十年，红军苦迎艳阳天。

多逢堵截党有道，更遇穷凶敌化烟。

玉汝于成真勇士，艰难困苦聚忠贤。

须将记忆留心底，重上新途效铁肩。

中国的歼 20

之前歼十已称雄，胞弟来临更引瞳。

障目隐身追大霸，如神了敌识迷宫。

巡航竟用超音速，机动能添过硬功。

曾有嘲言讥我嫩，耳光响处射天弓。

想起老友的臭桂鱼

好友相逢必小斟，建孙围兜束衣襟。

锅盆碗碟叮当响，酱醋油盐次第淋。

春韭黄粱诗圣乐，徽邦沪派坐宾钦。

桂鱼更袭千般味，酒菜启开裘弟心。

孙中山先生一百五十周年诞辰

幼时帝象后中山，革命先行不惧艰。

一举终清除帝制，几经冒死越牢关。

构思主义兴民族，企盼共和除外患。

今梦已成仍努力，腾龙最在再登攀。

注：孙中山，名文，字载之，号日新，又号逸仙，幼名帝象，化名中山樵。他是中国近代民族民主主义革命的开拓者，中国民主革命伟大先行者，中华民国和中国国民党的缔造者，三民主义的倡导者，起共和而终两千年封建帝制。

劝低头族

缘何总是把头低，难道颈椎多问题？

原是手机成祸害，终将用户变痴迷。

掌中屏幕欺心脑，眼里声光幻彩霓。

却道时间都白过，谁知此似饮砒兮！

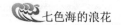

赞英雄女飞行员余旭

而立年华当最艳，缘何玉殒自蓝天？

曾邀雀舞金凤影，还驾鹰挥霸主鞭。

但有千危无惧色，更驱万难化炊烟。

今虽折翅长空里，七彩玫瑰伴八仙。

注：中国首批歼击机女飞行员，也是中国第一位歼10战斗机女飞行员。2016年11月12日，八一飞行表演队在河北唐山玉田县进行飞行训练中发生一等事故，余旭跳伞失败，壮烈牺牲。

满江红·南京大屠杀国家公祭日

遥想当年，倭寇恶、铁蹄作孽。枪弹袭、石头城里，暴尸涌血。横下同胞三十万，坑埋白骨无从说。此深仇、何处能报得，苍龙屈。

民族节，谁敢灭，烽火烈，终融雪。众志成城后，踏平魔穴。警示凶顽须反省，缅怀先辈诚安歇。公祭日，全国举哀思，红旗越。

注：2014年2月27日，第十二届全国人大常委会第七次会议通过决定，将每年的12月13日设立为南京大屠杀死难者国家公祭日。

钗头凤·心结

时虽走，思依旧，每逢相聚无身手。流光疾，心愁袭。岁年消逝，梦魂追昔，急，急，急。

纹更皱，鬓还朽，隔空难透云天厚。阴霾密，真情匿。此生遗恨，恶规摧戚，泣，泣，泣。

冬至悼姐夫

米寿将临出事端，一根烟蒂醒彪狻。

百天竟是灯油尽，三月奈何归路拦。

苦缺神仙驱鬼术，更无金匮再生丹。

时已冬至阴沉日，墓前伫立泪难干。

周总理您在哪里

天地光阴几十年，不知总理在哪边？

英灵远赴思依旧，百姓康安意仍牵。

沥血呕心伴前后，殚精竭力如圣贤。

新年竟是轻风意，先寄腾龙第一篇。

杨浦区军休中心二所
召开养老无忧会口占

大寒将至浴春风，欢聚一堂多笑容。

养老无忧花艳艳，金鸡唱晓报媪翁。

喜闻国产航母下水

寻思重器护蓝疆，扼住豺狼护国墙。

毕竟千年梦强国，最欢今日添盛装。

才从白手描图纸，便有仁人织锦囊。

几载艰辛功就后，心随巨霸走汪洋。

注：001A 型航空母舰下水时间：2017 年 4 月 26 日。

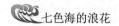

国产大飞机试飞成功有感

中华梦造大飞机，三十年来未解衣。

最恨西洋封技术，便将麦道作恩威。

图强更显英雄骨，励志催生日月辉。

莫谓前途多险阻，凌云俯瞰尽芳菲。

注：中国商飞 C919 首飞时间：2017 年 5 月 5 日 14:00。

端午话屈原

身兼内美后天勤，合纵连横论寸斤。

两股湍流翻乱世，一身正气恨昏君。

谗言袭地难明志，旧派登台必断筋。

从此汨罗沉怨魄，离骚唱处耳能闻。

赞我国可燃冰的成功获取

低温高压固精灵，海底燃冰隙里停。

宝物深藏形不露，专家揭秘梦方醒。

能源绿色无公害，技术精明见火星。

已是中华功就日，南来捷报上荧屏。

注：可燃冰是分布于深海沉积物或陆域的永久冻土中，由天然气与水在高压低温条件下形成的类冰状的结晶物质，因外观像冰一样而且遇火即可燃烧，所以又被称作"可燃冰"。

写在恢复高考四十周年之际

知识挨批若许年，读书牵上白专边。

虽言造反是真理，却见登台辱圣贤。

拨乱须应民众意，正纲宜举霸王鞭。

只因雄略复高考，才有腾飞振兴篇。

注：1977-2017，中国恢复高考40年。

写在万吨大驱下水时

为走深蓝建大驱，屠苏百里再添珠。

佩刀最现英雄相，御敌常依巨霸躯。

且与辽宁牵热手，还装利剑击吠狐。

如今不是侏儒国，重器终将敌变污。

注：第一艘055大型驱逐舰，于2017年6月28日在上海江南造船厂下水。

八一颂

赣水苍茫起赤烟，风云席卷半边天。

城头欲问纵何事，领巾悄然映铁拳。

即拥武装增法宝，更依枪弹战魔仙。

浑身便有无穷力，专为人民造福田。

应侄女王爱萍之邀而作

蒲汇荷花也盛开，秋临最引蝶蜂来。

桥头姊侄真和睦，景里人生更畅怀。

不负光阴圆四季，只求岁月灭七灾。

年年到此寻心迹，今望徐娘明是孩。

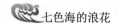

渔家傲·久别重逢

（校友聚会）——应友而作

国庆中秋多喜事，更逢师友同来此。古镇纵谈前半史。今盛世，夕阳璀璨依然是。

笑语欢声飞厅室，吟诗唱歌身如炽。倩影更从情中示。须取纸，年年欢聚明心志。

一年一度说重阳

大火消踪即向高，搜津寻汉未辛劳。

茱萸竞逐时添喜，桂酒常斟味正醨。

山水韶光因盛世，秋田碧玉借犁刀。

五年过后更和煦，好迎金婚宴寿糕。

注：大火，古星名。属二十八宿之东方苍龙七宿（包括角、亢、氏、房、心、尾、箕七宿）中的第五宿心宿第二颗星，即"心宿二"。相传自颛顼帝时，开始派人专门观测此星，并发现了运用大火星相对于地球方位关系来确定季节的规律。

贺母校七宝中学七十年校庆

曾经有路叫青年，北大街居古寺前。

但进山门添树绿，遥看梓叶谢师贤。

传知授道人才出，解惑怡情功德延。

今日声名扬内外，初心激励再登巅。

注：2017 年 11 月 5 日，七宝中学将举行七十周年校庆。余从五五年九月至六零年七月在七宝中学求学（初为南洋模范中学七宝分校，后改为上海市第二十初级中学，最后更名为上海市七宝中学），值此七十周年校庆之际，赋一律以贺之。

重阳节老年座谈会感

中秋节后是重阳，戏说登高自己房。

一日郊游心满足，三餐热饭体无伤。

怡情健脑平安乐，泼墨吟诗怒气藏。

虽未攀峰穿五岳，思随快步过山梁。

参观刘长胜故居有感

此身护国最英雄，忘死舍生除蠹虫。

智取密情施巧计，周旋敌特识阴风。

只从民众添力量，已插红旗满地红。

一款丰碑传后世，新开基业万年功。

注：愚园路 81 号是 1946 年至 1949 年刘长胜同志任中共中央上海局副书记时的居住地，也是中共中央上海局的秘密机关之一。

重启微信联系有感

（一）

常思五十七年前，一纸凭书到手边。

自唱军歌开窍穴，未将浊水坏清泉。

飞鸿往复传金曲，铁律铿锵裂细弦。

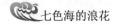

有幸余音重启聪，随心试作夕阳篇。

（二）

蒲溪流水未曾忘，两岸青枝梦正长。

震耳啸声乱心志，惊魂利剑裂肝肠。

琴弦失调和声少，乐理生疏曲谱黄。

忽有金镂新奏起，与君常忆旧时妆。

在嘉兴南湖过党日

南湖此去一时辰，眼见红船倍觉亲。

不是明灯张故里，那堪焦土葬庶民。

只因先辈敢流血，方有旌旗引嘉宾。

今日影留清澈水，初心化力作驱轮。

泰国吉普岛的悲哀

生死阴阳瞬息间，兴游却进鬼门关。

风云变幻应能测，海浪无情不可蛮。

常理难违多教训，定规既破必忧患。

金钱夺走时人命，只见号淘满路潸。

注：据悉，泰国气象局发出了恶劣天气警告，但两艘船的船主无视警告出航从而引发了悲剧。

世界杯法国夺冠后曲终人散

年轻必竟有前程，但看高卢奏凯声。

216

几度轰门穿铁网，七轮破隘撼酋营。

技高方有过人胆，帅正常熬醒脑羹。

国足何时能试脚，还清几代满腔情。

注：2018年俄罗斯世界杯决赛，法国队以4比2击败克罗地亚队，时隔20年后第二次获得世界杯冠军，姆巴佩在决赛中打入本届杯赛的第4个入球，成为历史上第二个在世界杯决赛中破门的20岁以下球员。

贺新郎·改革开放四十年

久梦龙腾越，自清秋、锤镰引领，战旗风拂。恰是英雄成砥柱，华夏洪流炽热。求发展、筹谋定夺。宝贵都因埋头干，更独创特色常青帖。凝合力，聚豪杰。

回眸往事真如铁。历艰难、一身筋骨，满腔鲜血。智慧勤劳凭我用，不惧风霜雨雪。勇改革、精心开放，四十年来功丰厚，尽世人赞美新潮绝。党指路，路方阔！

写在《军休天地》
创刊十五周年之际

军休白发写春秋，自有文章出计谋。

一册相逢多彩色，千言点缀润歌喉。

深情只在行间出，道德偏生脑际留。

十五年来流汗处，夕阳亮丽浦江头。

戏说云雀台风

安比别离方一程，迎来云雀造申城。

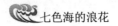

降温送水功还有，拔树掀房罪不轻。

欲护生灵须有道，宜将科技托精英。

化危增益风能储，待到冬天享太平。

注："安比"和"云雀"都是当年台风的名字。

记福州场站战友聚会

霏雨榕城战友情，难能数度梦牵萦。

相逢不惧鬓霜雪，执手频传老骥声。

岁月无痕添敬意，盖山出彩迎归兵。

初冬福道走宾主，漫话来年再并行。

注：空军福州场站是我曾经战斗过的地方，那里曾经有很多的战友，……

卷二

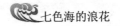

周游篇

春游西塘古镇

春雨霏霏薄如纱，杏帘几处杜康家。

丝绒柳叶摇银点，木凳廊棚歇老爹。

侧耳舟船吟浅唱，抬头顶瓦刻雕花。

香荷裹肉方蒸透，再上汾湖及韭芽。

注：西塘古镇属浙江省嘉兴市嘉善县，地处江浙沪三省市交界处，地理位置优越。西塘历史悠久，是古代吴越文化的发祥地之一。杨浦区军休中心组织军休干部到西塘古镇旅游。

游沙家浜

早雾轻轻薄似帘，微风阵阵掠新尖。

当年子胥逢天意，从此才智化铁镰。

莫道腾龙潜四壁，直盼乘雾击东阎。

正因芦荡亲情厚，终可扬鞭把敌歼。

注：沙家浜芦苇荡风景区位于明媚秀丽的江苏省常熟市阳澄湖畔，是全国爱国主义教育示范基地、全国百家红色旅游经典景区、国家5A级旅游

区、华东地区最大的生态湿地之一。因离上海比较近，所以常作为近距离旅游的首选点。

秋游韩相园

一路秋风拂轿车，韩湘水博逐欢歌。

移来别处廊亭阁，借得异乡草树荷。

石砌桥横年久远，木雕窗格岁蹉跎。

更兼书院浦江落，难得风光可研磨。

注：它是一座古桥博物馆，也是一片名木古树的保护区，更是上海难得一见的集齐水、桥、亭、台、楼、阁、树、花、草、木的古典园林。

游古藤园

玲珑小巧夺千称，岁月悠悠一古藤。

入眼飞旋三百尺，生根错落几多层。

苍桑久远忘知老，翠叶青葱可见恒。

日暮回车思累蔓，盘棚附架戒娇矜。

注：位于闵行临沧路的古藤园，是典型的中国古典园林，内有一棵470多年历史的古紫藤，为沪上紫藤之最，系明嘉靖年间乡贤、诗人董宜阳手植。

霜降前游上海植物园

（2011年10月7日 游龙华植物园）

龙华植物品名多，花卉明星夺眼波。

蝴蝶芙蓉鹅掌舞，扶桑鼠尾凤梨歌。

红橙紫绿飘绸缎，粉白黄兰展绢罗。

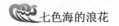

摄影留真还不足，回家再放细观摩。

注：前身为龙华苗圃的上海植物园，是一个以植物引种驯化和展示、园艺研究及科普教育为主的综合性植物园。常作为军休干部春游或秋游的风景点。

银婚远游

（2012年2月13日—18日出游）

两地传书忆旧痕，相倾再诉远寻温。

八年等待同甘苦，四秩随从共爱恩。

立业成家增互信，传承育子有两孙。

喜逢来日银婚节，便作双游度椰村。

注：2012年2月初，不经意间翻看集藏物时，发现了我的结婚证，结婚时间竟是1972年2月14日，今年也是四十周年结婚纪念日，于是立马决定去海南岛作银婚旅游。

海南岛银婚游纪事之航程所见

上海寒风岛越春，羽绒退着薄衣身。

方看沪上尖芽小，已见椰城满眼新。

仰起穿云天似黛，俯冲着陆草如茵。

行囊取就登车去，闪烁霓红但遇人。

注：2012年2月13日出发，上海还是料末春初，海南岛则是盛夏了！

入住金海岸罗顿酒店

波音接地出机舱，扑面和煦抹粉霜。

两侧椰随风起舞，一车客共路奔狂。

金罗酒店堂灯耀，标准房间被单光。

环顾四周星点点，笑容满地袭花香。

注：我们入住的罗顿酒店，距离大海仅 1000 米，位置优越，环境优美，交通便利。

游览博鳌亚洲论坛会址

曾经默默小渔村，碌碌千年只苦痕。

终有春雷惊蛰伏，引来活水洗沉昏。

山河湖海还通岛，树石沙泉也谢恩。

勇立潮头追激浪，亚洲掘起震乾坤。

注：博鳌在海南万泉河与浩瀚南海的交汇处，有世界自然生态环境保存最好的江河入海口；有融山、河、湖、海、岛屿于一体，集树林、沙滩、温泉、奇石和田园于一身的美景。

博鳌传说

南海龙王一脸阴，缘甥出落怪魔心。

抛将玉带分亲骨，激起凶孙变兽禽。

菩萨慈悲施法术，莲花救难赐财琛。

降鳌者圣乘鳌去，地杰人灵万世钦。

注：相传南海龙王敖钦的女儿诞下一子，名"鳌"，长相奇异：龙头、龟背、麒麟尾。龙王见女儿竟生此怪物，勃然大怒，一气之下抽出腰间玉带抛向河海间，形成"玉带滩"，阻隔"鳌"母子欲归南海之路。小龙女苦苦哀求，望龙王认"鳌"，却三秋未果，心力交瘁终面向南海化作"龙潭岭"。"鳌"见此景，凶性大发，兴风作浪，祸及百姓。观音闻讯，足踏莲花宝座赶至南海边，聚百川千水为万泉河，降惊涛骇浪为龙滚河，合纵溢横流为九曲江，拢三江汇聚鳌头直泻南海。掷金牛一头，形成"金牛岭"阻止水患；

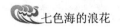

并在三江之地施五百法器，天降财宝，地涌甘泉，民间流传的"财源茂盛达三江"一说由此而来。观音与"鳌"斗法七十二回，终将"鳌"收服点化成"鳌龙"。观音乘"鳌龙"往西而去。卸下莲花宝座化作现在的"莲花墩"。"鳌"留下原身化作了"东屿岛"；留下身后这片美丽而神奇的宝地——世人称为"博鳌"。

游玉带滩

九曲万泉龙滚清，三江合汇碧中倾。

惊涛骇浪身前涌，纵泻平川背后宁。

远眺天边舟点点，近听水面鸟声声。

海河分隔留奇处，怪石圣公心最明。

注："圣公石"，传说它是女娲补天时，不慎泼落的几颗砾石，与玉带滩厮守相望。

游戏高尔夫球

兴隆酒店宿游宾，山色湖光醉客人。

清水泳池蓝也淡，青苗草地绿如新。

银杆舞动球难及，老叟愁思手不驯。

只在休闲寻乐趣，何须计较比官绅。

注：住宿此处，赠送高尔夫练习球30个（实际只给了20个练习球）。

游兴隆热带植物园

一车游客向园冲，录像留真绿荫中。

满眼奇姿千百态，浑身意趣几多丰。

咖啡豆苦杨桃嫩，神秘果酸莲雾红。

货架琳琅欺眼后，只知包里已难容。

注：兴隆热带植物园位于海南兴隆华侨旅游经济区内，创建于1957年，隶属于农业部中国热带农业科学院香料饮料研究所，是海南最早对外开放参观的热带植物园。

游蜈支洲岛

一岛还来大海中，珍珠蝶影起雄风。

苍山削岸嶙峋立，灌木沿河叠翠疯。

浪静滩平沙圣洁，天蓝树绿鸟兴冲。

乔藤互绞同生杀，龙血树称长寿翁。

注：蜈支洲岛坐落在三亚市北部的海棠湾内，北面与南湾猴岛遥遥相对，南邻美誉天下第一湾的亚龙湾。蜈支洲岛距海岸线2.7公里，方圆1.48平方公里，呈不规则的蝴蝶状，东西长1400米，南北宽1100米。蜈支洲岛是海南岛周围为数不多的有淡水资源和丰富植被的小岛，有二千多种植物，种类繁多。

游南山佛教文化苑风景区

（一）不二法门

法门八万四千重，处处法门修炼功。

不二随思真境界，从专学步少朦胧。

向来佛界求平等，多是心灵悟色空。

但等无他无彼日，禅机参透坐莲蓬。

注：不二法门是一个佛家用语，指平等而无差异之至道，二就是分别心，不二就是无分别心，今用以称独一无二的门径、方法。

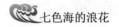

（二）观南山金玉观音像

金身塑就复披肩，缨络垂胸底座坚。

千叶莲花莲圣洁，八重法器法无边。

面容丰满垂恬静，体态轻盈化爱怜。

宝气珠光添智慧，真心拜佛理当虔。

注：金玉观世音，目前世界上最大的一尊金玉佛像。佛像高3.8米，由观音金身、佛光、千叶宝莲、木雕须弥底座四部分组成，耗用黄金一百多公斤，南非钻石一百二十多克拉、翡翠一百多公斤、以及数千粒红蓝宝石、祖母绿、珊瑚、松石、珍珠等奇珍异宝。

（三）观南山海上观音

脚踏莲花出海中，耸高千尺见清风。

救灾救难慈悲佛，自在自由仁爱功。

一体三尊观俗世，众生六道悟虚空。

珠莲篋表无边法，玉宇婆娑最识东。

注：海上观音比自由女神还要高15米，所以海上观音是世界上最大的石像了。观音圣像一面是手拿莲花，另一面是手拿金书，还有一面是手拿佛珠。

浴温泉

地热因缘向外喷，世人方得享余温。

矿泉水滑消灾妄，中药液浓驱毒瘟。

且唤鱼儿除老垢，也将晶石渗伤痕。

起身唯有言舒服，抱怨何须急锁门。

注：海南岛地处热带，同时又处于欧亚板块的东南边缘，这一地带地质运动活跃，地下潜藏能量充沛，多形成火山、地热、温泉等地质状态。温泉含有较高的硫磺成份，还含有多种金属元素和氧化物。

游海南岛天涯海角景区

（一）南天一柱

共工怒触不周巅，乱石纷纷跌海边。

天柱折兮天易墜，地维绝则地难填。

飞来直体支倾复，昂起挺胸顶坠悬。

借得崖州知府笔，方看万众走车船。

注：天涯海角南天一柱位于海南三亚市。从"天涯""海角"二石东走约三百米，一尊高大兀立的圆锥形奇石，象一支神笔直指苍穹，这便是"南天一柱"。有传说讲，它是"共工怒而触不周山，天柱折，地维绝"的"天柱"一截，被派遣到这里来独撑南天。清宣统元年（1909年），当时的崖州知州范云梯就根据上述说法，题刻下"南天一柱"这四个大字。

（二）天涯石

虽然海阔接天空，却道心情大不同。

古是凄凉流放地，今成热闹畅游宫。

胡诠惨惨功名尽，苏轼茫茫仕路穷。

世事应当常记忆，可惊邪念或知东。

注：胡铨的一生忠诚正直，始终不渝，正如他在《乾道三年九月宴罢》一诗中所写："久将忠义私心许，要使奸雄怯胆寒。"1097年，苏轼被再贬至更远的海南儋州，留有诗句："九死蛮荒吾不悔，兹游奇绝慰平生"。并为古代儋州的文化教育做出卓越的贡献。

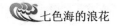

（三）海角石

莲花瓣展向天擎，触角尖尖体略倾。

一世英雄书壮志，七年风雨显豪情。

逢生绝地蒙威道，背水悬崖举义旌。

但使臣民观巨石，应思此处有精英。

注：民国抗战时期，琼崖守备司令王毅在"天涯石"相邻的巨石上题写了"海角"二字。

（四）海判南天石

变幻风云数百年，人文荟萃有奇篇。

钦差足迹巡边后，柱石天筇立眼前。

降旨兴图玄烨旨，开田极地子民田。

引来海判重重雾，今世崖州恐未研。

注：海判南天是海南省三亚市天涯海角风景区的一个独特景色。康熙五十三年（1714年），十一月，进行测绘工作的钦差大臣在今天海南省三亚市天涯海角风景区内的下马岭与南海的山海连接处立下了"海判南天"石刻。

游亚龙湾

亚龙湾水也清清，曲折绵延半月形。

碧海晶莹澄见底，细沙洁净白当英。

欲邀游者如蜂至，何必锋刀向客鸣。

管理从严亲客众，不污天下是头名。

注：亚龙湾已闻名于全世界，是中外公认国内最顶尖、无愧于"天下第一"盛名的海湾，在世界上已与夏威夷、巴厘岛、普吉岛、坎昆、黄金

海岸等顶尖海岸齐名。

游船夜航亚龙湾

丛丛电火眼前流，栋栋高楼岸上收。

闪闪霓红铺夜海，声声汽笛扰沙鸥。

熙熙看客欢言少，暗暗天空星月休。

悻悻移身离座去，匆匆踏步不回头。

注：自以为性价比不高。

游亚龙湾热带天堂森林公园

东龙西凤亚龙行，热带森林远出名。

度假观光游客乐，科研生态兽禽鸣。

天堂远远难相见，氧吧清清实有形。

滨海明珠人鼎沸，上苍送我好精英。

注：亚龙湾热带天堂森林公园位于中国唯一的热带滨海城市海南省三亚市亚龙湾国家旅游度假区。总面积1506公顷，是按照国家森林公园规范要求开发建设的三亚市第一个森林公园，是海南省第一座滨海山地生态观光兼生态度假型森林公园。

登亚龙湾畔沧海楼

红霞岭耸接苍穹，楼顶竟连天罡风。

坐看祥龙腾雨雾，立观南海展舟篷。

频吹白发浮浮脚，几抓围栏颤颤翁。

欲眺波涛凭远处，方知岁月也匆匆。

注：沧海楼为三层六角攒尖顶木塔式结构，楼高约20米。登上沧海楼，

欣赏亚龙湾，上有天高云淡，下有烟波浩淼，极目之处海天一色，让人极为惊叹。旁有一座用数吨紫铜铸造的"龙行天下"的雕塑。

临北纬十八度

登高几近四千九，已触珠峰半截袍。

足踏玉龙留足迹，风吹白发显风骚。

东龙西凤千姿地，赤道蓝洋一段篙。

越海朝前思远去，欲观船底泛滔滔。

注：曾登云南"玉龙雪山四千八百多米处，接近四千九，超珠峰一半也。

曾在"北纬十八度标志"处留影。

"船底"为南天星座之一，只有在低于北纬15度，才能看见整个星座。

感悟时空穿越

早晨三亚短临身，赤脚粘沙伞护人。

向北驱车思鞋袜，出舱开链取衣巾。

飞离海口还初夏，抵达申城未入春。

走得时辰无几刻，已将四季演均匀。

注：在三亚，是盛夏，在三亚是初夏，到上海则还未初春矣。

咏武当山

太和七十二山峰，一柱擎天众作佣。

宫庵楼台穿紫气，丹墙翠瓦伴苍松。

洞天点拨神机道，福地催生惊世功。

欲借踏云靴适足，驰飞谒拜见元宗。

注：武当山，中国道教圣地，又名太和山、谢罗山、参上山、仙室山，

古有"太岳"、"玄岳"、"大岳"之称。

咏五台山

势拔山兮耸五台，清凉宝地绝尘埃。

大孚灵鹫香烟起，白马驮经圣地开。

智慧聪明狮子吼，孺童无垢彩云偎。

一从文殊赢声望，千万游僧膜拜来。

注：五台山别名清凉山，是世界有名的佛教圣地，中外僧人或游客络绎不绝。五台山的大孚灵鹫寺与洛阳白马寺同为中国最早的寺院。五台山五个台顶供奉文殊菩萨，但五个法号不同：聪明文殊、智慧文殊、狮子吼文殊、无垢文殊和孺童文殊。

忆观乐山大佛

（去四川乐山、峨嵋山、九寨沟、黄龙等地旅游是在 2006 年 7 月份，当时还没有写诗的兴趣和基础，自 2011 年开始习诗，便将曾经游历过的景点进行回忆，故有"忆"之说。）

蜀地云蒸涌大河，三江汇处坐弥陀。

佛山山佛千年颂，风水水风无量歌。

灵宝峰巅生宝塔，凌云寺里奏云锣。

手扶双膝威严相，方保神州劈浊波。

注：乐山大佛，又名凌云大佛，位于四川省乐山市南岷江东岸凌云寺侧，濒大渡河、青衣江和岷江三江汇流处。大佛为弥勒佛坐像，通高 71 米，是中国最大的一尊摩崖石刻造像。

乐山大佛开凿于唐代开元元年（713 年），完成于贞元十九年（803 年），历时约九十年。

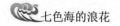

忆观乐山巨型睡佛

一舟游弋大江中，也似朦胧梦镜同。

叠翠青山呈景像，静修我佛睡波洪。

慈容秀目朝天际，端貌宽胸惊世风。

心田停留弥勒在，何愁故国不英雄。

注：巨型睡佛又称隐型睡佛，位于乐山城侧的三江（岷江、青衣江、大渡河）汇流处，这尊睡佛全身长达4000余米。佛头、佛身、佛足由乌尤山、凌云山和东岩（山体形状）联襟而成，四肢齐全，体态匀称，面目清秀，安详地漂卧在青衣江山脊上，仰面朝天，慈祥凝重。

忆游东方佛都

灵云迎佛自西方，三世三身坐殿堂。

一款袈裟披卧圣，万尊师祖显慈祥。

连心欲挽长生锁，富贵更将普爱藏。

涅磐升华成善事，诚求护佑汉和唐。

注：三身即：法身、报身、应生三种佛身。三世佛：指中央释迦牟尼佛，东方药师佛和西方阿弥陀佛。

忆游峨眉山

四峰遥对似峨眉，金顶瑞祥依寺垂。

绝壁悬崖飞瀑布，苍松翠柏伴琉璃。

圣灯云海沉浮诡，日出神光掩映奇。

宝掌蒲公心向佛，结茅舍宅解追縻。

注：位于中国四川省乐山市峨眉山市境内，是中国"四大佛教名山"之一，地势陡峭，风景秀丽，素有"峨眉天下秀"之称。宝掌和尚是印度

人，相传出生时左掌所致拳，七岁祝发，掌乃展，因名宝掌。曾在峨嵋山洪椿坪结茅修住，是到峨嵋山修行的第一个外国僧人，峨嵋山"宝掌峰"同此而得名。

忆在藏乡家作客

走车千里进藏乡，席上牛羊泛亮光。

糕点酥油茶味足，欢歌笑语舞步狂。

锅庄起伏催流汗，羌笛抑扬忘怨杨。

满饮青稞醇厚酒，香甜久远忆情长。

注：2006 年 7 月 18 日晚到藏家作客诗成于 2012 年 3 月 17 日，故为忆。

忆游九寨沟之诺日朗瀑布

訇然裂缺出雄关，万马千乘滑秀山。

坠石金银引颤抖，滚龙鳞甲刺流湍。

铁犁生彩悬天际，机布织颜铺谷间。

致水清粼身恋美，能消怨恨摒忠奸。

注：诺日朗瀑布位于中国四川省九寨沟，海拔 2365 米，瀑宽 270 米，高 24.5 米，是中国大型钙化瀑布之一，也是中国最宽的瀑布。藏语中诺日朗是伟岸高大的意思，因此诺日朗瀑布意思就是雄伟壮观的瀑布。传说铁犁、织机和贝叶经是扎尔穆德和尚远游归来时带来的，织布机以后成为诺日朗瀑布。

九寨沟风光之水

九寨沟中水是魂，海泉滩瀑亦知恩。

春临雪化花添笑，夏至帘悬雾始掀。

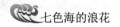

秋到斑斓垂七彩，冬来圣洁裹千尊。

留连忘返难移脚，因懂再寻无别村。

注：水是九寨沟的魂，是天堂的血脉。有"五岳归来不看山，黄山归来不看岳，九寨归来不看水"之说。

九寨沟风光之海

峰林海瀑又藏情，五绝名声九寨倾。

水是精灵魂致逸，石当肌骨体坚贞。

犀牛箭竹天鹅影，老虎芦苇孔雀声。

兼有五花成顶冠，别无他处更晶莹。

注：据说九寨沟共有108个海子，构成了一个个五彩斑斓的瑶池玉盆。长海、剑岩、诺日朗、树正、扎如、黑海六大景观组成了神奇的九寨，被世人誉为"童话世界"，号称"水景之王"。

九寨沟风光之林

碧水青山奏竖琴，四时景色可怡心。

红杉挺拔云杉密，岷柏郁葱黄柏阴。

春展绿屏秋染艳，冬添白玉夏含金。

天堂未必真如此，越是无诗越想吟。

注：这被誉为九寨沟六绝之首的彩林，覆盖了景区一半以上的面积，2000余种植物，争奇斗艳，林中奇花异草，色彩绚丽。

九寨沟风光之峰

雾绕云缭掩赤宫，半层洁白半苍葱。

远思魂处神仙境，近念心登佛界中。

脚踏乌龙临滚电，身临暮色遇罡风。

人生莫测无穷幻，一度萌光瞬息瞢。

注：九寨沟的峰是岷山延伸而生成的。

九寨沟印象

山灵水秀显云蒸，叠瀑天倾石鼓崩。

百海参差星陨落，千林起伏马奔腾。

藏情憨厚情真挚，羌笛悠扬笛韵恒。

我劝宾朋游圣境，何须岁月枉徒增。

注：翠海、叠瀑、彩林、雪峰、藏情、蓝冰，被称为"六绝"。

忆游黄龙风景区

（2006 年 7 月 20 日游黄龙）

万里金龙滚地来，甲鳞闪亮化妆台。

粼波润滑流平鉴，怪石嶙峋出彩盉。

纤细玲珑如鹤立，巍峨伟健若峰陪。

众仙何不迁来住，可在瑶池共对杯。

注：黄龙风景名胜区位于四川省阿坝藏族羌族自治州松潘县。黄龙以彩池、雪山、峡谷、森林"四绝"著称于世，再加上滩流、古寺、民俗称为"七绝"。 主要景观集中于长约 3.6 公里的黄龙沟，沟内遍布碳酸钙华沉积。并呈梯田状排列，以丰富的动植物资源享誉人间，享有"世界奇观"、"人间瑶池"等美誉。

泸沽湖摩梭人

车到泸沽正夕阳，灯明火亮甲蹉狂。

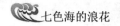

激昂歌舞人添美，秀丽山湖水愈香。

男子走婚当久远，女权习俗自源长。

花楼夜半迎阿夏，互赠信物传热肠。

注：摩梭人善舞称为甲蹉。男女恋爱对象统称阿夏。

忆游都江堰

中华自古有能人，来睹二王思有钦。

降服蛟龙随意志，凿穿山石垒江浔。

排洪制水宝瓶口，锁峡回潮鱼嘴心。

且看飞沙堆正好，至今天府仍流金。

注：2006 年 7 月 21 日游都江堰景区。公元前 256 年，战国时期秦国蜀郡太守李冰率众修建的都江堰水利工程，位于四川成都平原西部都江堰市西侧的岷江上，主要由鱼嘴、飞沙堰、宝瓶口三大主体工程构成。三者有机配合，相互制约，协调运行，引水灌田，分洪减灾，具有"分四六，平涝旱"的功效。二工即二王庙，敬李冰父子。

行走于安澜桥上

岷江滚滚止难休，见证艰辛见证羞。

几度沧桑留痛楚，满腔忿恨逐荒流。

时间串起藤和竹，风骨铸成索与钩。

绳链悠悠思绪起，等闲踱步忆何仇。

注：安澜索桥又名珠浦桥，位于四川省都江堰市区西北约 2 公里的岷江上。清嘉庆八年(1803) 重建。邑人何先德倡建索桥时，以木板为桥面，旁设扶栏。两岸行人可安渡狂澜，故更名安澜桥。建桥时其妻杨氏出力不少，民间又称其为"夫妻桥"。

236

重游重庆

离别山城四十年，成渝直达半天缘。

林园再踏需来日，公馆重游即眼前。

唯在礼堂留弱影，未将思绪乱心田。

一声长笛船锚起，马达低沉欲哽咽。

注：余曾在 1963 年 7 月至 1968 年 12 月，在重庆林园的解放军通信兵工程学院上学。2006 年 7 月 22 日坐汽车走成渝高速到重庆，傍晚坐船离开朝天门码头东游三峡。此诗写于 2012 年 3 月 21 日，诗中的公馆即歌乐山"白公馆"，礼堂即为始建于 1951 年 6 月的"重庆人民大礼堂"。

船过三峡夔门

瞿塘峡口立夔门，扼守中流欲改奔。

西接巴秦崎峻路，东连鄂楚米粮囤。

如今栈道被水淹，昔日雄关遇浊浑。

石壁平湖消景色，迁移白帝鬼无村。

注：余曾于 1965 年夏探亲，乘船自重庆到上海，途经三峡夔门。自从三峡大坝建成后，水位抬高后，其景色就没有以前的雄险了。

游白帝城

一眼井深邪气冲，公孙篡位即称龙。

永安宫里寄阿斗，白帝城中祭蜀宗。

割据终思成霸业，潮流必竟过巅峰。

诗词咏唱千多首，李杜吟来总荡胸。

注：此诗写成于 2012 年 3 月 23 日。白帝城位于重庆奉节县瞿塘峡口的长江北岸，奉节东白帝山上，三峡的著名游览胜地。有泰山之风貌，有

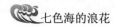

兔耳岭之怪石奇观，原名子阳城，为西汉末年割据蜀地的公孙述所建，公孙述自号白帝，故名城为"白帝城"。白帝城是观"夔门天下雄"的最佳地点。

游三峡大坝

黄牛顶上卧毛公，三斗坪奇再起风。

百万移民思奉献，千年旧梦换霓虹。

巫山会意西陵喜，神女点头东海躬。

极目湘吴成画卷，蛟龙解落颂天功。

注：三峡大坝，位于中国湖北省宜昌市三斗坪镇境内，距下游葛洲坝水利枢纽工程38公里，是当今世界最大的水利发电工程。

游小三峡

峡中含峡有奇峦，绝壁摩天现大观。

险出银窝留妙趣，痕遗古道看悬棺。

进龙出虎归山马，突石悬峰滴水滩。

更得泉声清又脆，畅游美景比仙欢。

注：长江小三峡南起巫山县，北至大昌古城。俗称巫山小三峡，也称大宁河小三峡，为大宁河景区的精华部分所在。与长江三峡的宏伟壮观、雄奇险峻相比，小三峡则显得秀丽别致，精巧典雅，故人们赞誉小三峡可谓"不是三峡，胜似三峡"。小三峡由龙门峡、巴雾峡、小小三峡滴翠峡组成。

游小小三峡

峡中含峡再生奇，景色旖旎世上稀。

擦卵舟船须奋力，挤身篙桨竟勾衣。

峻峰挺拔旋涡转，乳石悬垂草木肥。

更有纤夫声振吼，回音灌耳鸟惊飞。

注：巫山小小三峡在大宁河滴翠峡处的支流马渡河上，是长滩峡、秦王峡、三撑峡的总称。巫山小小三峡被誉为全国最佳漂流区，有惊无险的回归大自然参与式漂流——"中国第一漂"。

三月三日丽人行

三月初三忽见晴，春风得意绿茵生。

洧溱河畔欢声响，蝴蝶泉边笑语盈。

宫里殿中恩爱意，墙头马上李裴情。

树藤攀附何其乐，此日只随佳丽行。

注：此诗写成于 2012 年 3 月 25 日见诗经《溱洧》篇；电影《刘三姐》剧情，三月三日在歌墟上对歌；唐明皇和杨玉环定情于这一天；李千金和裴少卿在这一天演绎"墙头马上"之恋；杜甫有"丽人行"之诗。

登黄鹤楼

蛇山顶上耸名楼，夕照登临水荡舟。

紫帝杓魁伸手执，玉清寿禄探头勾。

楚天极目思黄鹤，福地腾云忆九州。

欲览霞光需驻顶，人声鼎沸唱风流。

紫帝：北极星称紫薇星，也称帝星。魁杓：北斗七星中形如斗的四颗星为"魁"，斗柄三星即为杓。玉清：南斗六星之主，此六星掌管寿、禄等。

春游即景

石拱桥头竖杏帘，河鲜满桌杜康甜。

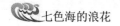

数舟泛水宾随座，两岸香樟树掩檐。

摇橹吱呀声起伏，留真咔嚓影静恬。

且看游客虽稀少，酒店无空踮脚尖。

游走乌镇

晨霭茫茫薄雾添，粉墙黛瓦几重檐。

浣纱少女河边挤，卖菜村姑街面瞻。

木格花窗鳞栉比，乌篷小划尾头钳。

林家铺子双桥影，子夜烟云向远潜。

注：乌镇是首批中国历史文化名镇、中国十大魅力名镇、全国环境优美乡镇、国家 5A 级旅游景区，素有"中国最后的枕水人家"之誉，拥有 7000 多年文明史和 1300 年建镇史[1]，是典型的中国江南水乡古镇，有"鱼米之乡、丝绸之府"之称。这里有茅盾的故居，《林家铺子》是茅盾创作的短篇小说，《子夜》是茅盾创作的中国现代长篇小说。

九华山

一款袈裟起佛台，九峰莲瓣向天开。

流泉涧瀑天河落，鹤鹿灵丹绿水来。

励志修成金地藏，跏趺示寂肉身傀。

群生苦海无边日，不證菩提尚有灾。

注：九华山，古称陵阳山、九子山，为"中国佛教四大名山"之一，位于安徽省池州市青阳县境内，素有"东南第一山"之称，传说因唐朝李白《望九华赠青阳韦仲堪》诗："昔在九江上，遥望九华峰。天河挂绿水，秀出九芙蓉。"而更名为"九华山"。有"闵公施地金乔觉一袈裟"的传说。

游江西婺源

青山碧溪罩烟茏，翘角飞檐透秀峰。

流水小桥观质扑，野村草寨现灵锺。

祠堂驿道传薪火，清宅廊棚溯影踪。

莫谓高楼留景色，归真返璞寿更丰。

注：婺源县，今属江西省上饶市下辖县，是古徽州一府六县之一。东邻国家历史文化名城衢州市，西毗瓷都景德镇市，北枕国家级旅游胜地黄山市和古徽州府、国家历史文化名城歙县，南接江南第一仙山三清山和铜都德兴市。婺源代表文化是徽文化，素有"书乡"、"茶乡"之称，是全国著名的文化与生态旅游县，被外界誉为"中国最美的乡村"。

忆游玉龙雪山

十三峰峭雪齐天，绰约柔姿俏影牵。

云带束腰娇女淑，霞光吻眼锦衣鲜。

玲珑恰似龙牙篆，磅礴当如峦岩悬。

欲进洞房纱盖揭，从今日日饮欢泉。

注：玉龙雪山在纳西语中被称为"欧鲁"，意为"天山"。其十三座雪峰连绵不绝，宛若一条"巨龙"腾越飞舞，故称为"玉龙"。全山的13座山峰由南向北纵向排列，主峰扇子陡最高处海拔5596米，终年积雪，发育有亚欧大陆距离赤道最近的温带海洋性冰川。

大理崇圣寺三塔

背靠苍山临洱海，卓然挺秀直冲天。

思平佛铸万尊有，蒙氏钟声百里穿。

翘角飞檐承岁月。转梯玉柱接云烟。

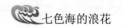

千寻耸得三鼎立，诸天风雨逐圣贤。

注：三塔由一大二小三阁组成。大塔又名千寻塔，当地群众称它为"文笔塔"，通高69.13米，底方9.9米，凡16级，为大理地区典型的密檐式空心四方形砖塔。南北小塔均为十级，高42.17米，为八角形密檐式空心砖塔。三座塔鼎足而立，千寻塔居中，二小塔南北拱卫。

七宝古镇和古镇的"七宝"

（余是七宝人，1960年7月之前，在七宝中学就读。这一组诗创作于2012年8月21日前后，是为宣传我的家乡七宝古镇而作。）

（一）七宝古镇

乱世终归有悚魂，华亭鹤唳唤儿孙。

云间两陆惊词藻，西晋八王争仲昆。

水齿吴淞三易址，经依钱越再添恩。

皆因宝寺名声起，远及他乡近别村。

注：二陆，指陆机和陆云。陆机（261年-303年），字士衡，吴郡吴县（今江苏苏州）人，西晋文学家，书法家，后死于"八王之乱"，被夷三族。据传二陆是与七宝有关的先人。

（二）七宝塘桥

蒲汇塘深卧巨龙，任凭南北六街通。

皮商玉贾门盈客，酒肆书场桌满盅。

石板留存千载印，清流历炼万年风。

只因玉斧神奇力，方得今悬盛世篷。

注：七宝镇的塘桥，在十县未尽归上海前，被认为是上海最大的一座石桥。桥在南北大街交合处，系明正德十三年七宝人徐寿、张勋筹款建造，

清同治三年（1864年）重修。所谓六街，指南大街、北大街、北东街、北西街、南东街和南西街。玉斧传说和建造蒲汇塘桥有关，建桥之初，难以合拱，众工匠无策之际，来一白发老者，顺手拿起桥堍店家一把斩肉之斧扔于桥下，以垫桥基，塘桥由是得以建成。七宝口音中玉肉同音，故传为玉斧。

（三）七宝古镇之飞来佛

铁佛如来九野开，晴天霹雳震惊雷。

南郊寺里燃香火，蒲汇塘边建福台。

不叫萧墙横起祸，诚祈百姓俱消灾。

人间多少迁移事，谁著史书传稚孩。

注：我在小学时候（1955年，我升入中学读书）曾听祖父（1891年—1974年）讲过，七宝之"七宝"，为"飞来大寺籴来钟"，其它都没有差异。"飞来大寺"，应该是老七宝中学靠近青年路校门口的建筑，东面是有一口大钟，西面还有一只鼓。现在成了飞来佛，且是铁佛如来。

（四）七宝古镇之籴来钟

滂沱七日泻洪峰，天水接连籴巨钟。

雨过红霞方隐色，风卷老叟已从容。

语留情意殷殷嘱，嘴念真经抖抖笫。

闻得响声时已晚，回头只怨小弥庸。

注：据说，那老叟其实是一位得道高人，他叮嘱弥童，待他走后的第二日方可敲它。结果没多久，小和尚迫不及待敲了起来，故钟声就传不远了，本来老叟走到哪里，声音就传到那里，至少可以传至百里之外。

（五）七宝古镇之金鸡的传说

几代何朝几是因，七缸金子八缸银。

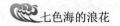

高泥墩下藏珍宝，昴宿星低充护神。

至善至诚方见福，九儿九媳未成真。

但今无有亲临者，害苦雄鸡总乱春。

注：金鸡则说镇北高泥墩下藏有七缸金八缸银，由金鸡守护，而所埋金银须由九子九媳之家方可挖掘。

（六）七宝古镇之金字莲花经

妙法莲花至上经，修身悟道有缘星。

王妃辛苦五年字，钱镠巡行陆宝停。

恩赐教庵终得福，垂青寺院已飞馨。

蓝绡纸上书金粉，古镇如何不显灵？

注：据传，金字莲花经乃吴越王钱镠之妃用金粉工楷写成。

（七）七宝古镇之玉筷的传说

得取功名梦也香，摘瓜收豆几时光。

紫袍翡翠乌纱暖，旨意隆恩玉箸香。

桥堍隐珍期永久，神偷盗宝竟匆忙。

无须辨别真还假，传与渔樵续酒浆。

注：玉筷说古时皇帝赐功臣一双玉筷，能驱毒避邪，功臣将其藏于镇北蒋家桥之东堍桥柱内，后被人盗走，桥柱上遗留下一双筷印。

（八）曾经见过的七宝神树——梓树

南模分校读书时，但见山门即古祠。

记得东边篱用竹，依稀北向室居师。

千年梓树无人识，些许枝条伴鸟思。

绿杖随机寻宝物，还留影踪可赋诗。

注：上海市南洋模范中学七宝分校创办于 1947 年 9 月，1955 年我进入南洋模范中学七宝分校读初一，后改名为上海市第二十初级中学，最后再更名为上海市七宝中学。记得在老师办公室旁边有一棵古树名为梓树，即是传说中的七宝神树。如今那棵古树已死，在原址仍有一棵树，但已是假的了。

（九）过七宝教寺

多少道场三度迁，千年古寺亦应怜。

曾经朔望鸣钟鼓，几度阴晴看柳烟。

战火频摧遗旧恨，流光艳照起新田。

更兼七巧玲珑塔，装点莲台聚众仙。

注：七宝教寺，最初位于松江陆宝山，现在上海市闵行区七宝镇新镇路 1205 号，俗称陆宝庵、陆宝院。据传五代十国时此庵迁往淞江，吴越王钱镠赐以金宝莲花经，并云"此亦一宝也"。庵遂改名七宝寺。因江水啮岸，宋初再迁，移今七宝地，今天的七宝寺乃移址重建于 2002 年。

（十）七宝教寺天王殿

一重天里四天王，勇猛威严震八方。

利剑无鞘风影起，琵琶有阶调弦藏。

多闻雨伞抽筋骨，广目顺蛇除甲裳。

时至今还抬腿坐，只因金口已忘张。

注：四大天王，又称护世四天王，是佛教二十诸天中的四位天神，位于第一重天。四大天王也被称为"风调雨顺"。南方增长天王持剑，司风；东方持国天王拿琵琶，司调；北方多闻天王执伞，司雨；西方广目天王持蛇，司顺。组合起来便成了"风调雨顺"。

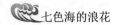

壬辰年农历九月十七桥友聚会

品得茗香且执牌，桥台暗斗到天涯。

高花进局思超越，长套缺门欲进阶。

紧迫飞张谋巧技，肃清投入算精乖。

已看美酒杯中满，逐遣丰言抖感怀。

注：桥友有房在浙江嘉善，相约携妻同往。

壬辰年农历九月二十游常熟尚湖

秋风裹叶击扁舟，十里虞山映胜幽。

激岸粼波浮野趣，恋湖雅士隐青洲。

亿年更叠天人合，万代沧桑石壁留。

胸有至诚心自静，钓鱼何必用弯钩。

注：妻之堂姐在常熟有经营，约亲朋好友前往一游。

新马泰旅游记事
（一）外国的月亮

趋寒吹冷走南洋，欲解何乡月会香。

拔地腾空天底远，穿云破雾紫光强。

车流挤挤人流急，蛙步匆匆脚步忙。

常夏偶秋难精彩，何如四季雪和霜！

注：新加坡共和国，简称新加坡，旧称新嘉坡、星洲或星岛，别称为狮城，是东南亚的一个岛国，临赤道，只有夏季，无四季之美。

（二）夜游圣淘沙岛

鱼尾狮身立夜空，游人织锦闪霓虹。

电梯不息衣飘带，食吧长明腿坐童。

刺眼银灯惊淑艳，雕花木杖助衰翁。

厅堂马甲按铃后，筹码成堆不识东。

注：圣淘沙岛，是被誉为最迷人的新加坡度假小岛，占地390公顷，有着多姿多彩的娱乐设施和休闲活动区域，素有"欢乐宝石"的美誉。

（三）新加坡掠影

花芭远眺雾茫茫，长夏暂秋镶绿黄。

楼立弹丸如雨笋，水通广域集舟箱。

狮城有道因王子，胡姬端庄探锦囊。

新月五星飘岛国，花园洁美建天堂。

注：花葩山位于市街西部，是一座海拔115米的小山，是新加坡第二高点，仅次于武吉知马山，它靠近繁华市区，面向新加坡海港。在山顶上遥望四周，景色十分美丽。 胡姬是新加坡国花。

（四）马来西亚印象

葡荷脚下苦横飞，蓝米插旗人再饥。

倭寇入侵遭苦难，英雄抗争到天圻。

朱槿美丽花真艳，犀鸟多情翼必依。

留得丛山藏富有，马蹄奋踏子民肥。

注：马来西亚曾被葡萄牙、荷兰统治，后来是英国殖民地，二战中被日本武装占领。朱槿是马来西亚的国花；犀鸟是马来西亚的国鸟。

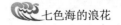

（五）游云顶

九曲迴肠抵角亢，青葱半露隐砖墙。

举头雾气衣衫湿，斜眼睹城马甲强。

车载游人疯路客，手推筹码喜牌庄。

金银不是盘中出，只有官豪探锦囊。

注："云顶"是东南亚最大的高原避暑地，也是在亚洲范围内为数不多的堪与澳门葡京赌场和菲律宾相提并论的赌场之一。

（六）吉隆坡双峰塔

楼高折桂有双峰，一贯天桥露笑容。

尖刺苍穹云绕道，根深大地骨连胸。

远观西域危机逼，近看南洋激浪汹。

挺直身躯求发展，空蓝林绿守中庸。

注：吉隆坡石油双塔曾经是世界最高的摩天大楼，1997年建成使用。目前仍是世界最高的双塔楼，也是世界有名的高楼之一（452.315m）。

（七）曼谷大王宫

辟地围墙造殿堂，金银玉石见辉煌。

浮屠直刺青天落，华盖欲看珠宝镶。

鳞瓣琉璃红映绿，柱圆方座白依黄。

湄南滚滚沧桑变，树影婆娑见顺昌。

注：大皇宫坐落于湄南河东岸，是曼谷乃至泰国的地标。始建于1782年，经历代国王的不断修缮扩建，至今仍然金碧辉煌。

（八）游芭堤雅

炊烟稀少小渔坑，一跃翻成不夜城。

碧海银沙添彩色，人妖泰妹演风情。

寻欢作乐意渲泄，念佛诵经心不诚。

性本依根根是命，何其杂乱乱如牲？

注：芭提雅，位于泰国首都曼谷东南 154 公里、中南半岛和马来半岛间的暹罗湾处，市区面积 20 多平方公里，隶属于泰国春武里府。旅游区素以阳光、沙滩、海鲜名扬天下，被誉为"东方夏威夷"，是世界著名的新兴海滨旅游度假胜地。风光旖旎，气候宜人，年均温度 20 摄氏度左右。

（九）游芭堤雅水上集市

上有蓝天下有河，扁舟激荡泛青波。

绿枝托出琳琅色，红粉逗引精彩歌。

当具匠心才招客，终因特色必穿梭。

银星不是从来有，合十虔诚拜梵陀。

注：芭提雅水上市场是湄南河上最原始的水上集市。它集合了泰国传统的水上市场的面貌，成为游客必到的一个著名景点。

椰岛行周年纪念

追忆去年椰岛行，夫妻共进海鲜羹。

天涯石敬新游客，三亚船登未老人。

面向观音曾合十，足潜涛浪也躬身。

唯求体健常相伴，一往深情化酒醇。

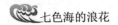

台湾游纪事

（一）久梦成真

长存夙愿走台湾，时已暮年鬓已斑。

海峡多难留怨恨，余生有幸睹容颜。

冲天腾雾九天净，转眼风光满眼斓。

咬指清醒疑是梦，问妻许是故河山？

注：身为中国人，如果没有去中国的宝岛台湾，的确是一件憾事，故平生之一愿就是要去台湾旅游，终于在2013年4月12日成行！

（二）中台禅寺天王殿

金刚立地勇天王，南北东西护法疆。

四面庄严惊鬼蜮，八方赐福保安康。

韦驮助阵擎长剑，弥勒慈容踩锦囊。

若祈风调兼雨顺，真心实意点清香。

注：中台禅寺位于台湾南投县埔里镇一新里，四天王为守护佛法的神明，分别是"东方持国天王"、"南方增长天王"、"西方广目天王"及"北方多闻天王"，神像手中分别拿著象征风调、雨顺、国泰、民安的法器；四天王殿为中台禅寺主体的殿堂，"弥勒菩萨"供奉于殿堂中央，弥勒菩萨的背後有身著甲胄、合掌擎剑的"韦驮菩萨"，而四大天王像则分镇在殿堂四周，神像皆以山西黑花岗雕制；四天王像高度约12公尺，重达100多吨，每尊天王皆有四面头像，象征一即四、四即一，四天王的金刚严肃的眼神令人为之震撼。

（三）中台禅寺同源桥

灵隐中台隔海望，同根一祖系炎黄。

曾经两岸相煎急，必竟三皇共源长。

总是亲情融冰雪，终因骨肉化严霜。

恶风难撼中华志，已见铜桥渡激浪。

注：早在2003年，朱炳仁就考虑要为两岸和平做件实事，他悟出了两岸之间最缺的是沟通与交流，由此他亲自设计了历史上首座铜桥，表达了一位大陆艺术家给台湾同胞赠送铜桥的心愿。经过四年的努力，被命名为"同源桥"的两岸沟通金桥，冲破封锁，于2007年岁末由杭州灵隐禅寺赠送台湾中台禅寺。

（四）好事近·登观山楼

烟雨锁山楼，云障雾遮幽谷。难见四方空野，有妇愁童哭。

我今吟唱久廻声，因觉未孤独。收眼返身移步，险碰头撞目。

注：九族文化村观山楼，位于台湾省南投县日月潭畔。

（五）御街行·游台湾九族文化村

歌声响彻云天外。舞手足、飘裙带。银灯频闪点繁星，随处传来欢快。 游人捧腹，我心陶醉，如饮醇除恚。

无需掩抑心中慨。怨怨结，何时解。中华民族本同根，家国腾飞开怀。除妖灭寇，精诚团结，看业承千载。

注：九族文化村位于台湾南投县鱼池乡，九族文化村是结合台湾泰雅族、赛夏族、邹族、布农族、卑南族、鲁凯族、达悟族、阿美族、排湾族以及邵族这九大原住民族族群的各项文化特色而兴建的乐园。

（六）望远行·游台湾日月潭

青龙起伏，观涵碧、恰似鱼樵抛网。远山深绿，近水清澄，一串玉莹珠亮。浅雾轻轻，帘展只如蝉翼，拉鲁隔潭成两。竟流连、仙境难同是样。

回想，追白鹿逢沃土，临绝处、豁然开朗。餐露戴星，顶风冒雨，驱兽垦荒除障。应谢先民恩典，传承薪火，指点家乡肥壤。看太平今世，欢歌高唱。

注：据传，台湾先民拉鲁族，从阿里山麓三日三夜追白鹿至日月潭，然后定居至今。日月潭中有一小岛远望好像浮在水面上的一颗珠子，名拉鲁岛，以此岛为界，北半湖形状如圆日，南半湖形状如弯月，日月潭因此而得名。

（七）清平乐·阿里山红桧赞

山高雾伴，峰秀生红桧。不管风云多变幻，依旧向天展冠。

千年凤乳龙涎，种群甘苦相连。只道无私奉献，粉身愿作樑椽。

注：在台湾，红桧是像柏树一样高大的树木，是我国台湾特有的树种。它生长在台湾的中央山脉，在阿里山有两株参天的红桧，其中最大的一棵尊称为"神木"，高达 60 米，直径 6.5 米，树的年龄大约有三千年，是我国最古老的树木之一。红桧四季常绿，树干挺直；枝叶浓密，遮天蔽日。

（八）五绝·戏说猫鼻头礁

猫儿鼻子灵，海里有鱼腥。

不敢循波去，饿昏难再醒。

注：猫鼻头礁位于恒春半岛的东南岬，介于台湾海峡和巴士海峡的交界处，猫鼻头名称的由来，乃因岩岸旁一块突出的珊瑚礁岩，其外型像蹲坐的猫而得名。

（九）题高雄西子湾夕照

幸临西子见垂阳，玉珮低沉欲卸妆。

眺远朦胧天接水，登高喘息客依墙。

晚霞堪比朝霞美，老壮难同少壮狂。

倘若忘将方向辨，犹疑喷薄出东方。

注：西子湾为位于台湾高雄市的一个风景区。在清朝初年，名为"洋路湾"、"洋子湾"，又名为"斜湾"，在闽南语的谐音引申下变成了"斜仔湾"，后来就变成了"西子湾"。国立中山大学就座落于西子湾风景区内，西子夕照为台湾八大胜景之一。

（十）红珊瑚赞

亿年繁衍苦生成，激浪翻腾聚为精。

宠辱相依留纯洁，艰难砥砺示坚贞。

红花火树呈祥瑞，佛殿朝堂耀亮晶。

琥珀珍珠何嫉有？悲欢离合亦心惊。

注：红珊瑚属有机宝石，色泽喜人，质地莹润，生长于远离人类的100至2000米的深海中。与珍珠、琥珀并列为三大有机宝石，在东方佛典中亦被列为七宝之一，自古即被视为富贵祥瑞之物。天然红珊瑚是由珊瑚虫堆积而成，生长极缓慢，不可再生，而红珊瑚只生长在几个海峡（台湾海峡、日本海峡、波罗地海峡、地中海），受到海域的限制，所以红珊瑚极为珍贵，其中由以我国台湾红珊瑚最为珍贵。

（十一）醉蓬莱·游台湾太鲁阁景区

借萱花巨斧，勇猛提山，二郎声吼。孝子沉香，裂西华寻母。

薄势孤能，力微身弱，慕自然功厚。电击雷鸣，风侵雨蚀，亿年神咒。

直壁垂峰，断涯深谷，走兽飞禽，演奇秀。幽峡湍流，涮万层千皱。石滚泥游，水激沙溅，似虎龙争斗。太鲁悠悠，天宫仙境，与谁同寿？

注：太鲁阁公园横跨花莲、南投及台中，以雄伟壮丽、几近垂直的大理岩峡谷景观闻名。沿着立雾溪的峡谷风景线而行，触目所及皆是壁立千仞的峭壁、断崖、峡谷、连绵曲折的山洞隧道、大理岩层和溪流等风光。

（十二）锦堂春慢·在台湾野柳地质公园

天地精华，时空历炼，修成野柳神龟。鬼斧魔刀，斜削竖砍横摧。立起万千风景，映照潮汐盈亏。看水清海阔，浪浅云轻，如画如诗。

恐临瑶池仙境，见皇姬远眺 [1]，烛影依稀 [2]。沟洞星繁光怪，石厚沙肥。竟有遗鞋对弈 [3]，但回首、棋上沾灰。眼底花生掉落 [4]，菇蕈奇形，视线难离。

注：1：女皇头石；2烛台石；3仙女鞋石和棋盘石；4花生石。

（十三）在台湾花莲过北回归线

停在地标留照时，欲吟天体运行诗。

倘然夏至交今日，可见阳光洒直丝。

若使垂竿真不歪，难看影子总相随。

侧倾黄赤未同面，四季花香会有期。

注：北回归线指北纬 23.5 度的地理位置，太阳每年夏至正午直射此带。台湾共有三个北回归线纪念碑，而其中一座就位于花莲台 11 线 70.5 公里处，这座洁白的纪念碑在北回归线标志公园内，东临太平洋，一柱擎天，颇为壮观，吸引了许多游客。

（十四）临江仙·登台北 101 大楼

敢向苍天擎利剑，仰观竟与齐肩。凌空摘月会神仙。捷梯闪电，两耳鼓轻烟。

何惧风啸翻地怒，定身自有钢丸。金刚耸立且心宽。不容分说，登看故河山。

注：1998 年 1 月，台北 101 大楼动工建设，2003 年 10 月，大楼主体完工。2005 年，台北 101 大楼电梯被列入吉尼斯世界纪录的最快速电梯、世界最长行程的室内电梯（诗中的"捷梯闪电"）。在大楼内设置调谐质块阻尼器，它是在 88-92 楼层挂置一个重达 660 吨的巨大钢球，利用摆动来减缓建筑物的晃幅，以达到防震的效果。（即诗中所说的"定身自有钢丸"）

（十五）宝鼎现·台北故宫博物馆之毛公鼎

故宫珍品，镇馆之宝，推毛公鼎。闻道是、西周文物，垂地仰天三足挺。五百字、借金文奇逸，精妙艰深隽劲。记册命、忠心辅佐，直盼中兴期永。

也照无底辛酸影，想当年、沉睡初醒。遭劫难、频逢恶手，悲喜交加多侥幸。竟脱险、却狼窝临近，俄魅倭魑悻悻。历曲折、终该庆贺，未入蕃邦陷井。

因有志士仁人，相助得离千危境。救重重图圄，须记陈、端、叶等。总算是、唤良知省，免得遗喉鲠。盛世处、同族司母，隔

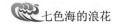

海思情耿耿。

注：陈（收藏家陈介祺）、端（两江总督端方）、叶（国学馆馆长叶
恭绰）。司母，即"司母戊鼎"，现藏于中国国家博物馆。

（十六）台湾三宝庙

驾舟七度下西洋，未惧云涛未惧浪。

五百年前飞险恶，四方环宇育情长。

香烟袅袅酬灵圣，绿树葱葱伴庙堂。

此处宝山应故土，正神天后乃同乡。

注：郑和（1371 年—1433 年），回族，本姓马，赐姓郑，世称"三保
太监"（又作"三宝太监"），云南昆阳州（今云南省昆明市晋宁区昆阳
街道）人。中国明朝太监，航海家、外交家。三宝即郑和；正神即土地神；
天后即妈祖。

（十七）长相思·回望台湾

行也忧，走也忧。兄弟倪墙何是休。冷霜点暮秋。

去有愁，回无愁。一祖同宗心底留。壮志来日酬。

少年游·游安吉藏龙百瀑景区

（2013 年暑假，大儿子带我们老俩口和孙子到竹乡安吉游览三天，便
有了以下的几首诗，创作于是年 7 月。）

停车移影落山中，潺湍耳旁风。九天奔马，化成流激，情急
出樊笼。

千迴白折翻花白，一步一弯弓。十里长廊，竟留胜景，叠瀑演飞龙。

注：藏龙百瀑景区位于安吉东南部，以泉、涧、瀑、岩、植被、动物等自然生态景观为主体，以群瀑，密林、险崖为特色的自然奇观。

寻游太湖源

寻始溯源游客游，龙须绝壁影当留。

且将风景收中夏，何必时光待暮秋。

满眼银龙酬百草，一腔绿水荡千舟。

借来湖阔藏生命，凤鲚梅花添谷优。

注：龙须壁、云碧潭、千仞崖、醉花瀑，组成一座天然园林，峡谷口高耸千仞的龙须壁是太湖源的经典。

在回峰岭农家

百弯千转久盘旋，拨雾逢山再向前。

尺路车轮临谷近，孤楼瓦屋站云巅。

农家笑摆农家菜，游客喜燃游客烟。

竹笋土鸡催口水，回峰岭上竟流连。

注：一家借宿于"回峰岭农家乐"。

登大竹海观海楼

登高放眼绿山峰，风过涌涛层次丰。

浪接蓝天连拔节，影随游客舞飞龙。

嫩青新客添新浪，碧墨老根留老容。

王者竟登王府第，耳边声似奏编钟。

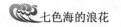

注：观海楼乃观竹海是也！"中国毛竹看浙江，浙江毛竹看安吉，安吉毛竹看港口"，每年都评竹王送北京博物馆。

红场

赭石平铺向远方，梦思一路不知长。

风云百代人和事，基业千秋将与王。

焦土三遭飞血肉，宫墙四处卧精良。

劝君记得前朝史，过后才知出久香。

注：焦土三遭，指被波兰、拿破伦、法西斯三次侵略。

克里姆林宫红场墓园葬有许多名人，包括雅可夫·米哈伊洛维奇·斯维尔德洛夫、费利克斯·埃德蒙多维奇·捷尔任斯基、米哈伊尔·伏龙芝、米哈伊尔·伊万诺维奇·加里宁、朱可夫元帅、安德烈·日丹诺夫、约瑟夫·斯大林、克里门特·伏罗希洛夫、谢苗·布琼尼、米哈伊尔·苏斯洛夫、列昂尼德·勃列日涅夫、尤里·安德罗波夫以及康斯坦丁·乌斯季诺维奇·契尔年科，墓园内还有他们的墓碑和纪念碑。

列宁墓外观

一代伟人安卧中，黑红相映见高嵩。

境迁还记流亡日，书启正传开闸功。

十月冬宫惊宇宙，三声异响倒伊翁。

时人不解微分式，只怨流光太匆匆。

注：1897 年 2 月，14 个月的狱中生活后，被流放到东西伯利亚。在西伯利亚的 3 年中，他开始使用"列宁"这个笔名，并完成了《国家与革命》的写作。

游克里姆林宫

日轮中挂映花红，阔水千帆竞满篷。

尤里逐丘封地业，伊凡御敌拓疆功。

教堂林立沉基石，墓志依稀记逝翁。

老大曾经颁号令，现今朋辈各乘风。

注：1156年，尤里·多尔戈鲁基大公在其分封的领地上，用木头建立了一座小城堡，取名"捷吉涅茨"。1320年，伊凡一世开始用橡树圆木和石灰石建造克里姆林宫。

在无名烈士墓前

碑前伫立忆当时，火炬明光亦有思。

但见旗挥留弹孔，也随盔落展军姿。

城墙几度蒙鲜血，列士千秋续赞诗。

虽是无名功永驻，长存敬仰桂枝知。

注：无名烈士墓建成于1967年伟大卫国战争胜利纪念日前夕，花岗岩平台上刻着这样的字句："你的名字无人知晓，你的功勋永垂不朽"。墓前有一个凸型五星状的火炬，五星中央喷出的火焰，从建成起一直燃烧着，从未熄灭，它象征着烈士的精神永远光照人间。

游亚历山大花园

红墙一隅正花开，雕像喷泉绿树陪。

相约游人牵或挽，有缘情侣去和来。

稚童喜悦媪翁笑，老妪欢欣少小追。

最记长明灯火处，军旗上面放头盔。

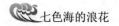

注：亚历山大花园是克林姆林宫红墙外的一个长方形公园，包括即上园、中园和下园，延伸的总长度为904米，园内有著名的无名烈士墓。

游圣彼得堡随想

郁金香谢已秋凉，涅瓦河边看夕阳。

拂面海风含盐涩，落枝桐叶泛焦黄。

阿芙乐尔炮声急，斯莫而尼夤夜忙。

二战三年豪气在，正逢人寿好时光。

注：圣彼得堡是俄罗斯第二大城市，1712年，俄罗斯将首都从莫斯科迁到圣彼得堡，定都200多年，直到1914年。1924年列宁逝世后，为了纪念列宁，城市改名为列宁格勒。1991年9月6日，俄罗斯联邦最高苏维埃颁布法令，宣布列宁格勒恢复圣彼得堡旧名。

游夏宫花园

小岛周边水正清，夏宫历久仍峥嵘。

花园舞会厅堂亮，权贵社交贫富明。

园树青黄成景色，群雕雅趣演阴晴。

喷泉洒却尘封泪，别样冬宫一样情。

注：夏宫有"喷泉之都"、"喷泉王国"的美称，它有百余座雕像，150座喷泉，2000多个喷柱及两座梯形瀑布。

游彼得保罗要塞

北方征战作前哨，要塞难攻建岛礁。

劳役艰辛埋白骨，钟楼壮丽刺天腰。

只兵未发牢笼地，空炮已将时刻标。

历代沙皇陵墓地，犹听十月演风潮。

注：彼得堡罗要塞是作为俄国同瑞典进行北方战争的前哨阵地而建造的，后来改成关政治犯的监狱。要塞中有彼得堡罗大教堂、钟楼、圣彼得门、彼得大帝的船屋、造币厂、兵工厂、克龙维尔克炮楼、十二月革命党人纪念碑等建筑物。十月革命前夕，要塞成为起义军的司令部，按照列宁指示，在棱堡的旗杆上悬挂着一盏明灯为号，使巡洋舰"阿芙乐尔"号炮轰冬宫，从而掀起起义怒潮。

圣伊撒基耶夫大教堂外观

伊撒何曾梦久长，河边拔地见金光。

头成拱顶经风雨，身是岩墙融雪霜。

伟岸恢宏称三弟，虔诚睿智念千章。

涅瓦街宽多信众，何须弄剑耍刀枪。

注：圣彼得堡伊萨基耶夫大教堂，也叫圣伊萨基辅大教堂，始建于1707年，已有300年历史。现在的建筑建于1818—1858年，由法国建筑师蒙弗朗主持设计，前后共有44万人参与建造，历时40年之久。其建筑体量伟岸，气势宏大，构思精巧。厅和殿皆以大理石装饰，且有以贵重的蓝、绿孔雀石材质建成的立柱，美不胜收。被认为是仅次于罗马梵蒂冈圣彼得大教堂、德国科隆大教堂的世界第三大教堂。伊萨基耶夫教堂，是圣彼得堡的象征。教堂高102米、长112米、宽100米，整个建筑可同时容纳1.2万人举行宗教仪式。

滴血大教堂

古闻寒月刺秦王，今作秋游看教堂。

似见沙皇凝血液，犹听炸弹爆刀光。

殷红唤出新风格，亮丽封存老式装。

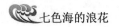

几度沉浮多坎坷，原来复活路还长。

注：公元 1881 年 3 月 1 日，亚历山大二世乘着马车准备去签署法令，宣布改组国家委员会，启动俄罗斯君主立宪的政改进程。当他的马车经过格里博耶多夫运河河堤时，遭遇"民意党"极端分子的暗杀。一个无政府主义者投掷的第一枚炸弹炸伤了亚历山大二世的卫兵和车夫，亚历山大二世不顾左右劝阻，执意下车查看卫兵伤势，结果刺客投掷的第二枚炸弹在他脚下爆炸，亚历山大二世双腿被炸断，被送回到冬宫几小时后因医治无效而死亡。公元 1883 年，亚历山大二世之子沙皇亚历山大三世为了纪念父皇，在其父遇刺地点修建这座教堂。

喀山大教堂

喀山圣母显灵通，护佑三遭免血红。

像在他乡心在彼，魂思故里梦思宫。

栅栏欺眼非朝北，廊柱近身错认东。

难信无神难信有，半开半闭半愚忠。

注：喀山大教堂位于圣彼得堡的涅瓦大街上，在喀山教堂竣工后，里面供奉俄罗斯最灵验的喀山圣母像，曾三次（第一次显灵于伊凡雷帝时期；第二次显灵于俄法战争；第三次显灵于第二次世界大战。）显灵护佑俄罗斯，或不战而胜，或使敌军溃败。

斯莫尔尼宫追思

急电飞驰号角鸣，人流接踵不相争。

长枪短炮牵车马，门卫委员传令兵。

兴奋激情声鼎沸，高昂热烈敌心惊。

时空溯得前朝事，应见列宁提帽行。

注：1917 年"十月革命"期间，布尔什维克党军事革命委员会设在斯

莫尔尼宫，为十月革命司令部。1917年11月7日，列宁（弗拉基米尔·伊里奇·乌里杨诺夫）在斯莫尔尼会议大厅发表对俄国公民的号召书，宣布一切政权归苏维埃。

在涅瓦大街上漫步

自东一路向西行，满眼风光满地橙。

商店琳琅多鼎沸，教堂林立各峥嵘。

有心景色无心货，在意颂声少意羹。

虽有双眸加两耳，直叹还未看分明。

注：涅瓦大街是圣彼得堡最热闹最繁华的街道，聚集了该市最大的书店、食品店、最大的百货商店和最昂贵的购物中心。而且还可以欣赏到各种教堂、名人故居以及历史遗迹。

听导游说莫斯科大学

济济人才聚校门，列宁山上育灵魂。

一流院士一流绩，成万教员成万昆。

文理双科承学业，李桃遍地谢师恩。

高标培养高人格，诺奖频频说永存。

注：莫斯科罗蒙诺索夫国立大学，简称"莫斯科大学"，是俄罗斯联邦规模最大、历史最悠久的综合性高等学校，是欧洲顶尖、世界著名的高等学府之一。校址在俄罗斯首都莫斯科。老校舍位于莫斯科市中心的红场近旁，新校舍坐落在列宁山上。

行走在阿尔巴特老街

闲步石街看路灯，犹如骑士忆亲征。

新潮店现新生活，古朴坊呈古典兴。

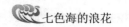

斜眼妙龄垂赤发，抬头族徽忆诗僧。

兼容并蓄真相待，何必深仇火对冰。

注：著名诗人普希金从 1830 年起居住在这条大街上，普希金故居就坐落在阿尔巴特街 53 号。

在古姆国立百货商店

玻璃拱顶罩长廊，整体三层却亮堂。

传说池边情有约，正思纸上数难忘。

名声在外游如织，价格居高币更伤。

不是人文风景好，何须万里到红场。

注："古姆"是一座玻璃屋顶的三层建筑，有三个大拱门，由一千多间商店组成，既有俄罗斯特色的瓷器、工艺品、服装、百货等精品，又荟萃了琳琅满目的进口商品。商店一楼中间的喷水池是莫斯科人最喜欢的约会场所。

近望阿芙乐尔巡洋舰

迎得晨星却遇灾，多逢坎坷有谁猜。

曾从对马无颜去，再自南洋只身来。

刚向冬宫轰舰炮，又沉水底哑鱼雷。

传奇过后平凡至，虚度光阴只敛财。

注：是俄罗斯建成于 1903 年的一艘巡洋舰。建成不久，在对马海峡遭日本战舰重创，后到马尼拉被扣留整整一年，二战中，为了保护舰艇，阿芙乐尔号在涅瓦河的内港自沉，直到战争后期，被打捞出水并进行了修复。该舰是俄罗斯联邦文化遗产，这艘经历了三次革命和四场战争的巡洋舰，因参加俄国十月社会主义革命而闻名于世。

冬宫追思

说起冬宫引遐思，总言十月响雷时。

只因皇邸藏珠宝，终有游人展眼眉。

石柱擎天标伟绩，秋桐落叶看垂丝。

清清涅瓦身边过，朵朵行云咏赞诗。

注：原为俄罗斯帝国沙皇的皇宫，十月革命后辟为圣彼得堡国立艾尔米塔什博物馆的一部分。艾尔米塔什博物馆与伦敦的大英博物馆、巴黎的卢浮宫、纽约的大都会艺术博物馆一起，称为世界四大博物馆。该馆最早是俄罗斯女皇叶卡捷琳娜二世的私人博物馆。

亚历山大纪念柱

铮铮铁骨报家门，何惧敌酋拿破仑。

拔地丰碑惊鬼蜮，刺霄圆柱告儿孙。

无根自有强身术，有剑方能壮国魂。

青史千篇诚为鉴，终留业绩后人尊。

注：亚历山大纪念柱，矗立于圣彼得堡冬宫广场中央，是1834年沙皇亚历山大为了纪念1812年俄法战争胜利而修建的。大理石柱青铜底座的浮雕代表着荣誉，光辉和胜利。亚历山大纪念柱中间的大理石柱高35米，净重600吨，是一块完整的大理石。令人惊讶的是，纪念柱没有地基，大理石柱、底座和顶端的青铜天使像间也没有任何支撑点，完全靠重力保持不倒。这可以说是建筑史上的一个奇迹。

十二月党人广场之青铜骑士像

一世英雄望远方，坐骑奋起铁蹄狂。

臂挥利剑锋芒闪，风舞披肩意气扬。

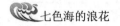

旧制难封新活力，新潮已垮旧经堂。

螳车警示疯顽者，见否长蛇脚下亡？

注：十二月党人广场坐落在涅瓦河岸。广场中央有一个圆形的大草坪，竖立着彼得大帝骑马雕像。骏马前腿腾空，彼得大帝安坐在坐骑上，两眼炯炯有神，目视前方，充满信心，严厉而自豪。该马象征着俄罗斯，而马匹践踏着的蛇，代表着当时阻止彼得大帝改革维新的力量。

在二战胜利公园里

论剑无须向九霄，红花绿树伴碑雕。

三棱更显青锋冷，四载方知苦日遥。

常忆英雄飞铁骨，犹听勇士唱歌谣。

夕阳光照喷泉水，却似当年热血飚。

注：二战胜利公园于 1995 年 5 月 9 日竣工开放，主建筑为卫国战争纪念馆和高耸入云的纪念碑，纪念碑高 141.8 米，这个数字象征卫国战争进行了 1418 天。纪念碑由铸铁制成，外形为三棱状，好像一把苏联士兵的刺刀。

过莫斯科凯旋门有感

英雄祝捷凯旋门，两处均依拿破仑。

法帝兵临冰雪地，俄皇手筑太虚村。

欣欣逐地惶惶退，悻悻离城赳赳跟。

虽论输赢词各一，何须细说仲和昆。

注：在莫斯科城西的繁忙大街中央，有一座造型和巴黎凯旋门类似的建筑，形体略小。这就是为庆祝战胜拿破仑和俄军将士从西欧远征归来，莫斯科人在特维尔关卡建起的一个木制凯旋门，1834 年用改石头建造。

游叶卡捷琳娜花园

（一）

四百年前建卡宫，捷琳二世女英雄。

威驱国帝皇椅坐，势逼儿妻圣院躬。

淫逸骄奢千事熟，文韬武略万般通。

游人不识金镶玉，请教则天能识东。

注：在俄国历史上，叶卡捷琳娜（二世）女皇与彼得大帝齐名，这位俄国女皇，原为德意志一公爵之女，1745 年嫁给俄皇彼得三世·费奥多罗维奇。1762 年 6 月 28 日，叶卡捷琳娜二世在宫廷政变中废黜彼得三世，并登上皇位。她对外两次同土耳其作战，三次参加瓜分波兰，把克里木汗国并入俄国，打通黑海出海口，她建立了人类历史上空前绝后的俄罗斯帝国。

（二）

农奴贵族性难同，一个温良一个凶。

相继居宫先与后，承前扩园巧和丰。

蔚蓝可胜金黄色，凤女能赢孺子龙。

陈设堂皇惊世界，须知件件命相从。

注：叶卡捷琳娜一世，她是一个立陶宛农夫的女儿，三岁就成了孤儿，被一个路德派牧师收养，原名马尔塔。马尔塔在养父家又做女佣，又做保姆。她不识字更不会写字，讲的俄语带有很重的德国口音。她最初嫁给一个瑞典骑兵。1702 年，在北方战争期间，马尔塔成了俄军的俘虏，后来变成彼得宠臣缅希科夫的情妇。1703 年，彼得大帝在缅希科夫家和她邂逅，从此俩人结下不解之缘。叶卡捷琳娜一世执政时，朝政一片混乱。于是人们又怀念起彼得大帝，

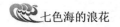

看无名烈士墓卫兵换岗

整点未来人已涌，长焦短距立无空。
喧哗骤停屏声息，摄录均开记影容。
但见托枪真好汉，还看踢腿是英雄。
一招一式功夫在，百姓军人大不同。

注：这便是俄罗斯妇孺皆知的“全国第一岗”。作为记录俄罗斯历史辉煌篇章的一座丰碑，无名烈士墓地是一处俄罗斯人永远引以为自豪的圣地。

与克里姆林宫卫兵合影

宫门卫士显威风，直立如松稳似钟。
双眼有神收小腹，一身装束挺前胸。
任凭游客如蜂乱，那管列宁行路匆。
常有骚朋同影乐，银光闪过不知踪。

注：常有游客在卫兵身旁照相，卫兵不动声色，连眼都不眨一下。

在朱可夫元帅塑像前

风云岁月出天才，一役成名日寇哀。
浴火腾生寻绝地，柏林强击响惊雷。
几多会战争先手，千里反攻摧恶儡。
今见将星怀敬意，勋章花朵为谁开？

注：1939 年 9 月，日军在哈拉哈河地区进行武装挑衅，远东形势紧张。朱可夫被任命为驻蒙苏军第 1 集团军司令员，指挥对日作战获大胜。因其在苏德战争中的卓越功勋，被公认为是第二次世界大战中最优秀的将领之一。

凝望俄罗斯女诗人

阿赫莫托娃·安娜雕像

少年曾得皇村颂，劫难多逢苦更浓。

罪是莫须成反派，心遭激愤卑寒蛩。

躬身且译离骚句，匍匐才知土地容。

此女因诗方美丽，但看百岁再葱茏。

注："有关皇村，我最初的记忆是这样的：葱茏的绿意，众多公园的潮润与灿烂，保姆曾带我去过的牧场，我们曾骑了形形色色小马的跑马场，古老的火车站和一些别样的事物，它们嗣后都被录入了'皇村颂'中"——阿赫莫托娃自述。

第一任丈夫因莫须有罪名被镇压，后来的伴侣二次入狱，儿子三次入狱，被判流放。她自己也入过狱遭受打击。

正是这一时期，她翻译了屈原的离骚。

阿赫莫托娃创作的泥土诗篇，将铭刻在诗歌历史的丰碑上。

1989年百岁诞辰时获殊荣，联合国教科文组织命名该年为"阿赫莫托娃年"。

蓦山溪·徒步穿行黄山西海大峡谷

行囊肩负，晨早匆匆步。浑野响回声，也向前、时沾朝露。石奇林密，连一串秋中，穿峡谷。依古树，宿鸟惊飞度。

方沉崖底，见汗涔如注。再沿小羊肠，贴半空、身忧心怖。探松巡岩，当入黟山深，攀险道，行危路，梯借云和雾。

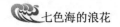

祝英台近·国庆长假游

上海共青森林公园

淡云高，神气爽，思绪寄秋树。因作游人，正遇客无数。一池湖水粼粼，垂杆些许，驻足者，或三成伍。

只移步，碧绿添得橙黄，又来紫红竖。闪烁银灯，伉俪正相撫。林间意趣盎然，花香扑鼻，想今日，天涯同舞。

南桥古华园之桥

石桥廿二现容仪，横卧园中展黛眉。

亦拱亦平呈典雅，或拼或整演神奇。

继芳福寿名声好，聚秀双亭景色怡。

座座曾经风雨后，只因伟岸驻丰碑。

注：古华园位于上海奉贤区南桥镇解放中路220号，距市中心50公里。上海市五星级公园、一座仿古园林的大型综合性公园。古华园有22座形体各异、大小不等的桥梁连接全园，如：南塘第一桥、福寿桥、環秀桥、萃秀桥、聚秀桥、双亭桥（同心桥）、枫亭桥、继芳桥、余庆桥、启秀桥、接秀桥、飞虹桥、香花桥、步云桥等。

游南桥古华园之三女寺

越吴争霸演浮沉，探寺方知有怨音。

勾践卧薪勤励志，夫差淫逸只欢心。

三娇未享宫中乐，败父令其阴府吟。

掌政无才难育后，枉然一世乱弹琴。

注：春秋时代，吴越争霸。越王勾践卧薪尝胆，秣兵厉马，终成强国，而吴王勾践，骄奢淫逸，灯红酒绿，沉湎酒色而轻信谗人，最后越王勾践率铁骑长驱直入，吴王夫差弃姑苏城南逃，途径南桥镇北二里许，吴王恐三女落入勾践之手，就将三女活葬于此，故后人称为"三女冈"，建"三女祠"，以志纪念。

南桥古华园之双亭桥

今秋幸会古华园，远见双亭势也轩。

文船武马争意气，涵洞石坊增怨言。

从此清流成浊水，终于御批断恩怨。

晴天霹雳惊鸿后，且赐同心复本原。

注：相传明朝时，毗邻此桥的南行北行出了两名文武状元，，过桥时因攀比心理，各自贬损对方，事态不断扩大，引皇上不满，后幡然醒悟，同心和好，故又名同心桥。

咏南桥古华园品亭

水明水绿水香亭，倒影清清性亦灵。

翘角蓝天观绿野，曲廊雅座见芳龄。

柳梢枝叶风微软，湖面粼波鲤变形。

且品史书兼品景，夕阳余照更娉婷。

注：照壁之北，即"西湖"南岸，有石板曲桥伸入湖中，桥上建有三座亭子，东亭名"水香亭"，西亭名"水明亭"，中亭名"水绿亭"，三亭名称，分别由书法家林仲兴、胡问遂、赵冷月手书。此二亭呈"品"字型排开，故又统称为"品亭"。

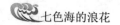

秋游奉贤海湾国家森林公园

氧吧绿肺浦江南，百里海湾金梦酣。

晴日淡云添意趣，移身秀地积雅谈。

眼观奇石留思索，景驻陶盆见窥探。

黄叶红枫遍野是，仁贤史册储神龛。

注：上海海湾国家森林公园，位于上海市奉贤区海湾镇五四农场境内，距上海市中心 60 公里，是以森林为主体，融苗木生产、休闲观光、科学研究和科普教育为一体的模拟自然的大型人工城市生态森林，已成为上海最大的人工"绿肺"。

枫泾一日游

（一）

穿市跨松还越青，驱车借路向枫泾。

人文景色翻神韵，骚客游宾演醉醒。

常得秋光风浅细，横寻此处步轻灵。

吴侬软语乡音足，听罢临街指酒瓶。

注：枫泾镇位于上海市金山区西北部，东与朱泾镇、松江区新浜镇和泖港镇接壤，西与浙江省嘉善县魏塘、姚庄镇相连，南与浙江省平湖市新埭镇为邻，北与青浦区练塘镇毗邻。镇域面积 91.66 平方千米。[1-2]

枫泾曾是江南四大名镇之一，2013 年 11 月 2 日游玩。

（二）

青砖石板挤孙翁，旧演人丰水不通。

晓日提篮承蔬果，清流洗具响杯盅。

戏台接踵围男女，茶肆递杯冲绿红。

桥埘影斜多喜客，招来一阵过堂风。

参观国画大师程十发故居

远山修竹育程潼，家道维艰欣木终。

层屋连心思挚爱，旧居展史警朦胧。

画坛骄子多崇德，地格门窗几透风。

十发雄关方起步，苍天竟弃续编功。

注：程十发先生的祖居坐落在上海市枫泾镇和平街151号。程十发是我国一名老画匠，历任上海美术家协会副主席、上海中国画院院长等职。汉族，籍贯上海市金山区枫泾镇人。名潼，斋名曾用"步鲸楼"、"不教一日闲过斋"，后称"三釜书屋"、"修竹远山楼"，其父程欣木在十发八岁时病故。

游枫泾三百园记

或许时光已久长，消磨记忆太匆忙。

穿街访探古园景，踏槛追寻旧日坊。

燎泡火明情闪烁，船头篮大意荡漾。

百行百业多师祖，来此须将电脑藏。

注：三百园是一座三进三落的大宅院，后面还有一座具有浓郁江南特色的后花园。三百园中有"百篮"、"百灯"和"百行当"三个展室，展出各个时期的灯、篮，还有各行当的鼻祖，频添追古思远之情。此诗写于11月4日。）

闻共青森林公园有菊展

一起秋风最泛思，问君何日展芳姿。

去年别后无音讯，此刻既闻浮梦知。

未及更衣车里客，已经开盖手中机。

万盆闪过深情后，意软身轻心吻枝。

注：上海共青国家森林公园是以森林为主要景观的特色公园，共种植200余种树木，总数达30多万株。公园分为南北两园，北园占地1631亩称为共青森林公园，南园占地239.6亩称为万竹园。南北园风格各异，北园着重森林景色，有丘陵湖泊草地，南园则小桥流水一派南国风光。

忆旧游·磐安游

赴磐安猎景，一路车行，聊作寻亲。过隧桥涵洞，看红黄绿赭，叠瀑烟云。岩奇山峻林秀，沟壑见嶙峋。步栈道阶梯，回廊曲径，返朴归真。

秋魂，染千色，绘众峦盘桓，万水流奔。造地灵人杰，借风和田沃，似赴仙门。总添胜处三万，难尽是温存。记下榻农家，桃园竟是乌石村。

注：磐安素有"群山之祖，诸水之源"之称，是钱塘江、瓯江、灵江和曹娥江四大水系的主要发源地。磐安又被誉为"浙中盆景、天然氧吧"。2013年11月13日起，在磐安旅游了三天。

多丽·磐安夹溪大桥写照

两峰间，云横绝壁青葱。俯深渊、清流一线，唯听击水轰隆。立桥头、近宽远窄，收尽处、已入朦胧。伸手三垣，临身九野，正飘仙乐伴徐风。放歌处、回声传耳，历久又重逢。秋空里，橙黄赭绿，峡谷飞鸿。

步行低、临墩蔽日，仰首垂帽溪中。接天门、举星托宿，通玉殿、擂鼓鸣锺。应喜牛郎，再欢织女，无须连岁隔西东。趁机遇、便离寂寞，还去更从容。如今见、康庄大道，直指苍穹。

注：夹溪特大桥，位于浙江省磐（磐安）新（新昌）公路，磐安和新昌的交接处，夹溪之上。是华东第二高桥。特大桥是磐新公路的咽喉工程。大桥全长375米，双向4车道，桥面距离峡谷沟底最高有163米，2011年年初通车。

蓦山溪·磐安百丈潭瀑布

天龙逃窜，直下深潭底。幽谷响轰鸣，甲鳞碎、游人惊唏。雾飞烟散，七彩也横空，云但倚，风且起，疑在仙都里。

三阶急泻，寻首难寻尾。纵有僧高强，即便是、精拳神技。亦无能奈，降伏此魔鬼，从此后，多旖旎，最演风光美。

注：瀑布所在地势极为险峻，上下三瀑相连，谷中水声轰鸣，水雾弥漫，背日而站，但见彩虹横空，似进入人间仙境。

如梦令·游磐安水下孔景区

三面危崖相促，飞流自天而扑。罗汉戏银龙，沫浴冲凉垂瀑。溅玉，溅玉，洒落念珠千簇。

注：水下孔景区三面危崖相逼围成圆形巨穴，澄溪之水，忽从高40余米的断崖跌落穴底，形成七级首尾相接、各异其趣的瀑布，飘者如雪，挂者如帘，断者如雾，穴中雾气蒙，轰声灌耳，撼人心脾，让人叹为观止。

法曲献仙音·游磐安之舞龙峡

幽谷深潭，百龙较技，纵卧盘环飞跃。刺破山林，劈开峰石，千层叠瀑唯妙。借紫气腾祥瑞，烟霞正笼罩。

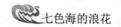

进门笑，看风光、秀壁奇峭。望险处、多是绿娇红傲。满野觅仙踪，问云烟、谁会知晓。或可攀登，更当寻、捷径便道。怕难临清境，欲效金猴灵鸟。

注：位于夹溪上游"浙中大峡谷"，景区内汇集了潭、瀑、湖、石、山、林等丰富的自然资源，奇、秀、险、静、野等特色明显，资源优越性、景观独特性、生态原真性良好。

归自谣·磐安十八涡

溪劈路，一泻却逢千万怒。神刀裂石应无顾。

穿崖钻谷深潭驻。离还慕，串成银链芳名著。

注：十八涡两侧危崖相逼，数千米长的河床陡然下跌，水流随势跌落入潭，掀起轩然大波，"一波未平，一波又起"，咆哮的激流钻谷穿崖，形成十八个接连不断的险涡和深潭。

念奴娇·武义熟溪廊桥（平韵格）

几多回首，直难驱车走，思绪周游。但见廊桥长静卧，清水穿越沉浮。百丈飞虹，千年沧海，神韵化春秋。浣溪纱女，武阳川畔悠悠。

烟景收得壶山，还来观熟水，吴越乡丘。满柱楹联书野史，却似交错觥筹。郭洞云霞，明招贤哲，吟咏满红楼。正该添酒，趁兴看尽风流。

注：熟溪古桥始建于南宋开禧三年（1207），九孔十墩，到明代万历四年（1576），加了桥屋，成了风雨廊桥。桥长140米，宽4.8米，有桥屋49间，两侧间隔设置条凳，供游人休息用。条凳把廊桥分成三道，古时两旁走行人，中间通车马，现只允许行人通行观赏。廊桥上还有许许多多书法名家留下的宝贵匾额和楹联。

雪梅香·游武义寿仙谷

寿仙谷，奇峰挂瀑入苍茫。遇悬崖崖路，千阶石梯绕山梁。寻访青龙恋金凤，但将身骨觅风光。伴随着，碧竹茵茵，泉水凉凉。

成仙，只消是，意志坚强，衣着平常。乐善除邪，任凭冷雪严霜。春夏秋冬四肢勤，东西南北百花赏。亢星亮，正好延年，人久天长。

注：2013 年 11 月 26 日起三天游武义相传为南极仙翁故里的寿仙谷，地处素有温泉之乡、生态之乡、森林公园之称的浙江武义县中部，是仙霞岭与括苍山脉的交汇处。

金人捧露盘·游武义石鹅岩景区

借秋凉，寻胜境，走南乡。未柱杖、戏弄斜阳。峰林秀照，映湖光山色着奇装。自然成趣，搅石鹅，乱绪无章。

慈航洞，燃烟绕；陈石臼，性灵亡。但见得、鱼鳖同翔。流连此地，遇景中狮象共徜徉。笑登神道，最应观，吴越天梁。

注：景区内丘岗起伏，岩性复杂，断裂发育，以奇岩、秀湖、名寺和红军革命史迹而著称。区内奇峰秀水，怪石嶙峋，景象特异。在石鹅岩西侧，有一座石梁，俗称"神仙桥"，高 30 多米，宽 10 多米，横空跨越于两山之间，被誉为"吴越第一梁"。

太常引·行走在鹅卵石上

遍溪卵石不成奇，砥砺始相宜。铺路助风驰，更不惧、驱车碾辊。

助君千里，但无怨悔，送尔看秦齐。已熟虑深思，只求得、

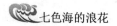

心雄力威。

越南柬埔寨旅游专题

（一）二月十五日傍晚抵胡志明市

同行十六向南飞，异国他乡览瘦肥。

透过车窗开眼界，抵临西贡见依稀。

古楼多有高卢印，老友正逢新契机。

唯愿越中无乱事，阮公依旧走京畿。

（二）题西贡总统府里的另类梅花

亭亭少女舞翩翩，似蝶如蜂乱眼前。

明着黄裙频展貌，暗送秋波复耸肩。

百万嫔妃风火火，十番情意臂旋旋。

瑶池奏乐开筵席，一曲霓裳醉众仙。

注：总统府大厅内有一丛也叫作梅花的另类，甚是独特。

（三）西贡街头的汽油摩托

狼奔豕突体轻盈，西窜东钻只乱横。

眼里流星翻激浪，耳中分贝乱轰鸣。

绿红更迭如潮汐，前后竞争演慌惊。

车上举家三四口，紧依相拥最精明。

注：西贡街头的汽油摩托是一道风景，一辆摩托上坐一家子三四个人是常事。

（四）十六日上午在西贡河上感受风浪

顶风逆浪向前行，马达隆隆耳际鸣。

两岸水椰添景色，一团游客炸呼声。

船头只向涛尖抛，鳞甲全朝座上倾。

老大江河怀绝技，驯蛟掌舵最关情。

注：从西贡码头到泰山岛，往返是十几个人的汽油船在西贡河上颠簸。

（五）十六日美托的象鱼午餐

椰草凉棚桌也长，不遮风雨只遮阳。

象鱼最喜盘中立，调料还来碗里装。

油泡圆圆引口水，游人急急填饥肠。

返程不过顺流下，一路舟车一路香。

注：去越南旅游，一般会在美托市安排一顿美托特色的"油泡象鱼风味餐"。

（六）戏巨蟒

游客何人戏蟒蛇？老夫斗胆愿疯邪。

临身镇定心无乱，挥手从容嘴不斜。

浅浅温凉头颈袭，微微蠕动项肩爬。

手中张口还伸信，引得相机飘雪花。

注：把一条三、四十斤重的蟒蛇围在脖子上，你道是什么感觉？

（七）坐小舟在水椰林中穿梭

水椰林里竞穿梭，绿叶小溪舟泛波。

景色匆匆朝后退，相机缓缓向前挪。

船家桨上风声满，游客眼中欣喜多。

都道桃源应在此，如何不见汉时柯？

注：乘坐小船游览水椰林，小船在小小的水道间穿行，周围是整齐茂盛的水椰林，岸边有渔村，果园，鲜花盛开，一片热带雨林风情，带着斗笠坐着小船穿行其中，感受越南湄公河地区的异域风情，乐趣无穷。

（八）在泰山岛上品热带水果

得天应是感恩时，满目琳琅喜逢滋。

东问西闻情不达，左挑右拣味难知。

付钱可用人民币，品味无须另类师。

毛丹称后提莲雾，牛奶果香甜有脂。

注：越南的气候相对比较火热，水果很多，特别是热带水果，价格也不贵，正好可以品味一番。

（九）美托归来在西贡拜谒妈祖庙

林娘正在盛年时，即赴神坛作佑师。

停浪敛风功至伟，扶危济弱性更慈。

南洋七渡能俾有，高丽主船黄雀维。

化作祥云护四海，灵符助力舞旌旗。

注：妈祖，又称天妃、天后、天上圣母、娘妈等等，是历代船工、海员、旅客、商人和渔民共同信奉的神祇。原名林默，宋建隆元年（960年）农历三月二十三日诞生于莆田湄洲岛，因救助海难于宋太宗雍熙四年（987年）九月初九逝世。目前全世界45个国家和地区共有上万座从湄洲祖庙分灵的妈祖庙，有3亿多人信仰妈祖。

（十）十六日傍晚游西贡百年红教堂

双塔尖尖插汉霄，斜阳正下洒鲛绡。

红砖映衬霞光亮，游客闲聊世事遥。

圣母慈祥施福祉，信徒膜拜竞弯腰。

缘何更辱耶稣命，罪恶依然自鬼妖！

注：红教堂的名字是缘于它红色的外表，圣母大教堂才是它的真名。教堂始建于1877年，耗时6年，建成于1883年，为法国殖民时期留下的纪念品。建筑造型匀称，庄严宏伟，两座40米高的钟楼塔尖直冲云霄，是仿照巴黎圣母院钟楼的设计。

（十一）十六日傍晚外观西贡邮政局

百年旧制欲新攀，过往人流正赋闲。

格自高卢添念想，情从邮戳向关山。

只因绿色启封后，但借方形往返间。

托付长空趋万里，还来此处看容颜。

注：经历数百年的沧桑，西贡中心邮局仍然是美丽和令人印象深刻的建筑工程。它和圣母教堂是几乎所有游览胡志明市的游客都要参观的旅游景点。

（十二）题胡志明市市政厅晚照

夜幕时分此地游，红花绿树喜双眸。

流光溢彩广场道，低草浅风归鸟喉。

廊柱浮雕陈旧事，屋檐门框织深谋。

平生际遇终无悔，热血孤翁遍地鸥。

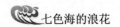

注：西贡（胡志明）市市政厅也是一座法式风格的老建筑，淡黄色的墙体上雕刻了很多西方神话人物，十分精美。在晚上，在灯光的映射下更是流光溢彩。

（十三）十七日在柬埔寨暹粒入关所遇

手持护照欲通关，只待招呼正等闲。

缓步趋前添喜色，举头盼顾展愁颜。

明知巧取收回扣，暗地装愚拒搭讪。

眼看图章终落实，如飞进入候车间。

注：签证工作人员索要小费，装作语言障碍而不理，蒙混过关。

（十四）十八日在塔普伦寺

残墙断壁见沧桑，世事茫茫变野冈。

本为母亲身后地，不堪风雨草莽场。

摩崖意欲传尘世，蛇树今还迎四方。

已是枯根缠庙宇，幽灵古堡显荒凉。

注：结实雄大的塔普伦寺，被当地人称为蛇树的卡波克树所盘踞，它们粗壮发亮的根茎，绕过梁柱、探入石缝、盘绕在屋檐上、裹住窗门，枝干有力地向天攀升。在塔普伦寺曾拍摄过电影《古墓丽影》。

（十五）十八日游圣剑寺

根深埋在密林中，一堵围墙四面通。

手执长蛇翻乳海，门依尊佛有仙风。

赠予圣剑望承继，难续薪香苦不容。

无数叶零飞甬道，千年世事瞬间空。

注：在寺庙的门口立着数尊手拿长蛇搅动乳海的众神与阿修罗。寺名来源于阇耶跋摩二世传继承人圣剑的传说。

（十六）十八日在蟠蛇水池

水池生在正中央，南北东西各一方。

曾是御医疗病处，此番塔寺着衰装。

风残且进风边驻，土泛该朝土向傍。

期望洗身消楚痛，涅槃过后化飞凰。

注：以前蟠蛇水池是祭司为人治病的地方，由一大四小的正方形水池组成，中央的那个水池最大，而它的四边都有水道连接一个比中央小的正方形水池，在四个小水池各自有四个代表性的雕像作出水口。

（十七）游斗象台和十二生肖塔

风烛残年石正颓，相邻两景共依偎。

塔楼曾是牢笼地，斗象终成御坐堆。

法院遥呼惊悟语，浮雕记得乱哗台。

斜阳照在荒芜处，斑驳催生满是埃。

注：十二生肖塔是用来关押犯人令其忏悔的地方。斗象台是古代的吴哥国王，用来举行各种公共仪式的平台，马队、车队、象队，鱼贯在广场上走过。

（十八）十八日傍晚在巴肯山观日落

巴肯居高景不同，石当衰败人更疯。

登临只是观光客，斜照偏能满地红。

鸟瞰西池盘刺眼，远眺遗窟影丰瞳。

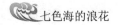
金乌渐落余晖尽，犹似吴哥气数穷。

注：巴肯山，是吴哥主要遗迹群内的一座小山丘，在吴哥窟西北 1.5 公里处，高 67 米，是附近唯一的制高点。

（十九）十九日游女皇宫

朱砂岩庙已濒危，雨打湿婆躯有垂。

苦炼修行身八相，降魔赐福舞双肢。

精雕细刻陈前事，色彩斑斓赖祖师。

断壁残墙惆怅袭，重生应在涅磐时。

注：柬埔寨的吴哥地区，有着上千座的古文明遗迹，其中有一座看似火红的神庙，称为"女人的城堡"，即是女皇宫。

（二十）十九日柬埔寨暹粒出关登机前所遇

已经安检欲登机，倩姐见包频皱眉。

拉锁唯看牛肉粒，撕开又见果丹皮。

底翻上食叉烧块，面拆立丰香口饴。

抓去一堆还嫌少，嘴中唧唧转嬉嬉。

（二十一）二十日上午在巴亭广场

曾经浴血抗高卢，赢得自由天下呼。

乡野先驱旗出彩，巴亭后作政中都。

阮公语调犹萦耳，民众衣巾总忆胡。

幸喜子孙沿祖业，一心发展步征途。

注：巴亭广场位于越南社会主义共和国首都河内市市中心，面积为 14.5
公顷。是越南举行集会和节日活动的重要场所。广场周围有政府办公机关
和外国大使馆，广场西侧为胡志明主席陵。

（二十二）瞻仰胡志明故居

低楼闪闪泛金黄，隐在檀梨见外墙。

常作呕心灯亮处，偶然浅憩木凉床。

清池记得亲人影，绿草相随俭朴装。

未及功成身先逝，只凭民众痛柔肠。

注：胡志明故居位于巴亭广场旁的主席府内。主席府的主体建筑是一
栋由德国人建的法式别墅，颇为豪华。生活极为简朴的胡志明，其实一直
住在别墅旁的电工宿舍里。

（二十三）二十日下午环游还剑湖

倚剑仗威擒敌妖，顺天太祖即登朝。

游湖但见灵龟现，出鞘谁知借期超。

池水粼粼花也艳，枝条细细叶还飘。

暖风吹拂游如织，景里新人竞搂腰。

注：还剑湖是越南首都河内众多大小湖泊中最著名的一个，位于市中
心。相传 1418 年，黎太祖（即顺天太祖）得剑，并用此剑打败了敌人，十
年后金龟索剑入湖，故曰"还剑湖"。

（二十四）二十日午后游看独柱亭

观音入梦显因缘，逐令能工巧谢天。

灵沼池中擎石柱，莲花台里敬香烟。

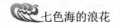

曾经钟响围僧众，难再寺宏看庙椽。

白塔画廊无影迹，此亭还在度余年。

注：河内独柱寺是越南的名胜古迹，位于河内巴亭广场西南，因寺建在一根石柱上而得名。庙宇以独具一格的结构成为越南的标志性建筑之一。1954年法国撤军时被炸毁，仅存石柱，1955年在原址按照原样重建。据说当年李朝太宗年高无子嗣，夜里梦见观音菩萨手托婴儿立于水池莲花台上，此后不久，李太宗便得一子。于是，太宗皇帝下令按照梦中所见修建了寺院莲花台，供奉观音菩萨。每年的四月初八，各地僧众云集此地，皇帝莅临寺庙沐浴礼佛，声势浩大。独柱寺庙虽不大，却十分灵验，来此朝拜求子的人络绎不绝。

（二十五）二十一日上午乘船游下龙湾

下龙湾景也风光，可与漓江霸一方。

近见香炉生紫气，远眺老者坐狂浪。

如鸡斗嘴争高低，似狗哮天断弱强。

越雾穿帘追幻境，犹同谒见海龙王。

注：下龙湾是越南北部湾的海湾，山海秀丽，景色酷似桂林山水，风光秀丽迷人，闻名遐迩。

位于木头岛的东南面距旅游码头约5公里处，有一石像一只香炉。

木头岛的南面距香炉石约800米。两块约，约12米高的小石山，好像一对展翅的大鸡在争斗。

（二十六）二十二日从河内起飞回上海

越柬八天如瞬间，机舱几透欲回还。

随团旅客方相识，地域人文渐入颜。

走马观花留记忆，浮光掠影为休闲。

虽然景有留人处，最是家乡不一般。

霜天晓角·凭吊秋瑾烈士纪念碑

（干休所组织绍兴诸暨三日游）

鉴湖波泛，正照英雄胆。漫说旧仇前恨，轩亭口、刀光闪。

怒从心底喊，敢摧天下暗。悲看国家纷乱，巾帼女、身当剑。

注：秋瑾从容就义于绍兴轩亭口，年仅32岁。秋瑾是华夏杰出先烈，民族英雄。

霜天晓角·在鲁迅故居（平韵格）

思坐咸亨，且从三味行。百草园中忆旧，听笔端，迸雷声。

平生，书作兵，檄文犹破冰。总是冷眉驱恶，投匕首、向曹营。

注：鲁迅故居位于绍兴市东昌坊口，1881年9月25日鲁迅就出生在这里。鲁迅是中国文化革命的主将，是近代中国最伟大的文化家、思想家和革命家。

伤春怨·西施殿

浣水钟灵秀，逝去烟云沉厚。黛瓦隐飞檐，趋步苧萝人骤。

越心吴身就，只为兴亡瘦。此地有醇香，且满饮，杯中酒。

注：西施殿，位于诸暨市区南侧浣沙江畔。诸暨苧萝山上早在唐代就有浣纱庙，是当地百姓为纪念西施而建。

忆秦娥·春暮初游兰亭

鹅池影，流觞醉意成书圣。成书圣，暮春时节，只寻幽径。

文人天趣清犹水，墨贤古道追遒劲。追遒劲，亭前漫语，笔

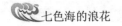

端驰骋。

注：兰亭，位于浙江省绍兴市西南13公里的兰渚山麓，是东晋著名书法家、书圣王羲之的园林住所，是一座晋代园林。相传春秋时期越王勾践曾在此植兰，汉时设驿亭，故名兰亭。据历史记载，公元353年（东晋永和九年）三月三日，时任会稽内史的王羲之邀友人谢安、孙绰等名流及亲朋共40余人在此举办修禊集会，王羲之"微醉之中，振笔直遂"，写下了著名的《兰亭集序》。

醉花阴·咏五泄飞瀑

狭里急流鸣翠谷，五泄溅珠玉。九曲且连环，更上层楼，神韵千姿足。

无须能匠挥尖簇，已有群龙逐。问路向天梯，正是消魂，还叫清风扑。

注：出五泄禅寺，过东揪阁竹亭，就能听到飞瀑的轰鸣声，五泄以其神态奇特，变幻莫测的飞瀑闻于世。五级瀑布总长334米，落差80.8米。

烛影摇红·又见乌篷船

在水精灵，却也如，织布梭、穿流过。乌篷三扇两头尖，盘腿人应坐。

行走轻灵洒脱，浅舱中、闲翁蔬果。酒浓神爽，故趣今闻，凭添庚数。

乌篷船，是江南地区的独特水上交通工具，因竹篾篷被漆涂成黑色而得名。船身狭小，船篷低矮。船板上辅以草席，可坐可卧，但因船篷低矮和船身狭小，故乘客不方便直立。

赴美航班过国际日期变更线

万米高天逐罡风，波音黑夜越时空。

自西东去蓝洋阔，逆序阴临幕色朦。

顺向应该钟变慢，横穿却道日还同。

无形黑线潜规在，焉可惹来痴笑中。

雪梅香·金门大桥近望

雾收尽，长空青云日红彤。见微风吹拂，裁成碧浪千重。遥看金门峡相远，越飞天险阻今通。化危去，从容坦道，诚建奇功。

移身，再临近，更现苍龙，镇锁双雄。巨索悬拉，且将塔座山嵩。弓满频添万钧力，体高最挽八方风。留连处，滚滚波涛，情在图中。

注：大桥于 1933 年 1 月 5 日开始施工，1937 年 4 月完工，同年 5 月 27 日对外开放。桥身全长 1900 多米，历时 4 年，利用 10 万多吨钢材。整个大桥造型宏伟壮观、朴素无华。桥身呈朱红色，横卧于碧海白浪之上，华灯初放，如巨龙凌空，使旧金山市的夜空景色更加壮丽。

八六子·外观旧金山艺术宫

遇悲欢，几濒颓废，曾经历尽麻烦。念雾散霏云再现，暖来霜露终停，凤凰涅磐。

当年声演狂澜，博览万千游客，掀开八面风烟。只为得、门前草青阶白，石雕高耸，水池清澈，邀来艳蝶翩跹起舞，繁花随处鲜颜。艺精深，雕墙有花有仙。

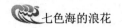

注：美国旧金山艺术宫原建于1915年，本是为了巴拿马"太平洋万国博览会"所盖，当时曾吸引了1800万游客参观，但在会后就被废弃，一直到1962年才设计重修。艺术宫罗马式的圆顶配上玫瑰红的科林斯石柱，顶面上浮凸着一副精细的石雕，很受众人欢迎。

阮郎归·游旧金山渔人码头

码头时久唤渔人，天天迎贵宾。一街犹看座相邻，间间有海珍。

风送味，嘴生津，无须拌椒辛。手撕牙咬几躬身，酒来更荡魂。

注：旧金山渔人码头，原来是渔民出海捕鱼的港口。在失去了码头功能后，经过商业包装，形成了独具特色的休闲、文化地段，相当于"色香味俱全"的海滨之旅。

画堂春·游九曲花街

陡坡虽已百花眠，难言彩色新鲜。依稀粉紫绿红怜，只怨春迁。

沿路拾阶向上，拈枝手捻缠绵。此行弃杖访群妍，奋勇登巅。

注：街道两侧遍植花木，略带中国园林特色，但少了江南园林遮山掩水的羞涩和秀气。

醉太平·旧金山市政厅门前所见

梧桐列排，车流错开。恢弘圆顶和谐，写肃然景怀。

时钟进阶，闲人互挨。流浪众汉齐来，为充饥等斋。

注：市政厅是仿照梵蒂冈圣彼得大教堂而建的。

河渎神·在盐湖城市内观光

车上看风光，难识摩门教堂。转身许是近高墙，便知基督篇章。

究竟神灵无或有，争执难休还久。不必定分肥瘦，最该扬善鞭丑！

注：6 月 25 日搭乘美国内陆航班飞往美国犹太州的首府盐湖城并在市内的教堂广场观光，包括摩门教堂、摩门会堂、以及全市最高建筑—28 层的摩门教堂办公大楼等。

参观摩门教办公大楼和大会堂

心有神灵便绝尘，楼高直上共云邻。

会场无柱称奇迹，信众殷勤待远宾。

房顶观光真养眼，厅堂揽胜亦轻身。

茫然世事多邪恶，浊地青天演富贫。

注：摩门教会广场是犹他州盐湖城市中心一组属于耶稣基督后期圣徒教会（摩门教）总部的建筑群。盐湖城圣殿是世界上最大的摩门教圣殿。

去黄石公园途中看最宽的人工瀑布

落差虽不大，伸展却更宽。

声自图中出，情从画里欢。

石丛腾万马，手掌托千湍。

自有神工斧，方能近处看。

注：爱达荷瀑布，它世界上最宽、最大的人工瀑布。

黄石地质公园遐想

远观白雾顺风斜，袅袅轻飘素色纱。

细雨追身多遮眼，泥浆冒泡竟翻渣。

诚如地府蒸倭鬼，疑是阎王煮老鸦。

心有深愁随即出，内敛巨孽恐更差。

注：世界上第一个国家公园，拥有惊人的地质灾害历史，它现在仍然是世界上地震最为活跃的区域之一。

老忠实喷泉奇观

忠实喷泉负盛名，敢将信誉演坚贞。

按时献技无傲慢，间歇升腾有感情。

七彩霓虹能养眼，万人鼓掌可倾城。

但凡不守定规者，此地从来可学诚。

注：老忠实喷泉每隔 65 分钟喷出一次，每次历时约 4 分钟，喷得最高最美之时是前 20 秒，每次共喷出热水约 1 万加仑，高度达 40-50 米，水温摄氏 93 度。

眼儿媚·观大棱镜温泉遥想

迎面温泉裹轻烟，雨雾亦翩跹。瑶池美景，当居处子，宜住神仙。

我言不及西川地，九寨更留连。高低有序，参差成串，最可休闲。

注：大棱镜温泉被喻为"上帝的调色盘。但我认为，绝对没有九寨沟和黄龙的景色美！

鹧鸪天·钓鱼桥之行

当年桥头挤满人，拼将钓作碗中珍。细竿粗杖垂相击，短线长丝绞也昏。

鱼既绝，水还浑，如何不教泪纷纷。今朝且记前时过，护佑生灵方为真！

注：屹立在黄石湖山间的钓鱼桥是观景的绝佳去处，它位于黄石湖的出口，曾经是一个非常受欢迎的钓鱼地点，但是后来公园为了保护黄石国家公园的生态就禁止钓鱼了。

喝火令·在诺列斯温泉区游步神思

但见朝霞敛，方依栈道行。眼前漫雾最轻盈，六色五颜来袭，听得七弦声。

气贯硫磺味，身怀梦幻情。欲仙飘逸摘繁星。直上青云，直上九霄厅。直上玉清宫阙，弃嚣向天耕。

注：远远望去堆金积玉、晶莹剔透，留下的热泉沿着山坡形成一个一个非常漂亮的五彩大台阶，同样的景色让人不由想到我们中国四川黄龙的五彩池。不一样的是，黄龙是冷泉，猛犸是热泉。

黄石湖畔寻胜景

半遇蒸云半遇风，一湖如鉴演青葱。

绿蓝递进连长野，红粉参差染碧空。

千丈高原生处子，百类飞禽逐苍穹。

向前已是悬崖处，便以垂帘震耳聋。

注：黄石湖是"美国最大的高山湖泊"，周长170公里，湖面海拔2357米，湖水最深深约118米。

由黄石公园去大堤顿途中

看峡谷瀑布

河水向前逢断崖，奋身溅落自天街。

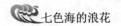
激流如剑侵顽石，岩壁悬针慄野豺。

俯视胸怦心欲出，斜看瀑碎玉将埋。

啸声背后金星闪，阵雨偏来湿跑鞋！

注：此瀑布系黄石湖水遇断崖跌落而成。

大堤顿到盐湖城途中与雪山

作近距离会面

堤顿峰高映碧霞，白云浅淡伴银蛇。

驱车路曲离还即，放眼山形直或斜。

待等寒来身子冷，方知近顶脚尖麻。

游人坦露惊奇色，遂使相机频闪花。

注：这是绵延不绝的堤顿山脉，终年积雪的山头几乎与游客面对面。

定风波·接受尼亚加拉瀑布

的洗礼（仄韵长调）

势汹汹、桀骜无羁，横冲直撞意绝。两岛居中，三龙共吼，方得朝深窟。雾漫身，艇穿雪，帘幕跟前直惊慑。游讫，怪塑衣太薄，随风飘忽。

细观咋舌，马蹄形，砸得千条辙。望新娘嫩脸，羞羞答答，拘束还潜蹑。有邻居，硬筋骨。万马啸啸激湍阔，飞越，却自天落，回归天阙。

注：举世闻名的大瀑布从伊利湖滚滚而来的尼亚加拉河水流经此地，突然垂直跌落51米，巨大的水流以银河倾倒之势冲下断涯，声及数里之外，犹如千军万马，场面震撼人心，形成了气势磅礴的大瀑布。

尼亚加拉瀑布实际由 3 部分组成，从大到小，依次为：马蹄型瀑布（在加拿大境内）、美利坚瀑布和新娘面纱瀑布（在美国境内）。

行香子·从布法罗驱车

八小时抵纽约

方定惊魂，又转飞轮。犹还见、万马狂奔。草青树绿，风软云纯。会路人难，最多是，车辚辚。

沿途似画，偏日如盆。唯枯枝、杂乱纷纷。无须修理，不需除痕。既自然来，自随去，谢隆恩。

注：纽约是美国的金融、商业、贸易和文化中心，世界特大城市之一，也是全球第七最佳目的地。

水调歌头·游艇在哈得逊河上

艇游哈得逊，人共画图随。波光舟楫相映，迎面习风吹。头顶双龙飞堑，岸上千楼竞逐，海鸟正低追。神女手擎炬，企望自由归。

日绚丽，云浅淡，水清漪。当年曾有，美航空客个中垂。应是悲惨一幕，却遇仙缘化险，佳话舞惊奇。今日别离去，后会恐难期。

注：哈德逊河自北向南流经纽约州东部，下游为纽约州和新泽西州的边界。2009 年 1 月 15 日，全美航空 1549 号飞机起飞两分钟后遭到飞鸟攻击，两架发动机全部熄火，在哈德逊河上迫降，155 人全数生还。

行走在华尔街上

墙拆名留尚未更，楼高道窄见晴阴。

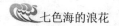

大亨麇集黄金地，证券聚焦吆喝声。

暗托铜牛来运道，未消风暴去狰狞。

但思世贸成灰雀，那有机关可算精？

注：7月1日来到华尔街。华尔街是世界金融中心，"联邦厅"和"纽约证券交易所"就座落在华尔街上。

眺望自由女神像

塑得青铜希腊神，常居此处会游人。

目光炯炯心追远，火炬殷殷福随身。

争得自由天地宽，总盼友谊世纪春。

自从矗立河滨后，山姆频频作劣绅。

注：自由女神穿着古希腊风格服装，头戴光芒四射冠冕，七道尖芒象征七大洲。右手高举象征自由的火炬，左手捧着一块铭牌，上面刻着《独立宣言》颁发的日期（1776年7月4日）；脚下是打碎的手铐、脚镣和锁链，象征着挣脱暴政的约束和自由。是法国在1876年送给美国独立一百周年的礼物。

联合国大厦前的思索

板楼高插白云移，旗也迎风不尽吹。

企望和平消战事，莫如正义灭虫魈。

若将枪管弯终结，亦变鱼肠作铁犁。

法护苍生功盖世，硝烟可惜总添悲。

注：这里有一个近乎黑色的青铜雕塑，那是一把手枪，但是枪管被卷成"8"字形，打上一个结，名曰"打结的手枪"矗立在联合国总部花园内。这一雕塑的含义很明白，那就是制止战争，禁止杀戮。

百老汇的魅力

置身此处眼真花，四面墙屏着彩霞。

座落众多歌舞院，招来百万内行家。

名星辈出前兴后，雅剧爆棚优逐佳。

广告铺天还盖地，美元滚滚浪推沙。

注：百老汇艺术对于推动美国戏剧、歌舞表演艺术起到了不可估量的贡献。许多好莱坞的明星大腕都是从百老汇的舞台艺术表演起家后走上电影明星的道路。

双双燕·洛克菲勒广场的高楼

树旗帜处，度楼与云齐，又成林立。喷池映趣，摄景寸空无觅。留影偏身少隙，直等到、人峰既毕。丰男健女双雕，再看斜娃金碧。

当历，蓝图妙笔。见巧演神奇，横钢垂石。挥金如水，气粗但依财力。应处金融暴急，便有了、今朝墙壁。时代已作流光，竟也不同气息。

注：洛克菲勒中心建筑群的中央是一个下凹的小广场，飘扬着联合国的159面彩旗。广场正面有一座金光闪闪的希腊神普罗米修斯飞翔着的雕像，下面有喷泉水池，浮光耀眼。

声声慢·费城独立宫短游

如茵绿草，似画繁花，蓝天不尽嬉鸟。独立宫前游客，很多年少。阳光直照脸面，汗也淋、些风无扰，静等待，经安检、再睹自由钟好。

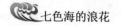

世事匆匆过了，应记得，宣言自何人道。早些时候，也是美都古堡。星条国旗绘制，迎新生、几聚首脑。载史册，教百代群众识宝。

注：从纽约乘车 2 小时抵达费城。费城独立宫是美国著名历史纪念建筑。1774 年 9 月和 1775 年 5 月在此召开第一次和第二次美洲大陆会议。7 月 4 日通过了由杰克逊起草的《独立宣言》，独立宫是美国独立的象征。

华盛顿和华盛顿纪念碑

揭竿起事正当时，庄园生活亦应知。

从军过得艰难日，卸任书言告别辞。

业绩长存留史册，丰碑永立记英姿。

黄金未及人权好，独立花开第一枝。

注：从费城驱车 2.5 小时到华盛顿。华盛顿由于扮演了美国独立战争和建国中最重要的角色，故被尊称为"美国国父"。华盛顿纪念碑内墙镶嵌着 188 块由私人、团体及全球各地捐赠的纪念石，其中一块刻有中文的纪念石是清政府赠送的。

点绛唇·远眺白宫

料未侈华，算来典雅兼明快。不言高大，见白纯风格。

执政如何？但向苍天拜。求国泰，政勤无懈，公仆应清戒。

注：白宫是一幢白色的新古典风格砂岩建筑物，位于华盛顿哥伦比亚特区西北宾夕法尼亚大道 1600 号。因为白宫是美国总统的居住和办公的地点，"白宫"一词常代指美国政府。

林肯和林肯纪念堂

冰清玉洁圣如仙，也与丰碑作对眠。

池里影形天一色，水中鸥鸟舞双贤。

宣言既出黑奴喜，枪弹袭来红血鲜。

自有三民铭座右，臣民敬仰忆当年。

注：林肯纪念堂，它被视为美国永恒的塑像及华盛顿市标志，为纪念美国第十六届总统亚伯拉罕·林肯而建。

他废除了奴隶制度，颁布了《宅地法》、解放黑人奴隶宣言》。1865年4月14日，内战结束后不久，林肯遇刺身亡。

三民者：民有、民治、民享政权。

杰斐逊和杰斐逊纪念堂

湖畔樱花谢了开，湖中倒影永相陪。

少年博学真功就，任上游余政绩来。

法案分明争信仰，宣言本是展雄才。

退休未必全身退，公益诚心筑学台。

注：美利坚合众国第三任总统，同时也是《美国独立宣言》主要起草人，美国开国元勋之一，与华盛顿、本杰明·富兰克林并称为美利坚开国三杰。杰弗逊纪念堂建造在潮汐湖边。

国会山前掠影

大楼建在小山巅，却遇硝烟战火前。

修复创伤经扩建，且升穿顶看变迁。

自由雕作女神像，参众肩承立法权。

此地风光当别格，联邦焦聚镜中天。

注：美国国会的办公大楼，因它建在一处海拔 83 英尺的高地上，所以被命名为国会山。第二次美英战争期间被英国人焚烧，部分建筑被毁。后来多次改建和扩建。国会大厦从外面看上部是一个大圆顶，顶上还有一尊自由女神像。

拉斯维加斯城夜游

荒漠催生不夜城，余晖夕照染黄橙。

展今云集流金客，法古聚焦游众情。

人造蓝天难辨假，自投博彩悄无声。

广场圆桌笙歌伴，恐有通宵达旦兄。

注：拉斯维加斯位居世界四大赌城之一，是一座以赌博业为中心的旅游、购物、度假的世界知名度假城市，拥有"世界娱乐之都"和"结婚之都"的美称。

桂枝香·看了一场人造火山喷发秀

斜阳正夕，见淡淡余晖，徐徐沉匿。游客层层叠叠，景前云集。相机各异频调试，正纷纷、如临强敌。静心屏气，直待时到，打开瞄的。

乐曲起、雷声渐急。看火光飞舞，岩浆齐释。灰烬流星四溅，热风喷极。共公怒目山倾复，北鲲惊翅水翻激。魄惊魂慄，断峰削石，至今犹忆。

注：模仿火山喷发时的情景，非常震撼！

在百乐宫酒店前的露天人工湖畔
看音乐喷泉表演

暮色朦胧斗未斜，霓虹养眼看波花。

泉随乐曲凭曼舞，声逐光波织彩纱。

声声气浪天狼震，幕幕珠帘水窟遮。

绝妙芭蕾倾众客，无须再向别人家。

注：整个喷泉规模很大，犹如湖面一般。喷泉的喷射方向和高度全部由电脑程序编排，并与不同音乐配合着。尤其是到了夜晚，配合着喷泉池底数千只灯光照明，呈现出非常震撼的视觉体验。

摸鱼儿·水陆空全方位
观看科罗拉多大峡谷

旅游车、历经颠扑，依稀幽谷横亘。耳边声震长风远，撩拨此心憧憬。因爱此，但自费、心中盘算机难等。沉思已定。度峡谷闻名，今朝飞渡，高处饮天胜。

晴空里，俯瞰人间美景，犹如柯梦初醒。神功鬼斧如何是？磅礴随观方省。依小艇，饱眼福、陶情冶性还消病。岩驰壁骋。借快步登临，老鹰奋翅，蝙蝠展身影。

注：美国科罗拉多大峡谷位于美国亚利桑那州西北部，科罗拉多高原西南部。是世界上的大峡谷之一，也是地球上自然界七大奇景之一。化三百美金乘直升机飞临峡谷，后坐游艇在峡谷的河中缓行，后又乘直升机返回，值得。

奥特莱斯名品店的诱惑

奥特莱斯可有知？暮年不若少青痴。

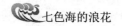

余充过客抬望眼，货示名牌打折词。

便宜几似随口语，疯狂只在进行时。

贪看满手拎包者，选货掏钱未算迟。

注：此次游览，奥特莱斯的名字第一次听说，也第一次进奥特莱斯购买商品。

行走在洛杉矶好莱坞的星光大道上

星记有功人，光明扫落尘。

大师千位数，道者万般辛。

磨石永存此，芳名久毗邻。

催生新一代，艺苑得常春。

注：好莱坞星光大道位于加利福尼亚州好莱坞。包括了超过 2500 枚五尖水磨石及黄铜的"星星"，镶嵌在沿着"好莱坞大道"15 个街区和"藤街"3 个街区的人行道上。"星星"代表着对娱乐产业有杰出成就的人的永恒纪念，记载着演员、音乐家、导演、制作人、音乐组合乐队、戏剧团体、虚拟人物和其他人的名字。

在好莱坞杜比剧院门前

昔日称柯达，今悬杜比旌。

常铺红地毯，辈出众精英。

捧起金尊奖，堪看帝后名。

影坛留圣殿，银幕几峥嵘。

注：原名柯达剧院，2012 年 2 月更名为"好莱坞高地中心"，2012 年 5 月更名为杜比剧院。奥斯卡的固定举办地。

水龙吟·游好莱坞影城

昔时相聚荧屏里，犹似周游名胜。危房陋屋，小桥流水，或穿幽径。东国园林，西洋神殿，古都尖顶。任长风万里，波翻浪滚，被欺骗，心还敬。

今日此间游畅，怨思维、未曾甄省。从来尽有，影棚基地，百样场景。各式楼台，一方清鉴，枯枝残梗。更良师绝技，高科幻术，再依魔镜。

注：环球影城位于洛杉矶市区西北郊环球电影公司制作基地，是世界上规模最大的围绕电影拍摄场景建立的主题娱乐公园，也是游客到洛杉矶的必游之地。

醉翁操·坐小车戴 3D 眼镜
看变形金刚搏斗

金童，凌空，英雄，斗顽凶，从容，乘云驾风天西东。却如飞虎游龙，都会疯。座邻啸声浓，手抓车把应未松。

纵身搏杀，刀剑相逢。火光四溅，惊得麻心竖发。山震而曾轰隆，水袭而多洪峰，铿锵传将耳聋。今朝成愚翁，此景在其中，只因魔镜最欺瞳。

注：变形金刚 3D 对决之终极战斗将真映像三维高清晰媒体、唯妙唯肖的飞行模拟技术和世界上先进的实体与特技效果完美结合，将人体的感官体验提升到极致，属于最新一代的主题公园体验性游艺项目。

在影城看完水上表演后

场外与主演合影

曾叫心惊肉跳时，绷弦欲震演员知？

乌云暴雨风吹散，主角游人手已持！

曾叫欢声波也动，漫言水仗掌还痴。

与君幸会留存照，来日且书遥念诗。

注：表演凶狠的海盗，和维护正义的一场精彩的水上战争演出。

在圣地亚哥与中途岛航母相近

二战未曾沾血腥，当时日美斗雷霆。

中途一役啸声紧，谍报千行密钥灵。

航母从军烟欲尽，巨身海域步难停。

泊锚长此功名后，与客相亲化羽翎。

注："中途岛"号服役时，二战已结束近一个月，因此无缘参与。朝鲜战争结束后不久转到太平洋舰队服役，越战后"中途岛"号主要在西太平洋、印度洋及阿拉伯海三地执勤。1992 年 4 月，"中途岛"号宣布退役，作为博物馆舰保留了下来。

在胜利日之吻雕塑处留连

兴奋终因胜利欢，多年浴血饮艰难。

身如压抑心将暗，心自忘机身也宽。

石破今朝云放彩，倭降环宇喜盈肝。

纯真本是常人品，一吻情深后世看。

注：时值日本宣布无条件投降，纽约民众纷纷走上街头庆祝胜利。一位水兵在时代广场的欢庆活动中亲吻了身旁的一位女护士，这一瞬间被《生

活》杂志的摄影师阿尔弗雷德·艾森施泰特抓拍下来，成为传世的经典历史画面。

漫步在巴尔波公园

置身更在画图中，绿荫蔚蓝更沫风。

一箭流光穿世纪，万花展艳染人丛。

睡莲犹向斜阳望，幽境偏从曲径通。

难得前来观景色，别情此园走媪翁。

注：巴尔波公园有"美国最大城市文化公园"之称，公园还汇集了包括人类历史、自然历史、摄影、艺术、汽车、飞行等在内的15个博物馆，六个露天或者室内演艺场所，八个风格各异的花园。

在圣地亚哥老城区游景

老城必有老风情，曾作加州第一鸣。

新店掀开新印象，古车承继古牵萦。

犹翻典籍千千雅，独览光阴寸寸精。

迈步街头心起韵，余音律动见天晴。

注：圣地亚哥老城是一个美丽而充满乐趣的历史古城，它是加州的诞生地，是西班牙早期殖民地，同时也是第一批欧洲人定居所。

游夏威夷珍珠港

心仪夏威夷，未曾相与期。

今朝游胜迹，昨日话伤悲。

狂者大风口，幽哉钻石崖。

珊瑚红最亮，珠绿映峨眉。

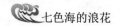

注：珍珠港在第二次世界大战中闻名于世。大风口、钻石崖，是这里的景点。珊瑚和绿珠是这里的特产。

在夏威夷入住酒店
附近的沙滩上观晚霞

金乌渐远正西沉，拨弄霓霞奏彩琴。

簇箭穿云添活力，长空捧曲响天音。

游人挤挤沙滩暗，晚照依依大地金。

极目浪花连湿岸，夕阳正似老翁心。

渡江云·从夏威夷
搭乘航班经首尔回上海

夏威夷起早，谷风习习，翠叶泛晨光。别家今久矣，酒店门前，踱步再凝望。心潮又袭，急匆匆、收拾行囊。云也知、身虽他国，牵挂在家乡。

呜呼，居楼隐退，坐驾飞驰，见将临空港。才忆得、天倾瀑布，地窜黄浆。空蓝水碧湖山美，已化作、方寸千张。离地矣，回眸一笑凭窗。

八六子·滨江森林公园国庆游

趁秋高，浅黄深绿，驱车度假乡郊。正一路风吹惬意，满天光露柔情，秀妖秀娇。

河边垂柳千条，草地帐篷连接，晴空纸燕齐摇。点缀着、公园草青林密，鸟欢鱼嬉，果丰花艳，堪看桨叶轻敲水面，歌声飞掠云霄。彩旗飘，今朝最该自豪。

注：上海滨江森林公园位于浦东新区高桥镇高沙滩，隔黄浦江与炮台山相对，隔长江与横沙生态岛、崇明东滩鸟类保护区、九段沙湿地保护区相望，是上海森林覆盖率最高的郊野公园。

崇明一日游诗词

（一）汉宫春·车行长江隧桥

云淡天高，正郊游时节，莫负秋芳。车流迤逦，但见鱼贯灯光。飞穿隧道，且从容，直抵长江。桥已至，连天接海，唯留弧线茫茫。

遥想当年形状，便滔滔不绝，诉说悽凉。波涛只如猛兽，梦断阴阳。如今不再，急匆匆，苦走他乡。情切切、崇明有福，宾朋喜气洋洋。

注：上海长江隧桥全长 25.6 公里，其中隧道长 8.95 公里，大桥 16.65 公里。崇明和市区之间的交通变得非常便捷。

（二）临江仙·游崇明规划展示馆

楼起地平风韵现，幕墙更见新鲜。多重元素展斑斓。绿蓝诸色，科技驻其间。

海上瀛洲来日喜，霓红闪起明天。时空穿越话连篇。万千心意，巨变在跟前。

注：崇明规划馆的室内设计履行了"现代、国际、生态"的设计理念，成功地将崇明规划展览馆从传统的陈列空间转变为了集观演、体验、互动于一体的现代高科技展示空间，展现了崇明岛的历史沧桑和时代巨变。

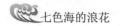

（三）水调歌头·游金鳌山公园

才过寿安寺，即见小园名。玲珑曲径通幽，水木也精灵。清远堂边高塔，屹立金鳌山顶，此景最分明。虽是岁长久，依旧迎宾朋。

据传说，某年月，旱狰狞。禾苗枯萎，到处饥渴盼甘泓。恰有金鳌驾到，冒死凭身发力，吐水助农耕。寄语后来者，毋忘此深情。

注：金鳌山已建成一个小巧玲珑 、景点集中的古色古香的公园。园内绿树成荫、鸟语花香、环境幽雅、空气清新，是人们游览、摄影、憩息的胜地。

（四）金鳌山公园内的抗倭烈士唐一岑纪念碑

且看碑如剑，立身长绿中。

一岑封县令，倭寇作蚕虫。

千户当奸细，书生化劲松。

鳌山存正气，默默忆唐公。

注：唐一岑广西临桂县人。公元 1553 年（明嘉靖三十二年）以举人荐任崇明县令，忠爱为政。时值县治新迁，土城刚筑就遭倭寇犯境，唐率军民奋起抵抗，击退来敌。次年 5 月，倭寇复至，千户高才私通敌人，引寇入城，唐率众与敌巷战，不幸以身殉职。

（五）宴山亭·崇明寿安寺

紫气祥云，东土福田，且有金鳌傍侧。雕格透窗，翘角飞檐，广佈寿安功德。古刹风华，更看得、殿高楼直。雄极，仰七彩莲台，阿弥陀佛。

曾有西蜀僧人，恋风水奠基，历朝增积。香烟日盛，鼓乐齐鸣，终留一通明煜。教化黎民，度生众、向怀和善，春夏，又四季、焚香大吉。

注：为崇明岛四大古刹之一。最初由四川僧人来崇建造，先定名为"富安院"后元朝延祐五年朝廷赐额"永福寿安寺"，尔后历经宋、元、明、清四个封建王朝的不断修缮和扩建，寺内的大雄宝殿、天王殿、三圣殿、地藏殿、财神殿、祖师殿、问心亭、钟楼、鼓楼、等建筑。金瓯、浮光溢彩、画栋彩柱、雕门透窗、金碧辉煌、相互辉映、两株五百年树龄的银杏树、直径盈尺绿荫覆地，构成一处庞大的寺庙建筑群，与金鳌山相依，既有深山古刹之神韵，又有平川名寺之风华的寺庙风光。

（六）参观三民文化村

草根其实不平凡，眼见方能识淡咸。

但看花鞋惊两寸，纺成土布化千衫。

本真未作烟尘去，雏燕依然瓦屋喃。

一路隧桥巴士客，三民村里解乡馋。

注：此诗原该归入《七色海的浪花》卷二之《周游篇》相对应的位置，因我在编辑稿件时遗漏，故放入此卷此处。作于 2014 年 10 月 31 日。

应裘建孙友之约而作

时空变换走英伦，偕友遣词寻早春。

相约途中诗引路，便从梦里韵沾唇。

唯求语句添情趣，莫叫辞音束老身。

无论短长都付笑，回家斟酌辨甘醇。

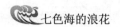

在飞赴伦敦的航班上

首赴英伦看老牌，长风万里与妻偕。

向西追日时钟慢，拔地临天景色佳。

客里同行多友好，舱中乘务几裙钗。

无心闭目养神事，只待通关逛大街。

在航班上与友碰杯

万米高空景上花，机舱暖暖化霓霞。

举杯且借葡萄酒，寻字常翻格律花。

更述友情思达意，唯从话语说无邪。

馨香化作诗千句，一路长风到海涯。

在航班上与友聊诗

余写诗词友打油，唯从感悟起缘由。

莫因平仄伤真蒂，仅借言辞寄笔头。

优劣且依情切切，短长应看意稠稠。

我言君作心中出，朗朗最宜养歌喉。

在航班上进餐

正值饥肠辘辘时，空娇送得满车诗。

掀开纸盖飘奇韵，举起酒杯来妙辞。

咸后再甜平或仄，荤将素搭味和滋。

长空落向人间去，化作霓虹挂绿枝。

在航班偶遇浪漫

爱情最宜读成诗，更在青春热血时。

请信秋波含律韵，也寻丽语表心知。

郎才女貌粘和对，短仄长平醉与痴。

顿挫抑扬随拥吻，遣词修饰抹胭脂。

27 日晚宿伦敦郊外酒店

走出希思罗，驱车赴客窝。

行囊堆过道，门卡乱磁波。

超市花英镑，吧台寻小哥。

昏昏常反侧，悴悴梦无多。

游剑桥大学随笔

剑河两岸绿如茵，院落星罗最迎春。

实地求真多学子，流沙聚塔富精神。

名声赫赫惊英外，诺奖频频急友邻。

别去康桥回望眼，波光褒贬海宁人。

注：徐志摩海宁人，曾在剑桥大学。

乘小船游康河

小船载客泛中游，两岸清新不胜求。

挥手浮光添色彩，低头碧水织湍流。

初春暖气催鲜绿，金柳枝条击老眸。

且忆浙江情里客，康桥再别梦难留。

约克大教堂印象

石垒教堂千百年，插云尖顶接青天。

不言双塔高何许，只看游人几耸肩。

墙体朽陈经岁月，窗雕斑驳历风烟。

无须斜照添风采，一句阿门祈福田。

注：克大教堂是英国最大，同时也是整个欧洲阿尔卑斯山以北最大的哥特式教堂，公元 1220 年开始兴建，并于公元 1470 年完工。1984 年约克大教堂部分建筑遭大火焚毁，破坏严重，现已修复。

利兹的夜

车到利兹云色朦，疏星掩月只霓虹。

盘中土豆心无欲，嘴里汤浆味不丰。

旅馆荧屏难会意，他乡食俗少雷同。

且追新识知新地，剪入诗词养眼瞳。

注：利兹是英国第三大城市，英格兰西约克郡首府。利兹市是英国第二大金融中心和第二大法律中心，国际化大都市，英国中部重要的经济、商业、工业和文化中心，英格兰八大核心城市之一，位于英国的地理中心，伦敦和爱丁堡之间，是英国重要的交通枢纽。

登临爱丁堡城堡

火山岩上著春秋，任说风云戏帝侯。

顽石遥知权与力，夕阳凭证古和悠。

穿空越代良弓尽，裂帛惊雷怒气休。

此地刀枪今入库，追随白驹最消仇。

注：爱丁堡城堡是爱丁堡甚至于苏格兰精神的象征。耸立在死火山岩顶上，可居高俯视爱丁堡市区。在城堡上的古炮、城墙、战争纪念馆和博物馆之展品，都能体会到名副其实的"刀枪入库，马放南山"。

参观爱丁堡博物馆

精神和力量，壁合且珠联。

直指潜心地，飞驰养眼泉。

典藏多至宝，游客也诚虔。

但见情深处，忘身瑰丽前。

注：展馆不算大，但是精品较多。画作是按照年代顺序来展示的，顺着时间线来走一圈，很有条理性。

感受爱丁堡的天气

爱丁城堡孩儿脸，游客须知二月天。

忽忽金乌传暖意，匆匆白絮伴缠绵。

方才落地珍珠碎，倾刻侵肌冷风煎。

可是真情留趣事？劝君两手莫空悬。

注：那天，我们感受了风雪雹雨和阳光，真是瞬息万变。

3月2日过英格兰

和苏格兰交界处之小村庄作

鸳鸯宜此依，铁律两无违。

错过该村后，凭谁敢乱飞？

注：苏格兰法律允许结婚年龄为16岁，英格兰法律允许结婚年龄为21岁，英格兰男女（未满21岁者）在此交界处的小村庄结婚，打擦边球。

行车途中遇鹅毛大雪而作

飞驰循路急，巧遇絮棉飞。

窗外铺银色，车中除羽衣。

空肠鸣咕噜，馋眼露歔欷。

喜煞申城客，迟迟不觉饥。

道听格拉斯哥

大河河口写文明，空地物丰催古城。

烟草白糖添财富，教堂科技播名声。

足球旋转多兴发，高校竞争专夺英。

四海宾朋云集地，只因此处有风情。

注：苏格兰第一大城市，英国第四大城市。位于中苏格兰西部的克莱德河口，16世纪初，格拉斯哥已是重要的宗教与学术城市，也是苏格兰对美洲贸易的重要中心，商人从美洲大量输入美国烟草和加勒比海地区的白糖，然后再转售至不列颠群岛和欧洲大陆的其他地方。

登游艇游温德米尔湖

粼粼一鉴涌清纯，泛起碧波云染银。

是日风轻天过雨，其时客醉眼逢春。

登舟摄影无踌躇，放眼寻欢几忘身。

方看峰峦凝白发，浪花揉碎画中人。

注：温德米尔湖是英格兰最大湖泊。

途说曼彻斯特

尘封历史说煎熬，古木逢春最自豪。

不是棉花催革命，哪能工厂出天牢。

先机捉住新招出，时尚催来眼界高。

蒸汽首开资本路，惊雷不怕响千遭。

注：英国第二大城市，是棉纺织工业的发祥地，也是世界上第一座工业化城市。

外观曼联主足球场

车到曼城思曼联，斜阳正照客流连。

无须细说丰功史，竟自高谈猛将篇。

名宿声名传四海，爵爷勋爵树峰巅。

绿茵最做中华梦，盼望奖杯飞眼前。

注：老特拉福德球场是英超曼彻斯特联足球俱乐部的主场，曼联是英格兰足球史上最为成功的俱乐部之一，也是欧洲乃至世界最具有影响力最成功的球队之一，共获得20次英格兰顶级联赛冠军，12次英格兰足总杯冠军，5次英格兰联赛杯冠军。在欧洲赛场上，曼联共获得3次欧洲冠军联赛冠军，1次欧洲足联欧洲联赛冠军，1次欧洲优胜者杯和1次欧洲超级杯冠军。在世界赛场上，曼联共获得1次丰田杯冠军，1次国际足联俱乐部世界杯冠军。

3月3日在莎士比亚居室外
走马观花

亨利大街朝北边，一楼突兀在跟前。

灰墙木屋斜坡顶，塑像风云忆少年。

人去物存名永久，剧传书载史绵延。

难言敬仰如何是，对折本中观圣贤。

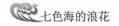

注：莎士比亚的故居在伦敦以西 180 公里的斯特拉特福镇的亨利街北侧，是一座带阁楼的二层楼房。本结构的房屋框架、斜坡瓦顶、泥土原色的外墙、凸出墙外的窗户和门廊使这座 16 世纪的老房在周围的建筑群中十分显眼。

在莎士比亚的故居说莎士比亚

一代文豪戏剧师，悲欢造得万千词。

学堂曾发乌鸦嘴，成就终擎老大旗。

言语无须分国界，睿智毕竟是传奇。

声名从此扬山岳，舞台方可演顽痴。

注：莎士比亚是英国文学史上最杰出的戏剧家，也是欧洲文艺复兴时期最重要、最伟大的作家之一，全世界最卓越的文学家之一。

3 月 3 日傍晚回伦敦

身临此地辨东西，脚踩零经出话题。

三百方言融内外，两千岁月说高低。

雾都名气桥头响，战火仇愁脑海栖。

帝国棋牌翻过后，雄风已减看残泥。

注：格林尼治，世界计算时间和地理经度的起点，即经度零度就穿过伦敦。

随笔

万里重洋短信传，浓浓暖意饮甘泉。

英伦深夜无寻处，泡面一包祈寿仙。

注：3月4日早餐时，友告诉我，他们的媳妇从上海致短信伦敦，祝盛老师生日快乐，盛老师方记起3月3乃其生日，是晚遂以泡面充寿面。事感肺腑，遂作一绝以记其事。

返回伦敦参观温莎城堡

威廉一世进伦敦，便在温莎垒石门。

九堡连城防宿敌，千房集宅住王孙。

铺陈摆设金银贱，贵族名流肖像尊。

到此游人频敛息，终因一睹已消魂。

注：温莎堡位于泰晤士河南岸小山丘上，距伦敦近郊约40公里，是一组花岗石建筑群，气势雄伟，挺拔壮观，最初由威廉一世营建，目的在于保护泰晤士河上来往的船只和王室的安全，自12世纪以来一直是英王的行宫。

清平乐·在温莎城堡看卫兵换岗

温莎春懒，草绿轻风懈，侧耳呼声飞关隘，可在攻城拔寨？

趋前方识缘由，哨兵换岗人稠。吹号挥刀蹬足，诚如伏虎降牛。

注：温莎城堡卫兵换岗仪式在每周一至周六中午11点，在温莎城堡内举行。

浪淘沙·乘游艇
游泰晤士河看两岸风光

楼走水潺潺，春意还寒。长虹座座似琴弦，游客兴匆匆桥下过，四顾环看。

海鸟舞翩翩，直上云天。虽有景致未流连，都是家乡图画美，黄浦江边。

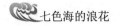

注：伦敦泰晤士河上有十座桥，分别是：伦敦塔桥（1894 年）、伦敦桥（1209 年）、南华克桥（1921 年）、千禧桥（2000 年）、黑衣修士桥（1869 年）、滑铁卢大桥（1945 年）、亨格福德桥和金禧桥（1864 年）、威斯敏斯特大桥（1862 年）、兰贝斯桥（1932 年）、沃克斯霍尔桥（1906 年）。

远看英国国会大厦

联邦议会启先河，召唤游人送眼波。

千室百梯廊十里，四层两院座双科。

无机似作蜻蜓样，难会更如骑马过。

幸好能游街景点，从容意气几消磨。

注：据说，整个国会大厦占地 3 万平方米，走廊长度共计 3 公里，共有 1100 个房间、有 100 多处楼梯、11 个内院。但是遗憾的是，由于这里是英国议会的办公用地，这里禁止以游览为由进入参观，只能外观。

浅游大英博物馆

但知珍品密如林，千万精藏贯古今。

立地规模能执耳，陈年久远更惊心。

馆充埃及字碑石，图展中华女史箴。

帝国曾当侵略者，非偷即抢暗中擒。

注：是世界上历史最悠久、规模最宏伟的综合性博物馆，也是世界上规模最大、最著名的世界五大博物馆之一。

听大本钟的响声

塔楼百米耸高天，环顾四周歌变迁。

阅尽苍桑听鬼哭，数遍星斗看云卷。

时时记取辛酸事，刻刻思除虎咒烟。

但使机芯常完好，不差分秒迎年年。

注：2012 年 6 月，英国宣布把伦敦著名地标"大本钟"的钟楼改名为"伊丽莎白塔"。其塔高 97.5 米。大本钟重 13.5 吨，钟盘直径 7 米，时针和分针长度分别为 2.75 米和 4.27 米，钟摆重 305 公斤。

在伦敦塔桥留影

塔桥飞跨走长虹，犹似苍龙锁谷东。

敖闾从容游碧水，巨神缓步展钢弓。

身披铠甲铮铮骨，手握龙泉闪闪瞳。

频按快门留此刻，数声咔嚓汇轻风。

注：伦敦塔桥是一座上开悬索桥，位于英国伦敦，是从泰晤士河口算起的第一座桥（泰晤士河上共建桥 15 座，在伦敦有 10 座），也是伦敦的象征。该桥始建于 1886 年。

在大宁灵石公园看郁金香展

未赴兰陵尝酒浆，仲春只品郁金香。

人潮为识神仙韵，花海竞穿颜色装。

莫误佳期愁整岁，最该照片摄千张。

大宁灵石风光好，粉白红橙间紫黄。

注：2015 年 3 月 21 日游园。大宁灵石公园位于上海市静安区广中西路 288 号，总面积为 68 万平方米，浦西最大的集中绿地。公园定位为"生态景观型城市公共绿地"，以叠山、理水，营造自然山水为构架，配置丰富多彩的乔木、灌木、草坪和地被植物，并因地制宜建设湿地沼泽园，形成稳定的人工植物群落。

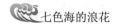

天净沙·仲春到婺源

（2015年3月27日老俩口带孙女到婺源看油菜花，当时孙女在幼儿园，还未上小学，时间三天。）

梯田碧水丹霞，高墙黛瓦雕花，黑白红黄绿辣，牌楼八卦，声名远播中华。

在婺源看油菜花黄

婺源山水筑梯田，万亩层层欲接天。

路旁梨花飘白雪，眼前黄萼对溪泉。

流人总站高巅处，飞蝶急穿浓密间。

但等青尖成脆壳，新油定溅火锅边。

坐索道登齐云山

齐云自古集仙家，春半正开油菜花。

白岳登临观翠绿，寒峭抖落化丹霞。

阴阳太极生真善，水陆道场驱鬼邪。

为有英雄凭险要，精兵十万变泥渣。

注：齐云山，古称白岳，因遥观山顶与云平齐得名；位于有"中国状元之乡""中国罗经之乡"美誉的安徽省黄山市休宁县齐云山镇，系中国四大道教名山之一。在齐云山上，方腊义军凭借险要的崖涧和天生的云雾，把守要隘，居高临下，用刀剑和滚石把宋朝官兵打得落花流水。

满庭芳·唐模村短游

（写于2015年4月10日）

石锁流溪，水生瀑布，掩映绿冠香樟。马头墙里，多少木雕窗。亭榭飞檐翘角，廊桥下、双孔高阳。檀干美，沙堤云路，昂首见牌坊。

无双！当是处，人文厚实，地理风光。正春播声名，秋染芬芳。夏热千年驿道，寒冬里、灯亮厅堂。喧嚣绝，天清丽，街面见沧桑。

注：唐模村，始建于唐、培育于宋、元、盛于明、清。历史上因经济活跃、民风纯朴，而被誉为"唐朝模范村"，是徽州历史悠久，人文积淀深厚的文明古村。八角石亭有两匾额，东书"沙堤"，西书"云路"。指"同胞翰林"石牌坊。

卜算子慢·游屯溪老街

微风拂柳，游客接踵，道路密添身影。水汇三江，又是仲春花盛。树新青、翠叶也初醒。巷两侧、店家云集，高墙黛瓦相映。

展眼观风景。见石砌牌楼，木栏坡顶。匾额奇多，笔墨纸砚齐整。说人文、更将徽商敬。夕照里、还应记得，泡毛峰佳茗。

注：因屯溪老街坐落在横江、率水和新安江三江汇流之处，所以又被称为流动的"清明上河图"，是中国保存最完整、最具有南宋和明清建筑风格的古代街市，也是中国"全国重点文物保护单位"。

军休干部常州之三日游

（一）风入松·说常州

古今延续几千年，座落太湖边。句吴山水淹君地，史更叠、世事翻迁。要辅终成名都、历经沧海桑田。

方言满路洒门前，风暖泛湖烟。龙城三宝成遗产，梵贝韵、吟诵神仙。十望关山今日、凭栏旧貌新颜。

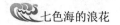

注：2015 年 4 月 27 日——29 日游常州。

常州为新石器时代村落遗址距今已有 6000 余年，自吴太伯从先周一路南奔至长江下游南岸太湖流域百越之地建立句吴（吴国的前身），常州作为吴国领地已有 3200 多年的文字记载史。常州武进区的淹城遗址，是中国目前西周到春秋时期保存下来的最古老的城市，也是世界上仅有的三城三河形制的古城，迄今已有近 3000 多年历史。

（二）今游红梅园

红梅已谢果初红，空气清醇醉亦胧。

阁古雄姿添岁月，塔高倩影逐罡风。

曲池波迎游园客，流水耳听焦尾桐。

花落瑶台应扫却，方看石柱指苍穹。

注：常州红梅公园是常州地区当前规模最大的自然风光旖旎、名胜古迹众多的综合性公园，园内有重要文物保护单位文笔塔、红梅阁，半山亭、袈裟塔、冰梅石、嘉贤坊、塔影山房、文笔楼等多处纪念地。

（三）游淹城遗址

故国淹城历变迁，尘封已久见青天。

虽经岁月留遗迹，还借史书详以前。

传说神龟多给力，当知驸马总垂涎。

应明助虐无终果，正道沧桑即自然。

注：春秋淹城遗址，距今已有 2500 多年的历史，考古确认为春秋时期所筑。是我国目前春秋时期至今保存最完整、最古老的地面城池遗址。

去湖北恩施旅游

动车九点向恩施，为睹群峰峡谷姿。

便借江淮穿赣皖，又从楚汉越荆枝。

洞涵相接青山退，云雾翻腾白虎驰。

莫道心情如疾箭，垂阳已咏土苗诗。

注：恩施的景色在国内确实是独一档，有山有水，空气质量高，自然风光也很美好。于是就有了 2015 年 5 月 8 日动身去湖北恩施六天旅游之行程。

游云龙地缝

沿阶一步一神奇，满目葱茏绿草皮。

两壁垂开天化线，万流纵削水无羁。

云龙吐气千珠跃，斜照添光百鸟嬉。

暗涛啾啾声鹤唳，正疑饿虎斗罴黑。

注：云龙河地缝位于恩施大峡谷境内，纵贯大峡谷前山绝壁脚下。全长约 20 公里，平均深度为 100 米，地缝上窄下宽呈"八"字状。上宽平均约为16.8 米，下宽平均约 30 米。

赞五彩黄龙飞瀑

天窗漏水跃黄龙，练舞丹霞色正浓。

吐雾翻成倾顶雨，戏珠敲响裂沟钟。

微风借势添威力，顽石随缘炼玉容。

砥砺年年成就日，便将功底付流淙。

注：黄龙瀑布是地缝五大瀑布之一，瀑水顺一似钟状的橙红色钙华体飞流直下，落差 60 余米。

感叹一柱香之神奇

檀香一柱指苍穹，恰似神针镇谷中。

袅袅青烟燃绝顶，巍巍玉体见雄风。

天摇略借金刚力，地动轻施白虎功。

虽是历经千万岁，依然祈祷世昌隆。

注：一柱香，是恩施一处旅游景点。恩施大峡谷之中，有一根"擎天一柱"拔地而起，直冲云霄，高度为150米，柱体底部直径6米，最小直径只有4米，当地人都称这根石柱叫"一炷香"。

游艇行走在恩施清江画廊

水色清明十丈深，长卷百里说光阴。

山涯墨韵添流瀑，玉液银盆润笔心。

蝴蝶翅翩垂峭壁，彩虹露滴染衣襟。

游船竟入丹青里，浑自天然一画屏。

注：奇山秀水典藏、峡谷风光如画的恩施清江画廊，沿途主要景点有：红花淌石林、大岩洞瀑布、千瀑峡、彩虹桥、五花暮霭、景阳峡谷、思过崖、笑面睡佛、清江石屏、清江壁画、蝴蝶崖等。

野三河揽胜

两岸含流水致清，满河倒影眼前行。

漫江碧绿生惊梦，四处悬崖映激泓。

百里明珠疑巫峡，万种风景醉柔情。

钟灵未必经常有，此地山川步步精。

注：野三河景区即为现在的恩施野三峡景区，两岸的悬崖绝壁，奇石怪树，高山小瀑，充满着诗情话意。

题黄鹤风景区

黄鹤远飞余旧楼，平添崔颢一江愁。

欲知行迹留何处，游罢恩施说理由。

此地峰峦能歇息，经年玉体似成丘。

雄姿尚可依稀见，沉睡未醒但仰头。

注：此地奇峰林立，绝壁高耸，"欲与天公试比高"，绝壁间有一垂直狭缝，传说是黄鹤高飞之处，后人曾经搭桥联"天"接"地"，故名"黄鹤桥"。景点内各种大小石柱、奇峰、怪石、深谷、天堑、地缝、绝壁俱全，直疑此地即黄鹤落脚处也。

感悟腾龙洞的雄、险、奇、幽、绝

利川溶洞可腾龙，百米高宽百里容。

水旱相连多石笋，山峦起伏隐流淙。

移身一步一风景，放眼千姿千秀峰。

震耳雷声何处是？吞江瀑布势汹汹！

注：属中国已探明的最大溶洞，在世界已探明的最长洞穴中排名第七，世界特级洞穴之一。集山、水、洞、林于一体，以雄、险、奇、幽、绝而驰名中外。

卧龙吞江瀑布写照

卧龙醉罢欲吞江，但看横冲又直撞。

万马脱缰声震耳，群狮逐猎势掀窗。

谷深流急生狂瀑，水激石顽逞霸腔。

凛冽威风心震撼，人间此景恐无双。

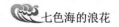

注：腾龙洞外风光山清水秀，水洞口的卧龙吞江瀑布落差 20 余米，吼声如雷，气势磅礴。

诗说鄂西地区的土司制度

后楚征巴后楚威，幸有鄂西夷水肥。

秦国偏占他族地，武陵隐织土家衣。

历经岁月终成制，造就楼台便映辉。

愿向天朝归一统，分封进贡纳皇妃。

注：土司制度是元、明、清王朝在少数民族地区设立的地方政权组织形式和制度。

恩施土司城墨衝楼

百尺四层楼也高，对应四季说自豪。

欣闻立柱生肖数，细算横梁节令号。

远古巫仙留史册，今朝各界立功劳。

铜钱闪亮牵蝙蝠，载入人文化涌涛。

注：该楼为纯榫卯结构的木楼，高 25 米，宽 12 米，门楼高 4 层，由 12 根通天大柱、24 根过梁组成。这既体现了土家族的空间观念，又意喻土家人在一年四季、十二个月和二十四个节气里和睦共处。

瞻巴人祖先巴务相廪君殿

三层三进向西东，坐峙山腰气势雄。

廊柱重檐飞翘角，雕窗木格嵌崇虫。

泥船领命清江畔，阳石箭伤盐女终。

栖息夷城临水碧，南陬虎憩万年功。

注：廪君殿于为三层三进重檐廊柱式建筑，坐西朝东，雄峙山腰，巍峨气势。紧傍庙宇，沿山壁绘有巨大长卷壁画，壁画记载了廪君一生的豪情壮举，谓之"廪君开疆拓土胜迹图"。"领命清江"和"盐女"，都是有关巴人传说中的人和事。

登风雨桥

恩施之旅有招摇，缓步移身风雨桥。

跨水依山添景色，飞檐翘角像歌谣。

斜阳影歇相亲客，夕露亭遮寨女腰。

上下殷勤多好事，梧桐引凤奏清箫。

九进堂感赋

堂深九进说恢宏，楼宇五层添向荣。

虽是至尊非僭越，却随天道说均衡。

启帘多有诚心客，改土能循主调声。

不散中华边帅好，风云百代土司城。

注：九进堂，无论从构思、布局构造、工艺技术，以及规模、风格、景观等，都属于全国目前规模最大，最别致、最壮丽的土家族仿古建筑。

在腾龙洞里看激光秀

灵龙历炼幻真身，惊喜百花蝴蝶神。

仙子丛中飞恋箭，少年云里闪银鳞。

恶魔施法分相爱，两小同心卫本真。

震耳声声激光舞，剧情感动局外人。

腾龙洞激光秀剧剧情

盘古开天万物苏，钟灵化洞碧山隅。

洞中图美神龙喜，便饮山泉养骨躯。

历炼经年终得道，人形幻化壮和粗。

天伦享罢多娱乐，万水千山有险途。

于是腾云还驾雾，东西南北闯崎岖。

因来探视土家景，姹紫嫣红百艳殊。

蝴蝶翩跹群起舞，高追低逐粉红株。

蝶仙初起鬓云散，未及梳粧面不敷。

眼望银鳞心直跳，神思恍惚意迷糊。

秋波送罢红晕泛，肩已相摩手已扶。

驮气排空来往急，云端戏嬉尽欢呼。

妖魔妒嫉多难耐，面目狰狞设大灾。

魔法频施相向恶，欲分情爱化悲哀。

电光闪闪惊雷响，毒雾腾腾黑浪来。

龙蝶同心坚似铁，并肩合力志难摧。

上天敢与顽凶斗，入地偏将恶寇追。

历尽艰辛终胜利，此时魔鬼已成灰。

云轻日出霞光照，满地红花艳丽开。

绿水青青岩也碧，纷纷起舞共邀杯。

情深更历艰难苦，化作霓虹七彩陪。

幸福常存春永驻，只将庆贺筑金台。

爱情故事绵绵远，真秀激光观一回。

在腾龙洞里看苗族风情表演

利川有洞唤腾龙，洞里游人兴味浓。

兴味浓凝千掌鼓，掌声响彻谷和峰。

但知鼓掌因何起，苗族风情别有奇。

彩舞翩跹肢体美，腰肩手腿总相宜。

肉连声响多明快，更有诙谐展眼眉。

一曲将终声渐小，灯光渐暗似归潮。

嘈嘈杂杂相邻客，赞语多多若弄箫。

随后灯明声又起，浓粧淡抹尽招摇。

剧情演说土家祖，先祖兴邦任怨劳。

狩猎农耕医药起，开山治水掌钢刀。

女儿温顺声侵耳，男子强壮手撑篙。

夷水丽川歌更美，飞龙舞凤激情高。

青山绿水留欢意，先祖九霄多乐陶。

转调丝弦歌又近，月朗犹得伴庚星。

山村倩女家来客，茶水一杯如酒馨。

心上人儿茶在手，问声不绝嘴还贫。

问东不够问西向，问完爹娘问妙龄。

一口香茶提一问，俏皮问答说年青。

吐珠弄玉表真意，夜逐流萤闪闪灵。

闪闪流萤飞反复，敲锣打鼓进门庭。

新郎聘礼新娘急，但见新娘几哭啼。

亦喜亦悲情切切，爹娘育女手常携。

难当媳妇难看脸，难敬公婆难做妻。

动肺摇肝终哭罢，此时揉眼泣声低。

泣声翻为锣和鼓，花轿嫁妆全备齐。

爆竹连天添锁呐，场灯转亮起虹霓。

全场音乐初停后，满座掌声如奋蹄。

掌声飞出腾龙洞，激起吞江可决堤。

双双燕·游浙东大峡谷

去宁海县，置山水中间，一身轻影。风光顿吻，最羡道家清静。应向奇峦秀顶，更看足、云开雾醒。绸帘绣出峰雄，绝水催生瀑劲。

欢庆，天高气净。爱美景人文，绿争红竞。王乔吴越，老子授传经信。天姥诗仙梦咏，引得我、凭添崇敬。留住峡谷真情，也仅一枝半梗。

注：2015 年 10 月 19 日蛇蟠岛三日游。

鸟瞰全岛，状如蛇蟠龙蛰，遂有其名，有千洞之岛美称。岛上石窟峥嵘，海天雄奇，渔帆桨影，风光旖旎。

满江红（平韵格）·游蛇蟠岛海盗村

时值深秋，偏一路、来到海边。蛇蟠岛、洞天荒野，秀色斑斓。千亩良田柑桔美，万乘涛浪蟹鱼鲜。正和风、习习伴金阳，人竞欢。

硝烟尽，余韵旋。盗有道，史堪传。遣神功鬼斧，穿坚顽。八百年来雷电急，三门湾里彩云卷。是人寰、总得说枭雄，天地间。

注：海盗村是我国唯一一个以海盗为主题的海岛洞窟景区。历史上蛇蟠岛曾是海盗窝，这里汇集了千百年来中国海洋史上赫赫有名的"东海枭雄"、"山海会盟"、"东海经略"和"北欧海盗"。再现了当年叱咤海洋的中外著名人物和"盗"迹。

洞仙歌·游野人洞

凌晨出发，去蛇蟠奇岛。欲揽风光走弯道。洞悬帘、溅起珠玉侵鞋，看仔细，疑是垂岩城堡。

恍然闻气息，犹袭幽香，丹桂丛丛正红好。但等上台阶，海面粼粼，回首望、石狮悄悄。见古洞人家字招牌，竟趋步门前，探珍寻宝。

注：野人洞是古人采石成洞遗迹，也是古朴岛人他们当年的栖身之所。

车过 1115 米长的削壁山隧道

沥青初硬便辚辚，过往司机笑靥生。

千米胜驱三百里，分钟竟抵两时辰。

坦途安逸心情好，墼顶明光速度匀。

一路欢歌虽惬意，莫忘汗水拌灰尘。

注：那天（10月20日）导游告诉我们，此隧道刚（2015年10月19日通车）建成通车，通车后使一市与东吞之间不用再翻山越岭。

在房间里品青膏蟹

海塘边上有渔家，相问正逢青蟹爬。

业主亲挑肥最是，厨师相助火重加。

借来盘碟盛姜醋，开启花雕湿嘴牙。

如问此时谁得意，举杯晃箸影歪斜。

注：三门青蟹色泽光亮呈青蓝色，壳较薄且大螯较大，整体看来饱满，食用时味香浓郁肉质细嫩。那天晚饭后散步至海塘边，见渔家有膏蟹，便购来两只，食堂师傅重启炉灶，帮忙处理并蒸熟，送来葱姜鲜料，在房间里品尝起来。

江城子（双调）·参观三门启明博物馆

正门联对说端详，典之藏，史弘扬。千秋彪炳，治世靠良方。莫忘先朝成败事，识沧桑，记兴亡。

三门旧地故明昌，聚群芳，集荣光。难能可贵，因此起高墙。总有贤人多远见，建明堂，德无量。

注：启明博物馆为三门籍人士周星伟个人投资建设。也是浙江省最大、藏品最多的民办博物馆。

望海潮·朝圣三门多宝讲寺

群山环抱，层林掩映，龙翔古刹庄严。祥雾瑞云，莲台佛面，晨钟暮鼓相衔。逶迤客安恬，又融藏兼汉，堪为神坛。宝殿雄宏，法轮常转造江南。

牌坊面对尘凡。有清规戒律，定力禁贪。潜习敬修，参禅罢欲，谈经击磬扬幡。风动拂衣衫。境静平心界，僧炼肝胆。不为情愁窃志，归化向仙龛。

注：在群山环抱，林木幽深的浙江三门高枧乡，有一座金碧辉煌的庄严古刹——多宝讲寺。多宝讲寺为汉传佛教大般若宗道场，驰名海内外。

定风波（仄韵长调）·游东屏古村

说辛酸、断壁残垣，悲凉到处可见。转眼流溪，依然激荡，唯拱桥声咽。草虽青，不成管，随地生根屋墙畔。无序、恨木门破旧，窗棂凋乱。

历经巨变，细思量、也隐繁华面。看鱼鳞黛瓦，雕梁画栋，更有飞檐展。镂花楼，古题匾，承继千年美和善。呵护，免得孙辈，终成遗怨。

注：东屏村位于三门县横渡镇，四面环山，其东面山势之高形成的屏障故村名由此而来。东屏村依旧保持着过去时的样子，沿着吞里溪，经过风月桥，那些年代久远的老房子、老街，向现代的人们展示富有"中国元素"的乡村实景。

在潘家小镇用午餐

车过清溪望潘家，成排别墅见光华。

花坛艳丽蜂寻蜜，蔬果丰盈手捧茶。

网蟹渔鱼人也乐，依山傍水景如霞。

午时一到杯盘满，但说宜居人直夸。

注：潘家小镇位于湫水山腹地，是三门乡村休闲旅游核心一环。生态养生、乡村风情、农家美食是潘家小镇乡村旅游的"吉祥三宝"。

千秋岁引·望三门木勺沙滩

一上斜坡，停车眺望，远处层层海波荡。惊涛去来不道累，泥沙进退唯知晃。炮台山，似屏障，堪依傍。

从未面谋多念想，今日幸观月芽样。可惜无由踏沙响。深秋

恐遭冷露袭，盐风竟拂衣衫漾。看悬阳，软无力，懒人相。

注：木杓沙滩因地处木杓村而得名。离三门县城40公里，位于健跳港南部，木杓沙滩面临三门湾，背靠炮台山。眼前海浪轻涌，往来奔返，层层叠叠，颇是好看。

七宝老街

古镇初冬小雨中，老街依旧客如蜂。

塘桥衔接南连北，浦汇横穿西贯东。

一品方糕门聚客，天香羊肉碗尊盅。

除非落铁冰封路，未有一天人不丰。

雨中寻访七宝镇北东塘滩十八号

细雨濛濛只伴风，故人寻访立寒中。

门前浦水涟漪乱，脑际愁思印记空。

和面未能成肉饺，鱼书难再借飞鸿。

低楼窗暗无踪影，唯怨时光不返工。

收到赴新西兰、澳大利亚游出团通知书

退休便喜走山川，爱玩兰天拨水弦。

曾赴狮城穿夜幕，也从西贡品鱼鲜。

英伦岛上夕阳雨，黄石园中忠实泉。

今日有书新澳乐，将看赤道越身边。

注：将于2016年3月18日出发去新西兰和澳大利亚作十八天的旅游。

飞向南半球

余住北边他在南，老生有幸作深探。

机窗尺幅微微亮，波浪千重暗暗蓝。

今赴澳新游异域，待回上海送诗坛。

此时睡意烟云绝，思绪如涛梦不酣。

过赤道

北斗低眉南斗升，天河眨眼地河楞。

大洋波泛余光拂，乘客情兴趣味增。

赤道无形分两瓣，金乌有序照三层。

老翁曾越日期线，今若抬头见六僧。

注：三层者，热、温、寒带也。六僧，即南斗六星：天府、天梁、天机、天同、天相、七杀，在低纬度和南半球能见得更清楚。

水调歌头·新西兰罗托鲁瓦印象

潇洒快车道，稳坐大轿巴。湖光最恋山色，陪伴有云霞。天顶湛蓝深邃，地上灰红联袂，游客说弯斜。林密见禽鸟，浪急隐鱼虾。

禽戏水，鸥振翅，鹭巡沙。硫磺弥漫，黄浆腾处似飞花。眼里霓虹常闪，耳畔洋歌时奏，不见演琵琶。尽与乡音远，寻景顾无暇。

注：罗托鲁瓦因沸腾的泥浆池、喷涌的间歇泉和天然温泉以及迷人的毛利文化而闻名于世。

从奥克兰机场赴酒店途中

透过车窗看星星

一从昂首看苍穹，欣数满空荧火虫。

便忆儿时消暑夜，更寻南极寿仙翁。

眼前猎户牵双犬，头顶天龙逐九宫。

借问众嫔何亮丽，银河浴罢沐秋风。

游爱哥顿牧场

牛仔丽人驱铁牛，便催游客竞风流。

近挨可逗羊驼乐，远望能观红鹿悠。

奇异果园添蝶影，甜香蜜汁润歌喉。

牧场此刻多欢语，七彩浓妆最点秋。

注：爱哥顿牧场，是新西兰罗托鲁瓦近郊的一个游览牧场，牧场有羊、牛，还有好多的驼羊，鹿，鸸鹋等动物，也有机会品尝农场的有机蜂蜜和猕猴桃汁等。

毛利人的传奇

说自高山下大洋，便居海岛觅风光。

先餐鱼鸟还餐贝，多养鹿牛还养羊。

挨鼻眼睁宾主礼，赤身骨御铁洋枪。

因来欧陆殖民者，既是良机也遇狼。

注：毛利族是新西兰的原住民。在毛利语这个词其实是"正常"或"普通人"的意思，因为当时的欧洲人问他们说他们民族的名字应该怎么称，他们就回答说他们是正常人——他们把外国人看做是不正常或反常的人。许多考古学和历史学家认为他们的来自库克群岛和波利尼西亚地区，甚至

科学家发现毛利人和台湾原住民的基因是很接近的，他们在语言文化上也颇相同。

观间歇泉

一路琉璜扑鼻前，泥浆冒泡响山田。

有时蛰伏聚能量，一旦发疯喷恶烟。

落地犹锤三百鼓，冲天直上九霄巅。

此番景象谁相似？黄石公园忠实泉。

注：罗托鲁瓦坐落在火山多发区，被喻为"火山上的城市"，是享誉全球的地热观光名城和新西兰著名的旅游胜地，也是是毛利人聚居区。我们在毛利文化村的地热区内，看到了间歇喷泉的喷发，沸腾的潭水，跳跃的泥浆，闻到了刺鼻的硫磺味。

说说新西兰的国鸟——奇异鸟

鹬鸵多出纽西兰，声似几维飞羽残。

栖息丛林求静夜，寄居山洞觅丰餐。

嘴尖兴许寻虫易，命薄缘因生育难。

虽在深闺人不识，尊荣喜戴紫金冠。

注：又译为鹬鸵，由于翅膀退化，因此无法飞行，喙尖而细长，夜晚活动，生殖能力不强，生长也很缓慢。是新西兰的特产，也是新西兰的国鸟。

在市政府花园前

一栋群楼一字开，平民百姓总相陪。

海椰高耸向云际，碧草延伸到路台。

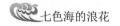

偏向此隅留足迹，更看天幕少尘埃。

水池倒影清新处，便是飞鸥亦想来。

注：来到市政府花园前，是绿色的草坪，美丽的建筑，这一切都让人
流连忘返。

在红松林中见"神树"

红松既倒见顽强，横下身躯志未丧。

发端生根留后代，吐芽长叶再风光。

七枝化作参天树，一族铺开满地香。

莫忘先恩基业厚，传承薪火有忠良。

注：在一棵倒下的红松躯干上长出了七枝红松，高低参差，大小各异，
有的成了参天大树，甚是奇特，堪称"神树"。

阮郎归·密逊湾和帆船俱乐部

暖穿光线照浮凫，天时知客需。海湾门泊白舟都，风软声不孤。

波浅浅，浪轻轻，水中倒影铺。错将该处认东吴，还来说旧书。

注：风光旖旎的密逊湾是奥克兰人的海滩度假胜地。新西兰素有"帆
船之都"的美誉，帆船运动是世界闻名的，城中居民很多拥有私人船只。

在新西兰西海岸看黑沙滩

蚕眉染就海湾边，潮汐推拉地磨旋。

拍岸惊涛冲九野，飞空疾石砥无年。

神功软硬砂愈细，铁笔纵横色更鲜。

借问君家何处是？珍珠似墨骨如烟。

注：黑沙滩是由火山喷发出的铁质形成的，沙质柔软细腻。

游新西兰鸟岛

毕竟天堂大不同，饮蓝卧黛沐秋风。

横看水激飞残雪，喜晒柔光眯眼瞳。

振翅穿空寻馔肴，纵身追海练真功。

子孙满是和谐乐，羞煞人间闹狗熊。

注：鸟岛附近的海岸线极美，所谓鸟岛实际上是海上兀然矗立起两块巨型山石，台上数以千万计的塘鹅挨个排队栖息，叽叽喳喳的鸟叫声与海浪拍打悬崖的声音奏着交响乐，那种美景和情景让人流连忘返。

在瓦纳卡湖边迈步

珍珠洒落九重天，化作粼波出紫烟。

水也清清能见底，舟偏缓缓可挨肩。

浮凫逐嘻湖中乐，飞鸟寻欢眼前穿。

但看媪翁牵手走，苍苍白发赛神仙。

注：瓦纳卡湖是新西兰的第四大湖，新西兰南岛中西部湖泊。湖水格外的蓝，大部分湖水是来自融化的积雪和冰川。

游皇后镇

始自黄金便出名，九宫格上客盈盈。

面朝湖水看飞鸟，背靠青山享太平。

垂柳还随蜂蝶舞，斜阳正伴彩云行。

此生有幸环园走，虽是老翁身也轻。

注：新西兰的皇后镇是一个被南阿尔卑斯山包围的美丽小镇，也是一个依山傍水的美丽城市。皇后镇的历史与黄金密不可分。皇后镇花园坐落

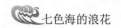

在镇子的东南面，濒临宁静优雅的瓦卡蒂普湖。花园里，古木参天，溪水潺潺，各种水鸟在池塘里游弋休憩，五彩纷呈的绚丽美景让人如痴如醉。

坐直升机登冰川

借机登顶立冰川，方信此身临九天。

眼伴银龙穿万里，手将锦缎舞千遍。

心潮谱曲惊牛女，思绪撫琴引管弦。

且举金尊邀日月，狂言不枉五铢钱。

注：直升机带着我们降落在西海岸弗朗兹约瑟夫冰冰川上，向导带领我们在冰川上徒步，拍照。（自费，300 新西兰元）

少年游·在仙蒂镇

坐古老蒸汽小火车并淘金

且听蒸汽响隆隆，游客坐车中。乌龙声吼，铁轮滚动，正待越时空。

当年淘者今何在，恐已与泥同。行迹模糊，锈痕斑驳，唯有趣仍浓。

注：仙蒂镇位于新西兰西海岸最大城市格雷茅斯以南 10 公里。是新西兰重要文化遗产景点，再现了 20 世纪初期，因 19 世纪 60 年代淘金热兴趣的拓荒小镇。

观千层薄饼岩景点

万年砥砺化炊烟，沧海桑田不计天。

雨打风吹摧劣石，潮侵汐蚀变流涎。

层层叠加粘和合，片片溶融接或连。

洒上香葱成薄饼，请君务必赏新鲜。

注：格雷茅斯千层岩又称薄饼岩，是由海洋动植物的残骸在地下堆积，在酸雨、风和海水的侵蚀下，形成层次分明的薄饼岩石景观。新西兰千层岩是南岛受欢迎的景点之一。

满庭芳·从格雷茅斯
前往基督城途中过城堡山

近景朦胧，远山蜗动，走看遍野风光。彩虹高挂，初雨映斜阳。一路黄橙相伴，闲云下、芳草无疆。凭窗望，奇岩怪石，零乱列山冈。

停当，方走近，端祥许久，犹似村庄。见阡陌纵横，兀立城墙。更有厅堂富丽，尖顶处、连接苍茫。人云集，只从缝里，遐念越天梁。

注：以怪石嶙峋的巨石山阵而闻名，是自驾游客热爱的目的地。一块块巨石好似城堡废墟，高耸在小山丘上，让人不禁浮想联翩。四周雪山、湖泊的美丽自然风光，也让这里成为登高远眺的理想之地。

菩萨蛮·在基督城市中心车游

乘在车上游城廓，当年遗迹多斑驳。缘是地维松，敖明曾竞疯。

家乡春渐薄，此处秋方踱。哈格正飞蜂，园中颜色丰。

注：基督城，新西兰第三大城市，仅次于奥克兰和惠灵顿，是新西兰的"花园之城"，也是新西兰南岛最大的城市。曾遭受数次地震，对城市造成破坏。基督城市中心西侧的哈格雷公园，是新西兰基督城公园中最大的一个。

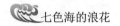

从新西兰基督城

飞赴澳大利亚墨尔本

一周游罢纽西兰，回首冰川景已瞒。

方忆湖边多促促，却逢座上几鼾鼾。

手机不伴聊天客，思绪无由倒海般。

欣喜此时终点到，白云闲步过山峦。

观大洋路上的十二门徒岩

地动山摇内力奇，神功再借逆风欺。

正施法术雕金石，漫说耶酥执令旗。

造福灵类年久远，引徒水路浪无羁。

经深总有人相识，只在岩消海泛漪。

注：位于澳大利亚维多利亚州的大洋路边上，坎贝尔港国家公园之中，屹立在海岸旁已有二千万年历史了。强烈的海潮和风力终令这些岩石暴露水面，成为现时著名的十二使徒岩。因为它们的数量及形态恰巧酷似耶酥的十二使徒，人们就以圣经故事里的十二使徒为之命名。

库克船长的小屋

谁把澳洲呈眼前，长茅乏力土人怜。

当年破浪看凌日，登岸抛锚停旅船。

冒命马倌新陆地，出资爵士旧砖椽。

还将老屋南移后，再次横开一片天。

注：库克船长的小屋位于墨尔本市中心的菲茨若伊公园里，这是一幢真正的小屋，简单、朴实，甚至粗糙，斜顶铺瓦、石砌墙面，暗黑的褐色

透出古老沧桑。是库克船长的父母在英国大艾顿建造的住所。1934 年，由英国海运到墨尔本，照原样组装而成。

圣派克大教堂

墨城翠绿染公园，树荫深传信众喧。

塔顶尖穿三百尺，花窗艳透万千言。

教堂外面游人织，赤道南边气势轩。

天主既然能救世，缘何乱事竟纷繁？

注：圣派克大教堂位于墨尔本市圣派翠克公园旁边，是墨尔本也是南半球最大最高的天主教堂。

在可伦宾野生动物园

说是澳洲多国宝？可宾伦里鸟翔翱。

考拉树荫嚼桉叶，袋鼠沙堆戏小妖。

坐看栗鸢飞逐秀，笑观场主剪羊毛。

忘情只道时光急，错过虹鹦会撒娇。

注：在这里可以享受与考拉、袋鼠、鳄鱼及其它澳大利亚本土动物面对面的体验。此外，这里还能看到世界级动物及鸟禽演出和剪羊毛表演等项目。

菩萨蛮·游澳大利亚黄金海岸

堪看应在黄金岸，沙滩或尽游人愿。冲浪者天堂，小惊心不慌。

后生诚可赞，吾发鬓秋换。跃跃意涛狂，复难穿泳装。

注：黄金海岸是澳大利亚的假日游乐胜地，这里有明媚的阳光、连绵的白色沙滩、湛蓝透明的海水、浪漫的棕榈林，来这里旅游度假的人们更为这里增添了不少生机和动感。

菩萨蛮·驱车前往布里斯班

袋鼠角畔真无鼠，河边唯见高楼竖。车已过长桥，并无遗事聊。

白云飘些许，轮巨摩天举。且恋此情调，公园人气高。

注：有一句俏皮话，叫作："故事桥上无故事，袋鼠角里没袋鼠。"

水调歌头·在布里斯班
的宾馆里游泳（平仄通叶）

南国果秋雅，宾馆泳池佳。晚霞初放，催我夕照作凫娃。礧石穿空水泻，岸树交枝叶下，今日忘年华。跃为泛波者，竟似碧潭蛙。

既仰天，还伏马，效委蛇。从容驭驾，凭是身老额添花。虽有零星雨洒，已是微凉露刮，淡定未惊牙。直到人灯寡，回屋泡红茶。

注：宾馆里有大小泳池若干，傍晚乘兴跃入水中畅游，爽快，在南半球游泳，幸事也！

在凯恩斯游绿岛大堡礁

煞气竟然挑事端，雨稠游客冷心肝。

云层撒豆伞难用，绿岛拉帘景苦看。

眼底苍穹烟黑色，海中潮汐鬼愁般。

常尊玉帝应无假，君不助余添喜欢！

注：游大堡礁，恰逢滂沱大雨，无法尽兴矣！

贺新郎·坐直升机俯瞰大堡礁海域

插翅冲天去。更堪看、游轮穿梭，白云翩舞。眼底粼波银闪闪，碧浪依然成伍。海水里、珊瑚团聚。今日晴朗穿千里，想昨天云紧还倾雨。驱郁闷，有君助。

相机启盖真专注。向前方、对焦调速，细心操作。摄下风光藏芯片，传给亲朋共睹。别忘了、途遥难赴。不忘东西南北景，借此时空旷能全顾。倘有憾，恐无补。

注：昨游大堡礁恰逢大雨，今日正艳阳高照，坐直升机凌空俯看，应是别有一番风味吧。

在悉尼蓝山风景区

由加利树吐芬芳，吐出芬芳再折光。

迭嶂峰峦生异色，氤氲瑞气染蓝妆。

传奇正好添油醋，野史无需辨酒浆。

此地三峰成妙景，总将思绪引荒唐。

注：蓝山的得名源于满山的桉树（当地称由加利树）。由于桉叶时时散发出浓郁的芬芳，在阳光的折射下，这种芬芳的挥发性蒸气使蓝山笼罩在蓝色的氤氲中，不仅山坡上有一层隐隐的蓝色烟雾，就连天空中也蒸腾着蓝色的瑞霭，蓝山因此而获得了一个跟它的景色一样美丽的名字。蓝山最著名的风景要数三姐妹峰，丹崖映照着蓝天，别有一种神韵。旧时有澳洲土著三姐妹爱上了族中仇人后裔的三兄弟，上演了一场澳洲版《罗密欧与朱丽叶》。勇敢的三姐妹为了反抗封建恶势力，宁可化成三座倔强的岩石，即三姐妹峰。

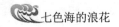

观悉尼歌剧院外景

多年熟识在荧屏，今日居然见实形。

横跨半球来异地，终能一眼看精灵。

悉尼湾畔争风韵，贝壳丛中集顶伶。

借问为何庭若市，凤凰歌唱君不听？

注：悉尼歌剧院不仅是悉尼艺术文化的殿堂，更是悉尼的灵魂，是公认的 20 世纪世界十大奇迹之一，是悉尼最容易被认出的建筑。

向西藏进发

山高未得乱吾心，今竟欣然向禁深。

先借景天增气力，再添意志效飞禽。

路途既远骑龙背，空气虽稀隐杂音。

莫道西行烟更少，蓝天白雪最难寻。

西行的吟咏

且向西行天接近，攀爬借得巨龙勤。

文成远嫁艰难路，我辈遍游淡雅云。

海拔增高心不乱，庚年越大嘱还殷。

借来神力登高处，始见晨曦第一纹。

注：一路向西，海拔逐渐升高。

首到拉萨

雪域冰城道是谁？来时竟已夕阳垂。

少年喜唱翻身曲，信众最遵投体规。

七四庚年朝圣地，五千海拔觅新炊。

如今寄宿雄鹰处，好养精神看字碑。

注：在拉萨寄宿的酒店名为雄鹰大酒店。

游布达拉宫

红山顶上建奇宫，立足岩层挽惠风。

头刺蓝天三百仞，经传佛训万千功。

莲台供奉长明烛，灵塔隐存圆寂翁。

自有唐蕃联血脉，史诗从此演昌隆。

注：坐落于中国西藏自治区的首府拉萨市区西北玛布日山上，是世界上海拔最高，集宫殿、城堡和寺院于一体的宏伟建筑，也是西藏最庞大、最完整的古代宫堡建筑群。布达拉宫最初为吐蕃王朝赞普松赞干布为迎娶尺尊公主和文成公主而兴建。

在米拉山口放歌

张开双臂接天星，高反未能成苦经。

世道昌隆人健硕，交通发达地钟灵。

三年入藏文成累，两日飞车老朽宁。

今已排空超十里，米拉山口敢忘形。

注：地处拉萨市到墨竹工卡县与林芝地区工布江达县的分界上，这里是拉萨——林芝旅游线上的一个休憩之地。很好玩的地方，海拔5013米。

英雄树和英雄石

神山脚下说英雄，化作幻形邀碧空。

九石围城奇树旁，一杉冲天白云中。

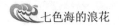

生前自是灵仙骨，身后传承道德功。

今日无缘酬眼福，沉沉雨幕锁红宫。

注：英雄树是一颗珍贵的喜马拉雅云杉，直径120厘米，树高44米，树龄1000年。英雄石指生长在英雄树根部周围的九块巨石。英雄树和英雄石传说是由工布地区的一个神人的身体所化。据说他生前身有九个肾囊，英勇富足，妻儿成群，死后受活佛旨意被葬在布达拉宫神山脚下供人们祭拜。

游措木及日湖

珍珠落向万堆山，化作冰湖峡谷间。

水是清明生瑞气，波从亮丽露丰颜。

冷杉挺拔牵银絮，金竹苗条束佩环。

此处无须愁氧少，观音眼亮紫晶般。

注："措木及日"藏语的意思是观音菩萨或者观音菩萨的眼睛。因此，措木及日有许多关于观音菩萨的传说和故事，景区不但有着美丽的自然风光和动植物资源，还是林芝地区许多神话传说的发源地。

咏尼洋阁

祖师兴教史书留，便在岗前筑阁楼。

阁上凭栏望福地，楼中展技点酥油。

承宗接代传薪火，执斧开山演春秋。

不尽经幡千万里，尼洋过处正悠悠。

注：尼洋阁位于西藏林芝八一镇娘乳岗前边，是一座高36.9米的藏式建筑，是西藏的第一座阁楼，传说是当年工布王为西藏本土教苯教的开山祖师辛饶米沃所建的一座传教宫殿。

在雅鲁藏布大峡谷

众牛遇上野狮群，角斗争锋急似焚。

咆哮声雷传远远，腾挪蹄骨裂纷纷。

烟尘蔽日昏无路，霹雳惊鸿炸断筋。

狼嚎鬼哭难如此，壮胆真需酒十斤。

注：全长 504.6 千米，最深处 6009 米，平均深度 2268 米，是不容置疑的世界第一大峡谷。远远大于全球第二的帕隆藏布大峡谷、及美国科罗拉多大峡谷（深 2133 米，长 370 千米）和秘鲁的科尔卡大峡谷（深 3203米，长 90 千米）。雅鲁藏布江第一大拐弯一般指南伽巴瓦峰周围的大拐弯，在林芝县排龙乡。

访南迦巴瓦峰不遇

峡湾拥抱美山峰，娇养性情难驯从。

烈似长矛天怕刺，姿如歌妓月隐踪。

长车直至房檐下，放眼将穿雾霭缝。

只怪头巾遮太密，最终无法睹真容。

注：是中国西藏自治区林芝市最高的山，海拔 7782 米，它是西藏最古老的佛教"雍仲本教"的圣地，有"西藏众山之父"之称。其巨大的三角形峰体终年积雪，云雾缭绕，从不轻易露出真面目，所以它也被称为"羞女峰"。

咏乃钦康桑峰

雄鹰昂首向天伸，突兀尖锥接汉津。

猛里飞光寒脊骨，訇然裂甲落龙鳞。

总披头盖常遮脸，鲜展蛾眉半掩唇。

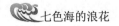
欲使神山常露面，无非疼爱护青纯。

注：西藏地区四大神山之一。乃钦康桑峰海拔7206米，顶部尖锥突兀，形如鹰嘴，山体雄伟，危岩嵯峨。

照面卡若拉冰川

突兀尖峰立顶端，经年积雪聚银冠。

鳞龙自此逶迤去，冰舌因而曲折盘。

寒气追身身感冷，冷风拂面面知寒，

红河谷演江孜战，云水歌谣唱大观。

注：据悉，在整个西藏离公路最近的冰川就是卡若拉冰川，只有三百多米。先后有电影《红河谷》、《江孜之战》、《云水谣》曾在此拍摄外景，使得卡若拉冰川的名气非常大。

在江河汇合处

雅江低首迎尼洋，汇合双流便脱缰。

支水清清干水浊，白龙滚滚黑龙狂。

冲礁拍岸碎鳞甲，腾雾竭舟垂朽樯，

从此直前凭曲折，临峰不忘演刚强。

注："江"为雅鲁藏布江，"河"为尼洋河。尼洋河水清澈而湍急，而雅鲁藏布江水则浑浊而缓慢，尼洋河水汇入雅鲁藏布江之后逆流而上，一清一浊，一急一慢，形成鲜明对比。"临峰"指南迦巴瓦峰。

佛掌沙丘的传说

拉岗本是一村庄，能手德多精火枪。

总有妖魔行乱事，救将龙女保安康。

便赠神镜观尘世，泄露玄机化石礓。

此地虽遭沙土掩，乡亲无虑共天长。

注：传说佛掌沙丘下面原来是一个叫拉岗的村子，村里有一打猎能手德多。一次外出打猎时发现一个怪物追赶一女子，遂救下女子，女子原是龙女，为谢救命之恩，赠给德多一面能预见未来的神镜——但必须保守秘密，否则将会变成一只乌龟石。龙王有一天忽然要以沙丘掩埋拉岗村，德多从镜中看到这样的景象，遂告知乡亲，在村人离开村庄后，夜半时分，村庄果然被风沙掩埋，而德多也化而为石。拉岗村村民在沙丘附近重新安家后，将新地方命名为桑巴村，意为"秘密村"之意，以纪念德多说出了那个秘密，失去了德多的村里人以后再也不提起那夜发生的事情。

佛掌沙丘成因的事实

佛掌沙丘乃自然，春秋时节气流旋。

河床水枯河开眼，风口力强风作船。

运送年年堆与积，生长处处接和连。

规模渐大名声起，景色偏成世上传。

注：该沙丘位于雅鲁藏布江中下游强风口地段，秋末至春末期间劲风如飚，该沙丘前后河床上因枯水期而露头的河沙，经年复一年地吹送搬运并堆积，便形成了这一特兀的地貌景观。

在"情比石坚"景点

石坚都已尽人知，常识无需问老师。

走肉焉能超硬物，钢筋却可灭行尸。

但看根实长缝隙，正值躯粗舞卧狮。

此景居然当下出，真情胜力看刚枝。

注：在景点处，有巨石一分为二，夹缝中生长一株桃树，甚为奇特，

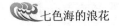

有一段感人的爱情故事在当地流传至今。

赞羊卓雍措

满映湖光宝石蓝，天鹅落向雅江南。

有谁能自高原出，孤胆偏从雪域探？

相拥圣山添美色，引来禽鸟戏深潭。

终因碧水神仙赐，只敢虔诚作善男。

注：羊卓雍错，藏语意为"天鹅之湖"。湖槽狭长曲折，形似一只展翅欲飞的天鹅，藏族人民尊之为"圣湖"。相传，有位仙女因思凡下界而犯天规，上天把她变成天鹅贬在这里，诸峰的神女们都与她恋恋不舍，常来此洗澡与她相伴。

途经江孜古城

年楚河旁雪水明，高原孕育一名城。

白居兼蓄容三教，佛塔相依十万精。

岩石傲然留印记，军民合力抗英兵。

今看紫穗缝中出，神圣宗山满地旌。

注：江孜还被称为英雄城，因为这里曾上演了一幕江孜人民英勇抗击英国侵略者的事迹。此处的白居寺是一座名寺，主要有两大特色，特色之一是一寺三派，另一特色是白居寺的标志菩提塔，是由近百间佛堂依次重叠建起的塔，人称"塔中有塔"。塔内佛堂、佛龛以及壁画上的佛像总计有十万个，因而得名十万佛塔。

仰扎什伦布寺

依山筑就尽辉煌，正说祥云放瑞光。

灵塔顶尊藏肉身，班禅历世化无疆。

风铃一响迎来者，油盏千盅照寺堂。

展佛台前须膜拜，风调雨顺保安康。

注：扎什伦布寺与拉萨的甘丹寺、色拉寺、哲蚌寺合称藏传佛教格鲁派的"四大寺"。扎什伦布寺的灵塔是历代班禅的舍利塔。扎什伦布寺里修建的班禅灵塔共有8座。

从扎什伦布寺出来突遇冰雹

观罢正堂观四周，红墙金顶历春秋。

欣欣古寺油灯亮，伟伟江山福祉留。

回首登车闻战鼓，循声放眼落冰球。

都说虔诚心只善，最能避祸又消愁。

经幡随风飘

经幡处处看旌旆，五色相间织彩绦。

土沃河清生五谷，云纯天净炼滋膏。

殷红似火添生息，灵性通神润九皋。

但愿时时翻不止，上苍知尔最勤劳。

注：五种颜色象征自然界的五种现象，这种现象是生命赖以存在的物质基础。最顶端为蓝色幡条，它象征蓝天；蓝色幡条下面是白色幡条，象征白云；白色幡条下面是红色幡条，象征火焰；红色幡条下面是绿色幡条象征绿水；最下面的幡条是黄色，象征黄土，或者大地。五种颜色的排列形式正是客观大自然物质存在的立体排列形式，因此，象大自然中天地不容颠倒一样，这五种颜色也不容错位。

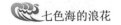

与藏胞一起载歌载舞

经幡架下有天音，藏胞翩翩口复吟。

但恐青春频远赴，今依舞步再探寻。

人伸手臂我抬腿，她扭细腰余指心。

不管是否常合拍，还将欢乐度光阴。

注：在经幡架下，多有藏胞随音乐载歌载舞，游客有时也会加入到歌舞人群中，一同度过欢乐的时光。

在青藏公路通车五十周年纪念碑前

记得当年唱二郎，高原万丈见荒凉。

羊肠道上贯顽石，勇士跟前立巨障。

遇水修桥身为柱，逢山凿洞手成梁。

今朝脚踩通天路，犹见钢肩铁臂膀。

注：1954年12月25日，经过数万筑路大军艰苦卓绝的奋战，青藏公路全线贯通。青藏公路是西藏与祖国内地联系的重要通道，承担着西藏85%以上进藏物资和出藏物资运输任务在西藏经济发展和社会稳定中发挥着重要作用，被誉为西藏的"生命线"。

游纳木措

一鉴天湖映雪光，念青隔水正相望。

柔情已展亲人面，足迹偏逢满地香。

白马腾云鞭在手，飞龙驾雾镜依装。

迢迢只为观容貌，朝圣方能护法疆。

注：纳木错是西藏的"三大圣湖"之一，西藏第二大湖泊，中国第三大的咸水湖，世界海拔最高的大型湖泊。纳木措是古象雄佛法雍仲本教的

第一神湖，为著名的佛教圣地之一。

在大昭寺

晨起车临八廓街，信徒蜂涌自成排。

身躯浪动祈祥瑞，藏药灰飞化雾霾。

手里摇摇经筒转，眼中闪闪化情怀。

遥遥十万艰辛路，磕拜求神不着鞋。

注：大昭寺是一座藏传佛教寺院，是藏王松赞干布建造。

瞻仰释迦牟尼十二岁等身金像

说自文成入藏来，便将金像坐莲台。

大昭寺里油灯亮，千佛廊中肩肘挨。

圆满还需转经道，会盟却在修石桅。

我当香客从容进，一见神龛眼始抬。

注：释迦牟尼12岁等身金像，是释迦牟尼佛在世时，按照释迦牟尼本人形象塑造的。像塑好后那些弟子有幸请佛祖释迦牟尼给自己的佛像开光加持。塑像的珍贵，不仅仅是因为它的历史价值和文物价值，重要的是认为佛像和见到2500年前的佛祖没有区别。该佛像后从古印度流入中国，又经文成公主带入西藏，释迦牟尼12岁等身像遂被供奉在大昭寺至今。

在拉萨菩提缘买天珠

漫言西藏四奇珍，当数天珠最利人。

自带磁场能定慧，浑然法眼可通神。

菩提缘里挑和拣，服务员前咨与询。

沐浴更衣心正后，便将宝物佩上身。

注：天珠，又称"天降石"，它是雍仲本教的圣物，是藏族七宝之首，据称可招福挡熬、趋吉避凶。

登安庆振风塔

昔日人才逐水流，有谁入住状元楼。

楼空筑起振风塔，鹏翼腾翻走地牛。

安得青山成万树，庆逢箭弹跃神州。

沧桑演得天朝事，龙舞中华扫百愁。

注：此诗原作于辛巳年春三月，后经修改，编排于此。

题公园花廊

曲径通幽好景伸，高攀低附亦精神。

无须再染他颜色，已是频添几翠茵。

徒步轻灵因雅致，蝶飞飘逸逐甘醇。

风光借得芳香在，秋菊焉能不挺身。

在嘉善彩虹廊赏秋菊

彩虹廊里访陶公，正值金黄合紫红。

丝雀欢欣钻翠叶，绣球火旺引飞蜂。

宾朋嘻笑多私语，蜂蝶翩跹最借风。

秋景只因无限好，牵来五色乐媪翁。

注：此二诗在嘉善彩红廊观菊展后，于 2011 年月 11 月 15 日作，编排于此。

春游嘉定秋霞圃

仲春乍暖也还寒，沿径踏芳循小园。

树上早花风解瓣，溪边垂柳叶描圈。

茂林修竹遮飞鸟，断岸华池见石墩。

小巧玲珑南国有，此时知否隐秋魂。

黄继堂伴同游嘉定老街

法华塔畔古州桥，饭后空闲便展腰。

且向人群随脚印，还来故事说前朝。

祁河默默添精气，商贾徐徐出店招。

正是千年留胜迹，老街酬韵乐渔樵。

人月圆·京粤战友来申城

群中微信传春讯，战友历申城。别来五秩，今朝相会，思绪难控，抱酒猜名。

曾经场站，盖山脚下，热血年轻。岁虽老矣，心还依旧，未减真情！

钗头凤·为原福州场站
老战友相聚点赞

京城友，岭南旧，绍兴城里花雕酒。明珠巍，秋霞美。浦江行礼，迎宾声急，喜！喜！喜！

鬓虽朽，情真厚，此时君至唯牵手。须听细，常相忆。岁来还会，心心终系，切！切！切！

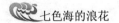

桐庐三日游

（2017 年 4 月 26 日）

九霄碧云洞

攀高或上十层楼，玉柱恐逢牵斗牛。

围地千城容立足，聚流万滴映浮丘。

奇花异瀑方成景，斜塔溶岩欲醒眸。

似梦幽幽初复返，铁龙一道下深沟。

注：位于浙江富春，面积 2.8 万平方米，洞内净空最高处 24 米，单厅面积之大，数国内罕见，被誉为"亚太第一大洞厅"。

"铁龙一道"为云霄飞车项目让游客体验一把无动力过山车的乐趣，有惊无险。

穿野楮林

横穿隧道也新鲜，出口楮林密一边。

宁静清朗游客喜，幽深凉爽富春虔。

山间激水竹排走，枝上飞禽羽翼卷。

晚看斜阳西缝洒，便随地轨作盘旋。

注：百余亩充满生机的野生楮树林，清朗幽静，游人在此踏清凉界、沐森林浴、听山泉吟、寻童话梦，趣味盎然。

游逍遥岩岭湖

竹筏游湖大不同，机船突突向前冲。

山环水抱邻波远，港汊滩幽翠谷丰。

撩发和煦惹惬意，浅光柔顺死愁虫。

老翁因此腿灵便，一路轻声笑语中。

注：湖面面积约3万平方米，湖水清澈，碧波万顷、湖面曲折有致，水山相依、山环水抱；湖内小岛玲珑，港汊幽深，峡、谷、滩形态诸多；四周峰峦叠翠、林木葱茏、清玲生气。湖光山色，村落田园，动静结合，相映成趣。坐在特色竹筏上游湖，别有风味。

题富春桃源

风光可是进山居？只叫留心得片知。

溪秀岩青来走客，洞高林茂隐攀麇。

小桥流水垂杨点，真士渔樵钩杆危。

免得滩灵空忽去，便将初夏觅生机。

注：富春桃源景区位于浙江省富阳西北部，共分为五个区块，景色各异，山、水、林、洞、村的自然组合，是观光与休闲度假的好去处。
"山居"意即黄公望的山居图。

访严子陵钓台

台高百丈可垂杆，说是当年夜有鼾。

便在龙床伸臭脚，终于过客走清滩。

人腰折后更软骨，道德承前最养肝。

事到如今未解析，缘因悟道正衣冠。

注：是富春江上的主要风景区。在富春江镇西的富春山。因东汉严子陵隐居于此得名。

见谢翱哭台

当年已就见忠诚，捐出家财抗敌兵。

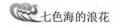

甘伴天祥随左右，最怀端砚写坚贞。

赣州一别千年梦，恶噩久传三载音。

遥对南边倾热泪，富春水急记英名。

注：谢翱献出全部家产，并招募乡兵数百人，到南剑州（今南平）投奔文天祥，跟随文天祥抗击元军。文天祥兵败撤退，在赣州章水上与谢翱握别时，曾赠与一方端砚。不久，元军占领江西，谢翱离开赣州，潜回祖籍浦城务农。3 年后，听到文天祥被害于燕京柴市的消息，无比悲愤，常独自行游于浙水之东，见到与文天祥握别时相似的景物，便徘徊顾盼，失声恸哭。

大奇山的传说

奇牛洗浴水塘边，修炼成精若许年。

偷食神丹成硕体，怒鞭筋骨罚耕田。

既能食草拉金子，还会疏河利走船。

于是富春江更绿，千秋福祉一方天。

注：大奇山，史称"江南第一名山"，"江南第一名山"下有个村，叫金牛村，金牛村，有一个古老的传说……

龙门古镇

傍水依山卵石丰，东吴故里说英雄。

曾经大帝马蹄疾，几度炊烟瓦屋红。

石砌牌楼承岁月，日映人家话过翁。

最忆仲谋功德盛，方能百代筑迷宫。

注：据传是三国孙权的故里。村内以独特的明、清古建筑群而闻名，是现今江南地区明清古建筑群中保存较为完整的山乡古镇。村后有龙门山，海拔 1067 米，峰峦重叠，气象万千，为富阳群山之冠。东汉名士严子陵曾游龙门，观山势异常，赞叹："此地山清水秀，胜似吕梁龙门"，古镇也因此得名。

今赴山西旅游

（2017 年 8 月赴山西十三天旅游）

山西厚重在人文，先有女娲开石勤。

三帝袭承兴霸业，两朝次第坐臣君。

晋商银与朝庭比，寒食节因林木焚。

今去河东翻史册，莫嫌山陡雨纷纷。

注：山西省自古就有人类活动的迹象，并为中华文明的发源地之一。与女娲、尧、舜、禹等都有关联，人文厚重。

定风波·登五台山

直上清凉见五台，四周山色彩云裁。未着芒鞋无策杖，真想，一声呼得福田开。

苍野染成青或绛，听讲，佛光普照为消灾。总把虔诚心底唱，和掌，文殊端庄涌人才。

注：《名山志》载："五台山五峰耸立，高出云表，山顶无林木，有如垒土之台，故曰五台。"五台山是中国唯一一个青庙黄庙共处的佛教道场。青庙亦称和尚庙，僧侣大都为汉族，一般穿青灰色僧衣，称青衣僧。黄庙亦称喇嘛庙，属于藏传佛教，均属宗喀巴大师创立的格鲁派，信教喇嘛均穿黄衣，戴黄帽，称黄衣僧。

游五台山普化寺

清水河东有福田，面朝西向坐神仙。

梁檐重彩描精绘，角柱尊华配丽椽。

孽海慈航求佛法，众生善念绝尘缘。

高僧著出高弘论，胜境纷纷到客船。

注：坐落在清水河东侧山脚下。该寺地势平坦，布局整严对称。殿建坐东向西，以中院为主，南北各有两层院落护持，形成五院并排。

见悬空寺

金龙峡侧翠屏峰，寺在悬崖势也雄。

脚底浮尘垂后土，空中立柱顶苍穹。

凡心此刻求真佛，庙宇千年避疾风。

莫问诗仙何感是，壮观已在壁岩中。

注：素有"悬空寺，半天高，三根马尾空中吊"的俚语，以如临深渊的险峻而著称。唐开元二十三年（公元735年），李白游览悬空寺后，在岩壁上书写了"壮观"二字。

登太原华严寺华严宝塔

未管连绵下不停，唯听响导说情形。

地宫闪亮纯铜体，舍利晶莹睿德身。

登塔宜应观榫卯，攀梯最爱看窗棂。

心中破却迷茫后，直穿雨幕数繁星。

注：华严宝塔是全国第二大纯木榫卯结构的方形木塔，通高43米，上景金盘，下承莲池，特别是塔下近500平方米的千佛地宫，采用100吨纯铜打造而成，内供高僧舍利及千尊佛像，金碧辉煌，全国唯一，是传统与现实完美结合的典范之作。

疏影·在云冈石窟

武周削壁，有万尊石像，终成遗迹。洞窟中间，排列参差，高低大小相异。千年百代风兼雨，色正暗、容颜污秽。到后来、躲过硝烟，未作影消声匿。

深看云冈面貌，见人物细腻，衣着华丽。两耳垂肩，体态丰匀，眼角传神真切。眉清目秀英姿透，再仔细、善余犹喜。惊叹时、唯我神州，此等技精聪慧。

注：云冈石窟位于中国北部山西省大同市西郊17公里处的武周山南麓，石窟依山开凿，存有主要洞窟45个，大小窑龛252个，石雕造像51000余躯，为中国规模最大的古代石窟群之一，与敦煌"莫高窟"、洛阳"龙门石窟"和天水"麦积山石窟"并称为中国四大石窟艺术宝库。

兰陵王·登雁门关

在秋色，云淡天高草碧。匆匆路，身便脚轻，直抵忻州雁门迹。登临望西域。方识，雄关最扼。心怦处，砖厚石坚，风卷旌旗响天笛。

当年是边塞。赖历代忠良，征战胡逆。修关居隘安邦国。有李帅杨将，霍功青力。昭君沙道做远戚，只情系驱贼。

追昔，记前德。把酒祭英雄，魂梦无寂。今听四下风声急。念盛世年月，练兵磨镝。廉颇能食，佩剑戟，灭宿敌！

注：雁门关，位于中国山西省忻州市代县城以北约20公里处的雁门山中，是长城上的重要关隘，以"险"著称，被誉为"中华第一关"，有"天下九塞，雁门为首"之说。与宁武关、偏关合称为"外三关"。

芦牙山和马仑草原

只因形状像芦牙，便出名声入万家。

顽石围方三丈地，庙堂堪挂几尊袈？

斜坡最长青青草，沿路多开彩彩花。

犹见帝王群马壮，松林谷甸染红霞。

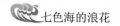

注：芦芽山风景名胜区位于吕梁山北端、晋西北腹地，是汾河、桑干河、阳武河、岚漪河、朱家川五条河流的源头区。

宁武马仑草原坐落于高山之颠，草原不同于内蒙古大草原，这里的牧草比内蒙古大草原的要高三五倍，与芦芽山遥遥相对。

冰洞奇观

地下燃煤袅袅烟，万年冰洞择邻眠。

五行关照人间事，胜境融通佛界边。

冷气消停炎夏日，潜流误入大寒天。

珠帘笋瀑多奇景，记得申遗绝好篇。

注：此洞形成于新生代第四纪冰川期，距今约三百万年，故名万年冰洞。距冰洞不远处，还有一处"火山"（地下自燃煤层），做了邻居的"火山"与冰洞形成了一大自然奇观。

石门悬棺

宁武城西峡谷中，如门石壁绿葱葱。

穴居壁挂平常事，雨打霜侵不了风。

水势无能离俗地，悬棺有序进天宫。

浑谜未解谁来解，逝者难知在岸东。

注：据考古专家们考证认为，石门悬棺是迄今中国北方地区发现的唯一的崖葬群，极具考古研究价值。石门悬棺的悬葬方式大致可分为洞穴式、悬吊式、悬桩式、栈道式。

悬空栈道奇景

天梯隐没半山腰，古栈空浮窄更遥。

不见尽头多砾石，相连殿宇只孤桥。

躬身触壁须匍匐，淋汗化泉如汐潮。

巴蜀从来多险路，清真手向剑门招。

注：全长42华里的清真山古栈道，栈道所经之处连缀起毗卢殿、晓祖庵、仙人洞、北天寺等十余处悬空古刹，一派"琳宫不尽悬崖半，栈道孤浮绝壁中"的佛国胜景。

游天牙山忠孝台

中华崇尚孝和忠，已在天牙布国风。

谁道双全难是事，犹闻母子化青松。

两峰夹就漳沱急，一寺留存酸枣红。

从此绵山葱又翠，终因介子万年功。

注：介之推背母的雕像耸立在广场前，感人至深，震撼心灵。介之推当年为躲避追兵，背着母亲藏入绵山，即使大火焚山也不出来，在深山之中，介之推始终伴随在母亲左右，终身未出山，其孝道可谓感动天地。

游太原王家大院有感

太原灵石出官僚，发在明清历两朝。

六堡红门兴宅第，一街龙脊见招摇。

由农及仕终从政，有弟和兄享玉雕。

盛世成衰基业败，分明矩锈铁规消。

注：王家大院是由静升王氏家族经明清两朝、历300余年修建而成，包括五巷六堡一条街。

说尧庙

名君一代是尧王，都在平阳好地方。

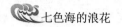

治水汤汤凭鲧禹，观星闪闪事农桑。

灵潭浸出精华液，拙石围成圣战场。

禅让招贤功盖世，后人立庙敬檀香。

注：史称："华夏文明自尧始"。"尧都平阳。尧任命鲧去治理水患。制定历法，发明造酒，创制围棋。尧最为人们称道的是他不传子而传贤，禅位于舜，不以天子之位为私有。

有感于中华第一门

远忆临汾有帝魂，相承血脉便生根。

因分三晋赵韩魏，统合神州儿父孙。

太岳常牵中国梦，黄河盛载祖先恩。

威风锣鼓麦棉处，敲出中华第一门。

注：华门，天下第一门，位于山西临汾市尧都区尧庙广场的西面，锦悦城东南侧。临汾华门，是一座华夏文明纪念碑。

临江仙·观壶口瀑布

来自深山溪里水，回肠九曲无忧。方来壶口变疯牛。束身缚脚，哪有不啾啾！

直撞横冲垂峡谷，雷鸣电闪狂流。如龙似虎斗难休。吞云吐雾，何处可行舟？

注：壶口瀑布，西临陕西省延安市宜川县壶口乡，东濒山西省临汾市吉县壶口镇，为两省共有旅游景区。壶口瀑布是中国第二大瀑布，世界上最大的黄色瀑布。

游大槐树的感想

此时洪洞说山西，永乐移民如决堤。

迁徙将孙全国去，寻宗祭祖古槐低。

百千姓氏融生土，一往亲情喜鹳啼。

忆昔抚今相异远，聆听史说亦凄凄。

注：洪洞大槐树寻根祭祖园旅游景区位于山西省洪洞县，是全国以"寻根"和"祭祖"为主题的唯一民祭圣地。明朝洪武、永乐年间的大移民，是中国历史上规模最大、范围最广、有组织、有计划的一次迁徙。这对恢复生产、增加人口、发展经济、开发边疆、民族团结、文化交流等都具有一定的历史意义。

雾中游云峰寺（抱腹寺）

百丈悬崖绝壁深，登梯且得有虔心。

云中寺庙居山腹，柱上楹联说梵音。

菩萨容颜浓雾隔，惠能禅句信口吟。

抬头不见天何处，仰望方知顶复衾。

注：云峰寺原名抱腹寺，因建抱腹岩而得名。据寺下《大唐汾州抱腹寺碑》载，该寺由高僧边迪公测量筹划，魏明帝诏建，距今已有1700余年，整个寺院殿宇依山势而筑。

在太原游晋祠

美景人文数晋祠，叔虞还在翼城时。

盘龙雕柱经千岁，鱼沼飞梁赞技师。

水母楼头居柳女，金人台下有荷池。

悬瓮山麓游遗迹，南廊北殿皆成诗。

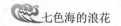

注：圣母殿、木雕盘龙、鱼沼飞梁称为晋祠古建三绝。另有晋祠三绝者：周柏唐槐、圣母殿雕塑和难老泉。

叔虞为晋国开国诸侯，为晋王。

水母楼内水母像铜质金装，端坐瓮上，束发未竟，神态自若。据传，水母姓柳。

金人台共有四尊铁人，因铁为五金之属，人称之为"金人台"。

乔家大院和乔致庸

方中秀才逢事故，仕途不走走商途。

钱粮启闸成流水，宅第开门挂喜符。

诚信为尊仁自得，歪财不义德需图。

只因国弱家难保，致使钱庄有变无。

注：乔致庸自幼父母双亡，由兄长抚育。本欲走入仕途，刚考中秀才，兄长故去，只得弃文从商。当国家到了国将不国的境地，大批银子流向海外时，他一改往日不治家宅的习惯，于同治初年耗费重金扩建祖宅，修建了著名的乔家大院，被专家学者誉为"清代北方民居建筑的一颗明珠"。

笑话一则

（2017年9月10日赴东北三省旅游，导游来电话说"下午"6点集合于火车站钟塔，因导游普通话不纯正，至使我把"下午"听成了"上午"，而我还把此消息告诉了同行的朋友，早早的起床，早早的出发。到了集合地，左等不见导游来，右等不见导游来，一联系方知时间搞错，只好返回家里再等，闹了一次笑话。）

东三省去路迢迢，车票未来疑未消。

误把鸡头当兔眼，错将晚议作晨朝。

箱包急就车无堵，丁导影沉心最焦。

原是老翁聋子耳，同行打趣唱歌谣。

游张氏帅府有感

枭雄两代演传奇，东北掌军谁敢欺！

日寇侵华诛大帅，旧蕃归化挂新旗。

西安兵谏愤青勇，暗地人羁老蒋疑。

如是愚忠千古恨，虽怀壮志只鸡维。

注：枭雄两代指张作霖与张学良父子。1928年6月4日，张作霖乘火车被日本关东军预埋的炸药炸成重伤，史称皇姑屯事件，当日送回沈阳官邸后即逝世。"皇姑屯事件"之后，张学良继任为东北保安军总司令，拒绝日本人的拉拢，坚持"东北易帜"，为祖国统一和民族团结做出了贡献。1936年12月12日，张学良与杨虎城兵谏蒋介石，共同逼蒋联共抗日，造成震惊中外的"西安事变"。

访赵四小姐楼

庆华登报诉私奔，一荻跪求于氏门。

大度胸怀文斗女，无关名分绮霞魂。

青砖未必明真相，岁月因缘结仲昆。

人说冰霜多故事，饭余或可告儿孙。

注：赵一荻，又名绮霞，为张学良的第三任妻子，因在姐妹中排行第四，而被称赵四小姐，其父赵庆华。

于凤至字翔舟，富商于文斗之女，为张学良的原配妻子。1915年和张学良结为伉俪。

游沈阳故宫

八旗横扫出辽东，便在沈阳建故宫。

朝代兴衰民是主，五行生克律添功。

王亭政殿君臣礼，永福清宁女眷风。

莫问梁檐雕异兽，梨檀漆血最通红。

注：沈阳故宫位于辽宁省沈阳市中心，是中国仅存的两大宫殿建筑群之一，又称盛京皇宫，为清朝初期的皇宫。沈阳故宫始建于努尔哈赤时期的 1625 年，建成于皇太极时期的 1636 年。

王亭、政殿即为大政殿与十王亭。

永福、清宁即为永福宫和清宁宫。

在长春伪满皇宫遗迹处

故国山河处处哀，日扶溥仪作傀儡。

云腾水激全民怒，兵志军魂鬼子灾。

莫道宫墙千色绘，宜将虫蠹万刀裁。

汉奸有罪辱宗祖，司马愤书留史台。

注：民国二十一年三月九日（1932 年 3 月 9 日），在日本侵略者扶持下，溥仪出任"满洲国执政"。民国二十一年四月三日（1932 年 4 月 3 日），溥仪迁居于此，这里便成为"满洲国执政府"。民国二十三年（1934 年），伪满推行帝制，"满洲国"改为"满洲帝国"。民国二十三年三月一日（1934 年 3 月 1 日），溥仪在勤民楼举行登极大典，由"执政"改头换面为"皇帝"，"执政府"随之改为"帝宫"，俗称"皇宫"。

游松花湖见丰满水力发电站

松花江水正悠悠，清帝无能如病牛。

时有胡虏侵故国，同怀热血斩蕃逎。

垂涎必借汉奸影，御敌欣逢主帅谋。

丰满新生添活力，蛟龙乘电照神州。

注：丰满水电站位于吉林省吉林市境内的松花江上，1937 年日本侵占东北时期开工兴建，是当时亚洲规模最大的水电站，发源于长白山天池的松花江水力资源极其丰富，日本侵略者对此垂涎三尺。1937 年，日本关东军司令部先后两次指令其扶持的傀儡伪"满洲国"出面，5 年内在松花江上建成 18 万千瓦的丰满水电站，伪满电气建设局局长本间德雄制定了修建丰满水力电气发电所的规划。1942 年大坝蓄水，1943 年 5 月 29 日首台机组投产发电。

少年游·咏长白山天池

瑶池毕竟在天宫，垂落近安东。自从醒罢，拭风抹雨，满面见轻松。

便将身敷胭霞色，四季各朦胧。夏呈湛蓝，冬添雪白，秋日未春同。

注：长白山天池是一座休眠火山，火山口积水成湖，夏融池水比天还要蓝；冬冻冰面雪一样的白，被 16 座山峰环绕，仅在天豁峰和龙门峰间有一狭道池水溢出，飞泻成长白瀑布，是松花江的正源。

鹧鸪天·下得长白山，便游绿渊潭

才看天池容貌佳，绿渊潭里起烟霞。飞流汹涌珍珠碎，巨石铿锵日照斜。

寻韵味，识奇葩，岳桦喜着淡鹅纱。人前人后轻风拂，不吝搜肠写物华。

注：绿渊潭位于吉林省长白山国家自然保护区，因岳桦阴翳、潭水碧绿深窈而得名。绿渊潭瀑布飞流直下，最高落差达 26 米，瀑水落于巨石而四溅，而后流入深潭。每逢雾起，潭上水雾弥漫，与高山岳桦、旷古巨石浑然而一体，美不胜收，恰似人间仙境。

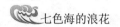

临江仙·船游镜泊湖

百里长湖如曲露，正逢凉意深浓。满山最喜见毛公。面如明镜，邻里泛胭红。

人在舱中鱼在水，欢欣各自无穷。牡丹江迎远方翁。方来此地，知道有舟蓬。

注：镜泊湖，中国最大、世界第二大高山堰塞湖，位于中国黑龙江省牡丹江市宁安市境西南部的松花江支流牡丹江干流上。从某一角度看，其低山丘陵地貌的形状像仰卧的毛主席。

蝶恋花·观吊水楼瀑布

湖水纷纷流向北，怪石峥嵘，直叫银龙逐。鳞甲纷纷如碎玉，珠帘悬挂从天扑。

形似马蹄飞疾速，声震长空，潭里烟霞伏。万丈深渊还眩目，疑是威风锣鼓曲。

注：瀑布幅宽约70余米，雨水量大时，幅宽达300余米。落差20米。它下边的水潭深60米，叫"黑龙潭"。每逢雨季或汛期，水声如雷，激流呼啸飞泻，水石相击，白流滔滔，水雾蒸腾出缤纷的彩虹。它形状好像加拿大尼亚加拉大瀑布，是世界最大的玄武岩瀑布。

向牡丹江八女投江群雕敬礼

翻转时光八十年，眼前烽火正连天。

联军抗日逢艰苦，走狗通奸做恶犾。

绝处英雄无惧色，涛中巾帼复成仙。

群雕之下行军礼，感慨捐躯救国篇。

注：1938年7月至9月，东北抗日联军四、五军主力由依兰向五常一

带征战。五军妇女团只剩下指导员冷云，班长胡秀芝、杨贵珍，战士郭桂琴、查桂清、王惠民、李凤善（朝鲜族）和四军被服厂厂长安顺福（朝鲜族）等八位同志，其中最大的23岁，最小的仅13岁。10月上旬队伍遭到敌人突然袭击，冷云等八名女同志被隔断在河边，同大部队失去联系。她们顽强战斗，宁死不屈，最后子弹打光，共同跳入乌斯浑河，为祖国的解放事业献出了宝贵生命。

乌斯浑河，属于松花江的二级支流，是牡丹江的一条支流。

外观圣·索菲亚教堂

百年旧木石雕刀，东正随军说老毛。

虽呈七音须有素，还将十字抖风骚。

恢宏不脱洋葱式，典雅诚如琳娜腰。

国恨家仇俄有罪，恐同穹顶一般高。

注：圣·索菲亚教堂构成了哈尔滨独具异国情调的人文景观和城市风情，它又是沙俄入侵东北的历史见证和研究哈尔滨市近代历史的重要珍迹。

东正，俄罗斯信奉东正教。琳娜，指叶卡捷琳娜。

游太阳岛

说起冰城似有葩，太阳岛上话鳊花。

仙丹说是磨刀石，景点无非老树叉。

正坐缆车江上过，未将身子景前遮。

绪兰一曲风靡后，有辱名声欺老爹。

注：太阳岛是一处由冰雪文化、民俗文化等资源构成的多功能风景区，也是中国国内的沿江生态区。与郑绪兰所唱的太阳鸟的美丽有差距。

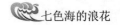

游五大连池

四百年前地火喷，白河河道堰留痕。

珍珠着地玲珑串，清水仰天礁石盆。

黑染融岩寻旧梦，橙留树叶染诗魂。

自有神功和鬼斧，岂能熟睡不开门。

注：五大连池风景区由五大连池湖区：莲花湖、燕山湖、白龙湖、鹤鸣湖、如意湖组成串珠状的湖群，以及周边火山群地质景观、相关人文景观、植被、水景等组成。

在扎龙自然保护区看丹顶鹤放飞

风吹芦苇便沙沙，丹顶鹤群该是家。

见举红旗还振翅，便追鱼子又寻虾。

溪流湿地悠闲乐，水映兰天日影斜。

身影婆娑增福寿，逢春老树亦开花。

注：黑龙江扎龙国家级自然保护区是我国以鹤类等大型水禽为主的珍稀水禽分布区，是世界上最大的丹顶鹤繁殖地。

望海潮·在成吉思汗广场

天骄谁是？名垂史册，曾经合统中华。倥偬一生，丰功永驻，催开满地繁花。争战逐平沙。奋蹄踏西域，还向无涯。武仪威兵，古今来往竞人夸。

湛蓝映衬霓霞。看圆高势巍，柱巨雕佳。飞堑越壕，扬鞭策马，英姿更借云骢。深窟灭魔邪。四兽围四角，诚护群娃。神佑将图久远，强国又齐家。

注：成吉思汗广场，位于呼伦贝尔市。它以成吉思汗名称命名，是至今为止内蒙古自治区境内最大的广场（与锡林广场并列），也是呼伦贝尔市海拉尔区的标志性建筑之一。

破阵子·呼伦湖与贝尔湖的传说

劲草茫茫熟地，伊人美美情长。欲把婚纱穿玉体，只怨魔头横竹杠，呼伦化泽江。

贝尔英雄能战，古斯贼子难降。挥剑斗妖消法术，搭箭张弓射鬼狼，两湖牵手望。

注：传说是有一对情侣呼伦和贝尔，呼伦能歌善舞，贝尔能骑善射。在相爱的过程中遇到了恶魔莽古斯，恶魔吸干了草原上的水，又抢走了呼伦。贝尔同恶魔博斗，救下了呼伦。然而恶魔再次出现，草原被沙石吞噬，天边烧起了大火。吃法伦夺下恶魔身上的绿珠，吞入口中，顿时山崩地裂，狂风大作，呼伦倒地化作清澈的呼伦湖。贝尔最后打败了恶魔，自己也精疲力竭倒下了。贝尔醒来找不到呼伦，悲痛欲绝，愤然折断神弓，只听一声巨响，草原塌陷，贝尔也化作一池清湖贝尔湖。

小重山·在扎赉诺尔猛犸公园

刚到呼伦正午餐。启程无两刻、进公园。象犹默默语人前，无举止，恐在诉心酸。

地覆又天翻，一朝封白骨、大荒山。当年族里共欢欢。从今后，史册载新篇。

注：1980年4月发现猛犸象古生物1号化石，同年5月15日又发现了2号化石，7月2号猛犸象化石正式出土，完整程度高达70%，它身高4.75米，长9米，门齿长度3.1米，门齿根部直径1.1米，是我国迄今为止发现古象化石标本中最大到的一具。1984年春天，又发现了3号猛犸象化石，

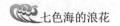
扎赉诺尔也因此获得"猛犸故乡"之称。

风入松·在满洲里国门广场有感

国门国界最庄严，曾赏苦和咸。百年风雨匆匆过，正困觉、襁褓衣衫。常遇胡虏凌弱，更无酒肉封疆。

欣逢真道护梁檐，唤醒巨龙酣。锤镰激起红星闪，渐强大、定变非凡。今日神州雄起，有谁还敢兵谈。

注：国门庄严肃穆，在国门乳白色的门体上方嵌着"中华人民共和国"七个鲜红大字，上面悬挂的国徽闪着金光，国际铁路在下面通过。现在的满洲里国门是第五代国门。

夜飞鹊·夜游满洲里

银河跃空野，挥洒连天，凭是阅尽斑斓。车窗已透万千重，又猜今夜无眠。层楼挂星月，更湖生光怪，树扮纷繁。司机会意，收油门、细品灯餐。

如此景佳图美，应是在苏杭，丝竹乡边。方信龙腾华夏，春归塞北，恩感河山。择街迈步，更惊颜、影像群牵。但徘徊良久，疑思做了，宫里神仙。

注：满洲里西临蒙古国，北接俄罗斯，是全国最大的陆路口岸城市。在灯光辉映下的夜晚的满洲里，犹如在天宫一般。

在套娃广场的套娃酒店里游览

远看巍巍一套娃，近观富丽竞侈华。

贾王史薛宜封嘴，春夏秋冬竞采花。

吊灯明亮夜如昼，溺所堂皇壁照爹。

似此金银当粪土，财星恐过帝豪家。

注：满洲里俄罗斯套娃广场是全国唯一的以俄罗斯传统工艺品——套娃为主题的旅游休闲娱乐广场，集中体现了满洲里中俄蒙三国交界地域特色和中俄蒙三国风情交融的特点。

在满州里龙港酒店
暴风雪餐厅用餐并观看文艺表演

轻歌漫舞撩秋魂，几道俄餐炸或炖。

节目欢情愉走客，碟盆丰富感温存。

驴无闷倒终将持，情亦真诚皆受尊。

且有掌声时起伏，只缘初进此家门。

注：内蒙古有白酒曰"闷倒驴"，为高度（最高68度）。买了一斤装的一罐，大家慢慢品尝。

在呼伦贝尔牧民家作客

奶茶斟满白如银，含在口中添厚醇。

身着蒙袍充异族，心随芳草扮旗人。

欲牵骏马声声吼，却挽强弓箭箭泯。

眼恋天蓝云也白，导游催急到时辰。

注：在蒙古包里，主人用当地食物招待客人，还免费提供蒙古服饰让游客留影，很是热情。

在游牧民族帐篷里品烤全羊

仪式传承民族风，进门三祭敬全盅。

迎宾豪饮真诚客，见底无流不老松。

应信醇驴余也喜，敢斟高度脑还聪。

宜将手指撕羊肉，满口甜香最袭翁。

注：热气腾腾的烤全羊，喷香喷香的，没有膻味，大家见了，便是来了个风卷残云。

去大庆途中游扎兰屯吊桥公园

秋风秋叶映秋光，雅鲁依依回首望。

轮转百年桥仍在，飘摇一世苦难忘。

自从敬题河屯句，便有深情碧水长。

万朵云霞浓染后，轻歌悦耳化流觞。

注：因园内"吊桥"而得名，是专供当时的沙俄贵族们享乐的场所，现吊桥公园正以其崭新的面貌、秀丽的风光，迎接着四方游客。这里是一处集自然景观和人文景观于一体的综合性娱乐场所。公园里有叶剑英的一首诗："雅鲁河畔扎兰屯，几派清流拥水村。铁索悬空新瀑急，吊桥桥上忆长征。"还能观赏到著名作家老舍先生的《辛丑夏访扎兰屯》一诗的手书："诗情未尽在苏杭，幽绝扎兰天一方。深浅翠屏山四面，回环碧水柳千行。牛羊点点悠然去。凤蝶双双自在忙。处处泉林看不厌，绿城徐入绿村庄。"

观大庆抽油机磕头有感

会战洪流扎北营，荒郊野地起新城。

征程必有英雄出，危局常催大将生。

　　惊报铁人王进喜，智擒地狱黑妖精。

　　如今摘掉贫油帽，我共抽机拜故英。

注：大庆油田于1959年发现，1960年投入开发，是我国最大的油田，也是世界上为数不多的特大型陆相砂岩油田之一。抽油机因其一俯一升如磕头状，故也称其为磕头机。

游漠河北极村

　　七星山下漠河村，余亦慕名寻此门。

　　昨日邻望南极地，今朝近感北陲温。

　　江鱼木耳待游客，桦叶蓝莓伴彩魂。

　　此处风光遍赏后，应来哨所最知恩。

注：北极村凭借中国"北方第一哨"所、中国最北的城镇、中国最北、神奇天象、极地冰雪等国内独特的资源景观，与三亚的天涯海角共列最具魅力旅游景点景区榜单前十名。

在金鸡之冠景点处

　　神州纬度论高低，玉玺临天伴彩霓。

　　龙体煌煌能忽闪，鸡冠抖抖复鸣啼。

　　青龙白虎东西贯，朱雀玄冥南北栖。

　　似此壮观华夏有，皇天降诏印红泥。

注：金鸡之冠广场的主题雕塑以"玺"为创作元素，上端采用了中华民族的精神图腾——"龙"，代表了中华大地，象征着"天佑我中华国运昌盛"；四面使用"青龙"、"白虎"、"朱雀"、"玄武"的神兽纹饰，威震四方，代表了人民赋予的权力的至高无上；"玺"文为阴刻篆体"金鸡之冠"，与基础部分朱红色"玺"文相辉映，意喻此地为中国维度最高点。基础部分引用了"天圆地方"的概念，将"四象"与"八卦"的传统

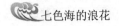

国学理论融入其中，雕塑主体延伸的四根图腾柱，分别展示了漠河特有的"天象、地景、人文、历史"，预示着对漠河未来发展的期盼。

在神州北极第一哨所前留影

神州北极守边疆，热血青春最闪光。

莫说低温凝滴水，常从喜报暖柔肠。

寒刀冷伴银龙舞，心志高扬霸主枪。

不怕身居偏僻地，真诚呵护我亲娘。

注：驻守在这里的每一名官兵，都有自己同风雪博斗、同严寒抗争、向寂寞挑战的经历！

神州北极碑由爱新觉罗启骧题

石碑矗立点神州，此去江心已到头。

极地秋光添凉意，广场人影逐风流。

字身描就殷红色，题款招来旅客眸。

雍正传承孙九代，挥豪泼墨竟刚柔。

注：爱新觉罗·启骧，满族，雍正第九代孙，1935 年生于北京。书法家，中国书法家协会会员，长白书画研究会副会长，中共党员，1998 年被聘为北京市文史研究馆馆员。

在李金镛祠堂读李金镛

楹联一副立祠堂，褒奖金镛业一方。

沟里淘沙留浩气，边疆办矿伏强梁。

漠河才迎太湖客，圣殿修成政德场。

拾取长阶望匾额，香烟袅袅祭忠良。

注：一副楹联写着"开矿安边兴利功业迈古今，义帐救灾恤邻德政昭宇宙"。

李金镛，江苏无锡人，早年随父经商，后用银两捐得官位，为同知。因清正廉洁，赈灾有功，从直隶调长春任知府。1887年4月，经李鸿章举荐，又从长春调往黑龙江筹建漠河金矿事宜。

李金镛对矿业外事日理万机、呕心沥血、百般辛劳、积劳成疾，于1890年8月14日病故于漠河，时年56岁。

小重山·在胭脂沟

今日初题御翼诗，便来听野史、觅青丝。芳魂既散尽胭脂。回首处，飞叶击空思。

生死任由之，品行随自持、立身时。红门绿树借先师。祠堂里，联撰德政辞。

注：胭脂沟名称的来历有两个版本：一是此处所采之黄金上交朝廷，作为慈禧买胭脂用；二是来此处采黄金的人很多，也来了很多的妓女，每天妓女们卸妆后的胭脂粉水流入此处，于是称之为胭脂沟。

在漠河县城游松苑公园

漠河秋季好风光，松苑而今穿彩妆。

城甸竟然生绿荫，祝融安敢作强梁。

游人最爱新枝嫩，冷露频催老叶黄。

骚客忘身图画里，园中美景任徜徉。

注：松苑公园位于漠河县城的中心，1971年县城初建时，于县城中心保留一片原始森林，供游人观赏和净化城区大气，1983年辟为松苑公园。

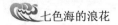

在漠河五六火灾纪念馆前留影

一座城池一个名，逢灾历险总关情。

火龙飞舞吞林木，懒政迟延误救兵。

二十五天争与斗，几千万亩墨和黯。

凤凰涅槃新生日，喜见天星更亮晶。

注：大兴安岭"五·六"火灾纪念馆是为了反思纪念 1987 年 5 月 6 日发生在大兴安岭的特大森林火灾而建造。

那天因闭馆而没有进去参观。

漠河有座北极星公园

远看勾陈在北天，投光照地在人间。

路行万里觅新景，拾级百阶寻极边。

永昼欢愉千万客，飞鹅喜跃九霄巅。

且听途说经年后，玉液琼浆宴众仙。

注：北极星公园的北极星雕塑是漠河县的标志性建筑，两只天鹅造型加北极星直指蓝天。昭示着浴火重生，富于生命力的漠河，正走出森林，走出大山，走向全国，走向世界。

在黑龙江江碑处留影感

北方汇水黑龙江，出自双源便像腔。

海陆轮番风向转，岭坡衔接势横撞。

只因地域生财富，硬划河心立界桩。

何洗爱珲悲辱耻，长缨缚鬼饿妖降！

注：黑龙江原为中国内河，仅次于长江、黄河，为第三大河流。清代，沙俄迫使清政府签订不平等的《中俄瑷珲条约》《北京条约》，上中游被划为中俄两国界河。

黑龙江，有南北两源，南源为额尔古纳河，其上源为海拉尔河，发源于中国大兴安岭西坡；北源为石勒喀河，其上源为鄂嫩河，发源于蒙古人民共和国北部肯特山东麓。

游古镇召稼楼

（一）

江浦合流春到冬，农耕沪上便从容。

开弓且借宗行小，香烛应将裕伯供。

治水功高堪比禹，护城力戳最如龙。

和煦菊月初来日，阅典听书脑健丰。

注：2017年10月17日古镇召稼楼、浦江郊野公园一日游

由于叶宗行整治吴淞江、黄浦江工程有功，被称为"上海大禹"。

秦裕伯，苏门四学士之一的宋龙图阁直大学士淮海公秦观（少游）八世孙。清军南下时，遭到上海地区人民的强烈抵抗，清军将领原准备屠城。屠城前夜，清军将领梦见了秦裕伯，秦警告他不准杀人，这才取消了屠城计划。因秦裕伯"显灵"，救了上海百姓，故被列为上海城隍爷。

（二）

菊月初登召稼楼，媪翁白发正悠悠。

巡街接踵琳琅货，治患无非孺子牛。

尚德循从银幕觅。焚香是为叶秦投。

更兼餐桌丰鲜宴，放飞心情一日游。

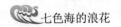

注：2011年5月27日，以秦怡艺术生涯为主题的秦怡艺术馆在上海市郊闵行区浦江镇（即召稼楼）落成，"尚德循从银幕觅"即是此意。

秋游浦江郊野公园

（一）

秋色宜人一日游，浦江首选好筹谋。

市区风景难添趣，郊野田光最灭愁。

幸有平台依绿水，堪随碧浪泛扁舟。

童真此刻还无去，直展轻身到尽头。

注：浦江郊野公园是一座以森林游憩、滨水休闲为主要功能的近郊都市森林型郊野公园，坐落于黄浦江东侧，大治河以北的浦江镇。

（二）

亲水平台走老翁，木阶铺就色通红。

平安是福人人想，郊野宜游季季同。

景里橙黄丰眼目，湖中舟楫喜船工。

夕阳亮丽轻云度，且叫时光伴愚公。

瑞鹤仙·大年初二晚

车过杭州湾跨海大桥

2018年2月16日是正月初二，全家八口人，（大儿子三口人，小儿子三口人，加我们老俩口），在内弟家吃过晚饭，二台车向宁波进发，度三天春节假。

借年前预约，长假度、且赴宁波取乐。斜阳早西落，只轿车灯亮，城光辉烁。真穿夜幕，无非是、虽深但薄。似流萤舞动，由近至微，又强变弱。

忽觉长桥已至，左右无光，唯栏退促。狂飚影廓，听空笛，念飞鹤。任银梭疾越，茫茫路面，心思倥偬地角。问何时过却？堪可养神补觉。

注：杭州湾跨海大桥北起嘉兴市平湖立交，上跨杭州湾海域，南至宁波市庵东枢纽立交，线路全长 36 千米，余还是第一次过。

渔歌子·在宁波麦尖酒店下榻

车进宁波亥末时，霓虹辉映麦尖枝。书似海，眼应痴，餐厅饿读纳兰诗。

注：到下榻的宁波麦尖酒店已近十一点，这个酒店很有文化气息，无论在餐厅，还是大堂，都有书架，图书琳琅满目。也可以随意带入房间，很人性化。

游宁波天一阁

藏书家产两分清，祖训终成一阁情。

基业长存因守德，诗书历久出昌明。

财传三代恐难再，学富五车终不倾。

堪赞范钦谋计远，众多典籍播声名。

注：天一阁是中国现存最早的私家藏书楼，也是亚洲现有最古老的图书馆和世界最早的三大家族图书馆之一。在这里我们参观了"东明草堂"、"尊经阁"和"麻将起源馆"等。

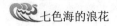

在天一阁云在楼观石鼓墨影展

韩愈曾书石鼓歌，嗟乎蝌体势巍峨。

幸观墨影知真是，最恨疏才识不多。

恐是珊瑚遗骨骼，又疑鸾凤戏粼波。

进楼心静仰观后，方信退之诗满箩。

注：石鼓文，即刻有籀（zhòu）文的鼓形石。石鼓文为四言诗，为我国最古老的石刻文字。天一阁是石鼓文的守护者、研究者和传播者。韩愈，字退之，曾写过"石鼓文"一诗，《唐诗三百首》里便有。

在麻将起源地陈列馆

今知麻将自宁波，桌上智谋褒贬多。

竹墅投闲能展技，方城逐鹿莫成魔。

人情冷暖混清做，世事沉浮吃碰磨。

是有人亡家破事，陈老先生感如何？

注：一则信息称："中国麻将发源地——宁波天一阁。天一阁是我国现存历史最久的私家藏书楼，建于明嘉靖四十年……天一阁内的德和堂，是麻将发明人陈政钥先生（清道光年间的三品官）家族的宗祠，即中国麻将发源地"。

望宁波天封塔

塔尖正刺半空中，历尽惊雷立浙东。

脱俗超凡三界地，参禅感悟八方风。

浮云淡定腰间束，春燕欢欣瓦上躬。

且叫钟罄轻些敲，星辰恐落自苍穹。

注：始建于唐武则天"天册万岁"至"万岁登封"（695—696）年间，因建塔年号始末"天""封"而得名。

在雪窦山弥勒道场

五山十刹有禅宗，雪窦巍巍展笑容。

应梦生成风景好，太虚悟彻佛缘丰。

终于布袋盛天下，又有青铜铸坦胸。

逐级登攀心向善，相逢抱脚在巅峰。

注：有记载称：雪窦山"亦四明之别阜，名胜错列，宋理宗梦游此，赐名应梦山"。

宋宁宗时，依卫王史弥远之奏请，始定江南禅寺之等级，设禅院五山十刹，以余杭径山寺、钱唐灵隐寺、净慈寺、宁波天童寺、阿育王寺，为禅院五山。钱塘中天竺寺，湖州道场寺，温州江心寺，金华双林寺，宁波雪窦寺，台州国清寺，福州雪峰寺，建康灵谷寺，苏州万寿寺、虎丘寺，为禅院十刹。以钱塘上天竺寺、下天竺寺，温州能仁寺，宁波白莲寺，为教院五山。钱唐集庆寺、演福寺、普福寺，湖州慈感寺，宁波宝陀寺，绍兴湖心寺，苏州大善寺、北寺，松江延庆寺，建康瓦官寺，为教院十刹。

在天童禅寺

结茅修持到南山，独在危岩窅谷间。

世上风尘无再顾，邻家孩子不偷闲。

调经礼佛长庚喜，悟理参禅蜡炬弯。

精舍既成香火盛，天童太白展新颜。

注：天童寺，佛教禅宗五大名山之一，号称"东南佛国"。僧人义兴云游至此，因爱其山水，遂在此结茅修持。相传，当时附近并无人烟，却有一位童子每天前来送给薪水。不久精舍建成，童子对义兴大师说：我是

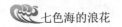

太白金星，因为大师笃于道行，感动玉帝，命我化为童子前来护持左右。如今大功告成，特此告辞。言讫童子不见。由此山名太白，寺名天童。

醉花阴·3月3日在浦东世纪公园赏梅

锁得清香终会旧，且已身消瘦。犹豫误佳期，只见余颜，难摘青春秀。

倘然趁早相思透，借盛开时候。可惜见残花，待到来年，肠比今年皱。

摊破浣溪纱·在广西南宁广场

借得春风走翼龙，南宁装点绿映红。今日偏将木棉看，赞英雄。

游客成群银闪闪，城雕争艳意朦朦。方识海中藏景色，宝珠丰。

注：木棉是广西市花。南宁广场有一雕塑，以海蚌和珍珠为题。

八声甘州·3月21日游明仕田园风光

信风光醉美在田园，何须放狂言。看山峰秀丽，水流清澈，碧翠绵延。正值春中和煦，未敢扰炊烟。唯有啼鸣鸟，穿越跟前。

恐是偷偷裁剪，用漓江图画，阳朔峰峦。看嶙峋怪石，一篙一斑斓。像灵猴、最登高处，似蜗牛、负重苦爬攀。应该是、借神仙力，与桂齐肩。

注：景区内山清水秀，山环水绕，素有小桂林之称。这里翠竹绕岸，农舍点缀，独木桥横，稻穗摇曳，农夫荷锄，牧童戏水，风光俊朗清逸，极富南国田园气息。

青玉案·3月21日游德天大瀑布

迂回曲折前程阻，义无顾、多威武。只把珍珠抛此处，金声天外，银光透雾，专走崎岖路。

身居两国应和睦，手足亲情宜除怒。合作双赢无底数，一江清水，精心呵护，莫把时机误。

注：德天瀑布位于中国与越南边境处的归春河上游，瀑布气势磅礴、蔚为壮观，与紧邻的越南板约瀑布相连，是亚洲第一、世界第四大跨国瀑布。

3月21日在中法广西五十三号界碑处

却道时光快似梭，难将印迹尽消磨。

界碑记得前朝事，历史常留忆旧歌。

几共战壕牵手足，亦曾反目动干戈。

劝君莫效高卢崽，不至归春泛浊波。

注：五十三号界碑是中国和越南边境的一座石碑，为清朝于公元1896年所立，位于德天瀑布顶部，是用来衡定中国广西和越南之国界。该碑刻有中国广西界五字，碑后为中国，碑面向着越南一方，"五十三号界碑"历史上的正式称谓为"中法广西安南第五十三号界碑"。

归春河在大新县硕龙镇跌落成德天大瀑布和越南板约瀑布。

3月22日游通灵大峡谷

通灵峡谷隐潺潺，绝壁岩峦拾级攀。

溶洞玲珑须慢步，石梯陡峭未休闲。

急穿水幕脸还湿，背负行囊腰不弯。

忽见银龙霄汉落，争观溅玉睹丰颜。

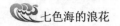

注：通灵大峡谷以其雄、奇、险、峻、美，吸引了一批又一批的中外游人，它是祖国边陲上一颗熠熠生辉的明珠。

3 月 22 日在在巴马长寿村

秦王昔日欲长生，徐福匆匆奉诏行。

求远只将东海渡，无能未识火麻萌。

水清气净心情好，俭朴随和血脉平。

不必浮华投急乱，唯依彭祖在勤耕。

注：巴马长寿村，地处桂西北山区的巴马瑶族自治县，自古以来就有生命超过百岁的老人存在，它是一个令人神往、神奇而美丽的地方，人称长寿之乡。

巴马火麻是经实践证明的非常有效的抗衰老和抗辐射植物，含有丰富的植物蛋白、卵磷脂、及延缓衰老的维生素 E、硒、锌、锰、锗、钙、铁等人体必需的微量元素。

3 月 23 日船穿百魔洞

船在洞中循水游，竹篙点点演春秋。

折光明暗乱时序，怪石嶙峋逐眼球。

幻术无穷生百态，老夫有意起花头。

来回觉否时辰短？宾客历经将一周！

注：百魔洞中有天窗。洞中忽明忽暗凡三次往返共六次，犹似六个昼夜的交替，故谓将一周。

唐多令·广西涠洲岛感

苍海又桑田，亿年演变迁。各争锋、水火熬煎。阴晴暑寒交替袭，总不免、受风寒。

今日携珠还，身经无数鞭。叙平生、难尽机缘。不教丹炉枉费苦。历地覆，见天翻。

注：涠洲岛是火山喷发堆凝而成的岛屿，有海蚀、海积及溶岩等景观，有"蓬莱岛"之称，是中国地质年龄最年轻的火山岛，也是广西最大的海岛。

在涠洲岛见汤翁台

遭逢谪贬向南边，铁骨难弯恨鼠权。

便向山川投足迹，更寻词曲叙心缘。

涠洲岛上凉风沁，梅子园中夙梦怜。

杜丽堪牵朱丽叶，莎翁海若有名篇。

注：明万历十九年（1591年），明代的伟大剧作家、诗人汤显祖被贬谪赴任徐闻县典史时作过一诗《阳江避热入海，至涠洲，夜看珠池作，寄郭廉州》，谈到了涠洲岛。牡丹亭被喻为中国的《罗米欧和朱丽叶》，且汤翁和莎翁差不多是同时代人。

参观安阳文字博物馆

殷墟遗址在安阳，甲骨方方意味长。

蝌体形音生汉字，金文篆隶著华章。

惊雷正醒人间事，史册终详古典装。

从此传承流不绝，有谁比我更辉煌？

注：殷墟，是中国商朝后期都城遗址，位于河南省安阳市。殷墟先后出土有字甲骨约15万片。甲骨文是汉字的前身、世界三大最古老的文字体系之一，不仅证明古老的汉字是独立起源的，还提供了中国古代独立的文字造字法则，对3000年以来的中国文化产生了根本性的影响。甲骨文中所

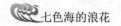

记载的资料将中国有文字记载的可信历史提前到了商朝，也产生了一门新的学科——甲骨学。

红旗渠的记忆

粗手磨穿茧数层，夏担酷暑饮冬凌。

十年峭壁移天地，万众虔心引佛僧。

削去千山筹命水，贯通百洞效鲲鹏。

人间但有惊奇迹，只向林州渠上登。

注：红旗渠精神的内涵是"自力更生、艰苦创业、团结协作、无私奉献"。红旗渠，位于河南安阳林州市，林州市原是安阳林县。

4月15日穿行太行山大峡谷

穿行云里路，未着谢公靴。

眼看灵河岸，耳听宫阙歌。

谷深悬胆惧，壁陡直崖峨。

伸手天边近，凭空幻影娑。

溪流常涉足，叠瀑最鸣锣。

拾级穿针线，循梯渡激波。

松枝钻石缝，燕雀筑岩窝。

急急盘旋路，匆匆上下坡。

灰阶宽尺许，溶洞隐千魔。

恐有轻轻喘，当须缓缓挪。

桃花生谷底，太极演棋罗。

王相玄机妙，仙霞彩色多。

寻思工巧匠，但念阿弥陀。

人在图中走，时从发隙过。

登临如捷雁，展景若蔓荷。

大美身心乐，无愁气血和。

江川怡性德，足迹布山河，

问我何时止，依杖似箭梭。

注：太行山大峡谷地处于河南省西北部、南太行山东麓的河南省安阳市林州石板岩乡境内，南北长 50 公里，东西宽 1.5 公里，海拔 800-1739 米，相对高差 1000 米以上。主要景点有桃花谷、太行天路、王相岩等。

4 月 16 日游郭亮村

何处更如乌托邦，孤村绝世恐无双。

揭杆招致官杆怒，直壁功成绝壁腔。

莫谓崖垂无影迹，已将锅铁铸龙缸。

祖宗阴隲后人继，但看明光透石窗。

注：因郭亮带领山村人民反抗封建压迫，所以为纪念郭亮，人们便将这个悬崖上的山村，命名为"郭亮"村。

郭亮村人多姓申，明初将申姓发配青海苦役，中途申氏逃离，把大铁锅砸碎，一户一块，以求来年再聚拼回原型，故有"大锅申"之说。

青玉案·郭亮村的挂壁公路

十三壮士悬崖路，冠世界、英雄谱。铁手双肩腰板竖。云端挥臂，半空抢斧，常与吴刚处。

历时五载朝和暮，凿穿山洞真无数。秀美山川知几处？迎宾

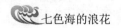

酬客，抱团致富，华夏丰碑树。

注：郭亮村挂壁公路由郭亮村村民独立手工完成，其中主要负责开凿的十三位村民被称为郭亮洞"十三壮士"。

4月17日游云台山景区

漫说云台意趣多，轩辕请教御龙驮。

宁封五彩烟霞出，魏晋七贤修武磨。

钱起诗文惊绝句，子房湖水演兵戈。

茱萸且记重阳日，自认王维是弟哥。

注：据神话传说，黄帝陶正之官宁封子授黄帝御龙飞云之术。自焚则随路五色之烟上下升腾，其骨骸葬于"宁北山"中。此宁北山即今修武县北云台山。修武县古称为"宁"。后来，神话传说中称盘古山、女娲山、五行山。魏晋时期，云台山"竹林七贤"在此相与友善。

子房湖又叫"平湖"。因汉代张良（字子房）曾站在沟谷西侧的山峰上，日夜操练兵马，帮助刘邦成就大业后又隐退到此而得名。

钱起有《逢侠者》五绝："燕赵悲歌士，相逢剧孟家。寸心言不尽，前路日将斜。"诗中剧孟为洛阳人。

唐代诗人王维《九月九日忆山东兄弟》："独在异乡为异客，每逢佳节倍思亲，遥知兄弟登高处，遍插茱萸少一人。"即于此峰有感而作。

4月18日游皇城相府

顺治帝皇亲赐名，康熙即位拜先生。

两遭迎驾居中道，四部尚书收御楹。

字典功成从部首，诗词雅致见清盈。

后人自有评论处，常使遗风照众卿。

注：皇城相府，原名"中道庄"，后因康熙皇帝两次下榻于此，故名"皇城"。陈廷敬辅佐康熙长达半个多世纪，成为康熙朝的一代重臣。

陈廷敬主持编纂了《康熙字典》。

陈廷敬一生写了很多诗，康熙皇帝是历代君主中最懂诗、最擅诗者之一，他以诗人的眼光看陈廷敬之诗，十分欣赏。

看洛阳牡丹

倾国倾城四月天，洛阳景致最心牵。

满园春色姚黄里，一片柔情赤叶前。

今日相逢须有礼，他年进梦恐无眠。

更应此刻勤斟酒，莫等愁思乱续缘。

注：姚黄和赤叶都是牡丹中之精品。

水调歌头·在洛阳品水宴全席

离别牡丹苑，围桌坐皇朝。洛阳水宴全席，难得此佳肴。今日余兴未尽，莫教时机错过，把盏且陶陶。盛世艳阳下，凭我享珍馐。

上冷盘，添热菜，又汤糟。酸甜麻辣，咸淡千味各风骚。应是清香扑鼻，兼有神形养眼，赞语亦滔滔。几劝往来客，不必自操劳。

注：洛阳品水宴全席一桌席24道菜，它的特点：一是有荤有素，素菜荤做；二是有汤有水，味道多样，酸、辣、甜、咸俱全，舒适可口；三是上菜顺序有严格的规定，搭配合理。

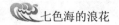

4 月 19 日游栾川鸡冠洞

雄鸡寻宝遇天鹰，苦斗身消化永恒。

冠并秀山名副实，洞含景致色分明。

只疑误入龙王府，更见高悬琥珀灯。

百处瑶池谁最美？栾川执耳北崚嶒。

注：据传，鸡冠山是由偷偷进洞寻宝而被天鹰镇压的雄鸡化骨而成，远望此山，其轮廓极似雄鸡扬冠高啼……

鸡冠洞是一处大型的石灰岩溶洞，喀斯特岩溶地貌，此类洞穴在北方少见，被誉为北国第一洞府。

4 月 19 日游洛南老君山

鸿蒙未裂只元光，万物三生阴抱阳。

得道行云过函谷，骑牛播德走关乡。

洛南一袭君山翠，卧榻随炉丹火扬。

为有群峰朝拜后，西行开化越戎羌。

注：相传中国道教的创始人——太上老君在此修炼成仙，故而得名。后太上老君与弟子们出函谷关，对西方诸国实施教化。

4 月 20 日游览九朝古都之
洛阳龙门石窟

伊水龙门绝壁长，佛尊十万龛中藏。

神情正在娇妍处，衣着依然滴露香。

年岁未曾除寂寞，容颜专是递安详。

但将瑰宝传千古，莫叫精华遇跳梁。

注：因不能照相，故无照片留下。且为了保护，也只能参观几个洞穴。

龙门石窟密布于伊水东西两山的峭壁上，南北长达 1 公里，共有 97000 余尊佛像，最大的佛像高达 17.14 米，最小的仅有 2 厘米。

4月20日游少林寺

嵩山少室密林中，历代高僧不朽功。

北魏初成望白马，隋唐发达继禅宗。

十三和尚挥拳脚，六祖堂前立大钟。

因有达摩曾面壁，慈航普渡满帆风。

注：少林寺位于河南省郑州市登封市嵩山五乳峰下，因坐落于嵩山腹地少室山茂密丛林之中，故名"少林寺"。

唐初，少林寺十三和尚因助唐有功，受到唐太宗的封赏，赐田千顷，水碾一具，并称少林僧人为僧兵，从此，少林寺名扬天下，被誉为天下第一名刹。

六祖堂两侧供奉的是禅宗初祖达摩、二祖慧可、三祖僧灿、四祖道信、五祖弘忍、六祖慧能，人称六祖拜观音。六祖堂的西壁是大型彩塑"达摩只履西归图"。殿前甬道有明万历年间铸造的大铁钟一口，重约 650 公斤。

4月21日游开封之清明上河园

卞京毕竟是开封，几度风光几露锋。

何必兴游生异处，只须沿水觅行踪。

择端笔下人声沸，民俗街中气息浓。

长画一卷千古绝，今朝再演逐飞蜂。

注：清明上河园是以画家张择端的写实画作《清明上河图》为蓝本，按照《营造法式》为建设标准，以宋朝市井文化、民俗风情、皇家园林和古代娱乐为题材，以游客参与体验为特点的文化主题公园。集中再现原图风物景观的大型宋代民俗风情游乐园，再现了古都汴京千年繁华的胜景。

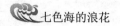
4月21日游开封府

开封府里有衙门，灰瓦红墙裂胆魂。

鸣冤鼓声成景致，铡刀血迹已无痕。

龙图倒坐明奇案，英杰传承续史存。

但愿青天随处是，摘将硕鼠灭猢狲。

注：开封府，位于河南省开封市包公东湖北岸，是北宋京都官吏行政、司法的衙署，被誉为天下首府。

4月22日游丽景门

十三朝代洛阳城，称帝称王逾百名。

丽景门庭多省府，兴衰史册有枭英。

古时货品如山积，今日人流促膝行。

韵在青砖灰瓦里，沧桑过后已新生。

注：丽景门是洛阳古城的象征，这里曾是历代进行百官及万民祭祀神灵祈福纳祥之处，这里有"河洛文化长廊"和"帝王史馆"。

在小宋城小吃城转悠

驱车小宋城，食店客盈盈。

举目游朋织，充资持卡行。

轩亭灯亮壁，少妇手搂婴。

座上男和女，锅中菜与羹。

东头排骨脆，西向面汤萌。

北做江南食，南飘塞北旌。

煎炸金光闪，红烧绛酱呈。

河鲜黄鳝蟹，海货墨鱼蛏。

难尽琳琅处，唯听吆喝声。

转悠常眼乱，止步又心倾。

但见饕珍美，更闻食物香。

依然无主意，仍在苦彷徨。

猛想归途是，当填九曲肠。

三餐须配备，千里好还乡。

超市寻醇酒，摊头购卤蹄。

花生宜海苔，白斩亦痴迷。

熟料先包扎，果蔬将手提。

巨龙开动后，不叫醉如泥。

注：小宋城主要经营开封特色小吃及全国各地风味。

游宁夏沙湖风景区

万亩沙田万水殊，禽鸟游鱼各在途。

碧水相随嬉白鹤，远山隔对映荷株。

新芦滴翠慌修竹，驼马备鞍驮小奴。

已是乡音离远后，误将此认淀山湖。

注：以自然景观为主体，由沙、水、苇、鸟、山五大景源有机结合构成。

游西夏王陵

谁思万岁作长呼，西夏王朝二百无。

十代龙床均作梦，满身锦缎亦为骷。

陵台昭示寻常理，黄土封存砾石孤。

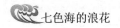

唯有斜阳终不尽，那能沙漠不荒芜。

注：西夏王朝二百年不到，共有十位帝王。

腾格里沙漠风景区之沙坡头

沙漠当中有百湖，半咸半淡世间孤。

眼前既演黄波涌，水里欣欢野鸭凫。

橙映碧空从一色，客游景致渴三壶。

只因高处望河岸，竟有靓蓝呈半弧。

注：站在坡上可看到黄河从这里流过时所拐的大湾。

走在横跨黄河的 3D 玻璃桥上

今朝跨越母亲河，兼有透明能见波。

脚踩玻璃如跌堕，眼看激浪未哆唆。

如因懔懔难成步，不教惊惊宜信科。

我敢从容桥上走，连天接水乐呵呵。

注：在沙坡头旅游景区。

在黄河上坐羊皮筏子

欲渡黄河向景区，船工驾筏只须臾。

羊皮储气充舟楫，木浆偷功化汗珠。

身坐浮凫思戏水，眼朝彼岸望征途。

人生若有欢欣处，总在心情感快愉。

注：到黄河石林景区，必须乘羊皮筏子进去，也是一种新体验。

游景泰黄河石林国家地质公园

人骑驴马向深沟，直向四周看不休。

满地风光常换脸，一车乘客总回头。

参差最可成音韵，深邃方能隐公侯。

只是时间如疾箭，万千景色眼难收。

注：是一座集地貌地质、地质构造、自然景观和人文历史于一体的综合型地质公园。

观雷台公园门口的马踏飞燕雕塑

日行千里现神驰，威武竟追龙雀肢。

借问雄风何处有？敢将躯体竞丰姿。

灵犀既出金光闪，造化已经天下知。

虽是潜身沉百代，终成瑰宝不言迟。

注：绝世珍宝"马踏飞燕"又名铜奔马，属国家级文物，它体形矫健，昂着嘶鸣，神势若飞，艺术造型优美，合乎力学平衡原理，且给人以腾云凌雾，一跃千里之感。

在雷台公园观 99 件铜车马仪仗俑队

雷台汉墓出雄师，仪仗威严骏马驰。

气势恢宏谁匹敌？阵形齐整互参差。

婢奴常见恭谦相，武士都将剑戟持。

但有辚辚声不绝，车轮滚滚展英姿。

注：雷台汉墓共出土了九十九件车马仪仗俑，是目前所见数量最多的东汉铜车马仪仗俑群。

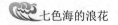

在武威文庙

过却时光八百年，凉州故地庙祠前。

苍松古柏围廊阁，匾额雕梁吻紫烟。

自有文昌传孝道，便将后世化群贤。

真君本是民间出，功德须从典籍传。

注：是凉州文人墨客祭祀孔子的圣地，是目前西北地区建筑规模最大、保存最完最完整的孔庙，属全国三大孔庙之一。

游张掖丹霞地貌

金张银武布祁连，北出丹霞世上鲜。

莫道天庭掀彩色，敢将故地绘图卷。

游人最喜风光地，临泽偏居靓丽仙。

敢说移身此景后，群山失色不堪怜。

注：有造型奇特，色彩斑斓，气势磅礴的丹霞地貌。"中国最美的七大丹霞地貌"之一。

咏嘉峪关

西扼乌云柳色青，连陲锁钥驻精英。

咽喉毕竟兵家地，丝路依然天下名。

百尺楼台居要塞，四时风雪映旗旌。

定城砖块今何在？镇守雄关第一程。

注：嘉峪关，号称"天下第一雄关"，中国长城三大奇观之一（东有山海关、中有镇北台、西有嘉峪关）。

定城砖指放置在嘉峪关西瓮城门楼后檐台上的一块砖，这里有典故。

沁园春·咏敦煌莫高窟

古叫沙州，又唤敦煌，史是走廊。有僧人经过，眼中频现，万尊佛像，始启铿锵。历代禅师，火薪相继，凿窟千余不惧辛，三危侧，现世间奇迹，功德无量。

前秦之后隋唐，更春尽秋来进冬凉。见风侵雨蚀，兵戎相击，英俄贼手，白眼豺狼。瑰宝遭灾，典藏逢劫，洞穴经书均扫光。犹生恨，看何时除却，心底创伤。

注：敦煌莫高窟，俗称千佛洞，与山西大同云冈石窟、河南洛阳龙门石窟、甘肃天水麦积山石窟并称为中国四大石窟。

江神子·鸣沙山（双调）

西行甘肃看金沙。细如麻，色成杷。晶莹玉肤，一卷美屏华。可赋诗词千百首，句最丽，字还佳。

听闻此地有鸣蛙。演胡茄，奏琵琶。并无丝竹，唯看众人爬。只等轻风吹拂后，登顶处，莫喧哗。

"传道神沙异，喧寒也自鸣，势疑天鼓动，殷似地雷惊，风削棱还峻，人脐刃不平"，是唐代诗人对鸣沙山的恰切描述。

更漏子·咏月牙泉

月牙泉，荒漠镜，且照远山身影。沙细细，水盈盈，和谐享太平。

行陡径，登沙顶，新月半轮正静。或相问，更聆听，一腔西域情。

注：此泉弯曲如新月，因而得名，有"沙漠第一泉"之称，自汉朝起

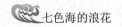

即为"敦煌八景"之一。

在玉门关

不再迷途饿雁飞，方盘城上玉生辉。

丝绸古道今消影，关隘门楼近式微。

羌笛何人吹折柳？春风几度再芳菲？

低眉问罢愁如漠，侈望阳关酒肉肥。

注：玉门关又称小方盘城。

江神子·在阿克赛石油小镇

残垣断壁见荒凉。乱砖墙，缺门窗。枯槁衰草，鬼火亦无常。苦等千年思巨变，难解惑，直端详。

总有霏霏淫雨狂。溅泥汤，湿衣裳。九层妖塔，毕竟在张扬。忽见锅中蒸玉米，掏纸币，塞饥肠。

注：曾经也是一个繁华的小镇，早年这地方主要开采石油，故称之为石油小镇，石被开采完了，渐渐荒废了，如今颓废不堪。有电影《九层妖塔》在这里拍摄。

菩萨蛮·游水上雅丹

戈壁滩有明珠集，大柴旦见丹霞碧。水澈也晶莹，千丘犹精灵。

亿年经霹雳，万代承飞雪。终得化仙形，悠然听掌声。

注：在晶莹蔚蓝的水中，耸立着高低、大小、形状各异的山石，美极了！堪称绝无仅有，世上无双。

游茶卡盐湖

大雨滂沱竟湿鞋，以车代步总无差。

时光不待天空镜，景色犹如精品街。

近见晶莹多闪亮，远观七彩扮山崖。

盐雕座座浑难化，游客纷纷涌木阶。

注：是天然结晶盐湖，称为中国"天空之镜"。

咏青海湖

群山拥抱一银盆，只为天庭祭海魂。

纵有二郎挥宝剑，最思公主念乡恩。

龙王幼子封西域，水怪精灵探圣门。

且造神仙添意趣，但将故事逗儿孙。

注：中国最大的内陆湖、咸水湖。

听导游说卓尔山、牛心山的传说

魔王八戒起纷争，两败俱伤都未赢。

铁棍犁成猪耳断，钉耙扫过肉心横。

松林翠竹风光好，绿水青山彩色明。

能有今朝图画美，不枉二位武功精。

注：牛心—牛心山、猪耳—卓尔山。

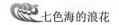

另一个版本的

卓尔山、牛心山的传说

一对深情重意仙，牛心卓尔紧相连。

俊男本是护山使，娇女原来龙后娟。

真爱相逢多阻力，天规筑就黑深潭。

纵然化作青山翠，日日同邻苦也甘。

过塔尔寺

一代宗师在此生，藏传黄教首擎旌。

曾从殊祖承智慧，便向人间释大萌。

四院酥油添异彩，经堂圣殿著新宏。

倘随法会观长画，客舍犹听礼拜声。

注：黄教创始人宗喀巴为一代大师。

过拉卜楞寺

毕竟甘南梵宇多，信徒诵敬阿弥陀。

扎西滩畔真名寺，拉卜楞中功德歌。

铜瓦鎏金唐卡画，酥油莲座水晶荷。

如逢正月初三日，祈祷一波连一波。

过郎木寺

都谓空灵景色佳，洮河涓涓育莲花。

大师降伏妖魔地，梵宇增添圣者袈。

修炼白龙流热泪，救灾仙女拒归家。

几多故事绕朗木，正有祥云伴碧霞。

注："郎木寺"，其实是一个纯净的小镇。

浅游扎尕那景区

借问桃园何处是，甘南迭部有仙门。

山因俊俏飘天曲，壁若宫墙拜始尊。

缭绕云烟添紫气，生辉石壁亮新村。

亚当携手夏娃后，便是金盆接子孙。

注：扎尕那山势奇峻、云雾缭绕、宛如仙境。

游花湖景区

天然海子说花湖，婀娜娇羞最是姝。

云白方知尘世少，水蓝当信别城无。

野鸭戏草随波面，禽鸟寻虫哺幼雏。

请把时光停一刻，宜将景色请屠苏。

过若尔盖草原的沉思

川西北部绿洲丰，位在黄河始发中。

金镶玉琢犹葱翠，坚毅顽强化疾风。

草地宽深沉勇士，牦牛憨厚救英雄。

最应感谢青稞好，重振红军盖世功。

远眺红军长征胜利雕像

一手高擎老旧枪，目光坚毅向前方。

顶天正显刚强汉，挥臂终摧绝地狼。

红景青稞驱魔鬼，初心宗旨闪金光。

肃然起敬盈眶处，但见红旗映旭阳。

满江红·咏松州古城

古谓松州，兵戎地，川西可扼。窥岷岭，直通康藏，陇邻河侧。七道墙门施马面，四边方廓踞骑射。多民族，茶马互纷纷，人烟集。

想往事，银驹急。人已故，城如昔。见楼台依旧，塑雕增色。松赞蕃王明大义，文成公主联姻戚。从今后，家国迎平安，兴中策。

注：松州，即松潘是也。

咏九曲黄河十八湾之美景

天生桀骜只知顽，一出源头便未闲。

巨石粉身真本事，丛山裂谷布容颜。

眼前竖子稍宁静，壶口疯牛又野蛮。

已是功成湾九九，垂阳最配做丫鬟。

夜游兰州

待到兰州夜未深，时差毕竟日刚沉。

中山桥上华灯亮，白塔山头楼宇金。

舟里游人欢对语，路边行客互倾心。

但听歌处还翩舞，直把黄河作竖琴。

夜寻黄河母亲雕像

不到黄河心不甘，未观雕像酒难酣。

匆匆问路朝前走，急急循街左右探。

及至银灯频闪烁，终将意愿演贪婪。

镜头收后心舒畅，醇香满口指东南。

在黄河母亲雕像前伫立

感恩常念祖宗亲，万里黄河育国人。

便自三皇承五帝，逐将华夏抖风尘。

稻粱菽粟酿甘露，雨水云雷济子民。

从此腾龙惊世界，奋开宇宙布星辰。

咏天山天池

原来此地即瑶池？万里寻机未算迟。

王母欢筵留故事，老聃修炼戒难持。

天山猎景心随远，雪岭观仙道亦驰。

仰望峰峦根洁净，神针定海入新诗。

注：天山天池古称"瑶池"，地处新疆维吾尔自治区昌吉回族自治州阜康市境内，博格达峰北坡山腰。天山天池有很多传说的。

在新疆富蕴县

天富蕴藏名至归，六乡三镇莫疑微。

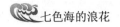

金银锂钽都应有，玉石晶珠最不稀。

阿魏雪莲甘草好，盘羊雪豹野驴肥。

更兼身置美图画，何不心随猎隼飞。

注：阿魏味辛、温，有理气消肿、活血消疲、祛痰和兴奋神经的功效。

游五彩滩

一流直下北冰洋，两岸风光互不妨。

南是绿洲沙漠配，隔江彩绘雅丹妆。

山花烂漫伸展远，岩石缤纷起伏忙。

只借斜阳三主色，便将景致染千装。

注：一流，指我国唯一注入北冰洋的额尔齐斯河。

破阵子·游白沙湖景区

毕竟沙湖明镜，一泓碧水清粼。但看莲荷如少女，正值青春系汗巾，何由不爱君！

上有鸠啼凫戏，岸边芦曳风亲。雨浥秋尘增彩色，雪映峰峦绕白云，几时出闺门？

夜宿哈巴河县

暮投西北最边陲，探景哈巴梦梦随。

早看沙湖藏禽鸟，晚将落日迎烟炊。

鳊鲅会否盛餐桌？客舍清简亦坦然。

安稳觉前窗外望，或能偶睹雨星追。

注：新疆最西北边缘，西与哈萨克斯坦、北与俄罗斯接壤。

听导游说喀纳斯湖

人说斯湖有几迷，相随白雪映围堤。

墨林绿草山峰亮，云海佛光锦缎霓。

恐有长风生逆力，终将枯木演浮栖。

更兼水怪神奇事，游客纷纷俯首低。

注：因遇大雨，故未能多欣赏喀纳斯的美景。

喀纳斯湖雪峰耸峙绿坡墨林，湖光山色美不胜收，被誉为"人间仙境、神的花园"。

咏卧龙湾

甘心寂寞不飞天，卧在湾湾化小仙。

享受清流翻白浪，迎来骚客驻跟前。

只因九野无挚友，遂弃三宫到谷边。

化作神形添道德，排空驭气正连年。

咏月亮湾

一汪清流只湛蓝，飞飘水袖展人前。

多言粉黛生姿色，始见广寒悲绝颜。

唯恐吴刚添寂寞，堪忧玉兔最心烦。

嫦娥自此从天落，后羿欢欣不炼丹。

注：月亮湾被喻为是嵌在喀纳斯河上的一颗明珠。

在薰衣草厂

欲解薰衣草之香，不辞劳累来新疆。

有风吹得游人醉，遍地还看蓓蕾芳。

清水河边生五彩，商家店里尽张扬。

只因此地含颜值，便教乾隆设嫔房。

探禾木和禾木村

布尔津县一个乡，后花园里正飞香。

斯湖主角中心站，禾木哈巴两翼翔。

后院山峰称友谊，谷中村落话安祥。

影家最恋风光好，但见频伸长短枪。

注：禾木最出名的是万山红遍的醉人秋色，是摄影者的集结地。

在禾木观日出不遇

尚未梳妆未下楼，直迷骚客猛抬头。

长枪短炮山坡立，厚意觉悟心底流。

摸黑登高浑不怕，循阶喘气更难休。

终因搅局相思断，只怨乌云不解愁。

注：禾木的日出一直备受游客偏爱，但禾木的日出却不一定眷顾游客！

在北屯

西北屯兵第一村，十师奋垦史中魂。

得仁山麓功勋著，成吉思汗战将奔。

岩壁图腾寻旧记，额河流域启新门。

终于确凿人文事，丝路草原华夏孙。

注：寓意为兵团屯垦最北之地，是新中国又一颗军垦之星。

行香子·过乌尔禾魔鬼城

风也猖狂，水也荒唐。想当年、历炼沧桑。惊涛拍岸，烈浪追阳。任钢刀挥，长枪舞，严霜凉。

层层屋宇，处处庙堂。惊鬼斧、筑堡修墙。神形兼备，格调无双。正游兴浓，雪山远，平沙黄。

乌尔禾魔鬼城的传说。

男耕女织见寻常，足食丰衣梦也香。

财富聚多邪恶至，良知既失恐怖藏。

神仙化丐欲明善，秽语还多竟失望。

怒把空灵墟里掩，但闻忏悔已无方。

赞胡杨

繁枝大漠立千年，贡献青春未等闲。

不惧有朝枯萎去，喜看新辈涅槃来。

身虽倒下心难死，品自刚强志最坚。

但愿清泉流戈壁，三生有幸迎桑田。

注：胡杨木质纤细柔软，树叶阔大清香，耐旱耐涝，生命顽强。

途径克拉玛依采油区

戈壁乌金到处流，首功推出老奔头。

油山便进时人眼，西部掀开国策谋。

大漠艰辛炊正少，长空璀璨雁归秋。

能源且谢风光美，莫忘深情孺子牛。

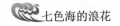

注：相传是一个赶车老头赛里木最早发现"黑油山"。

奎屯到伊宁途中的赛里木湖

欲辨何名更好听，宜将净海比精灵。

逢山洒下西洋泪，栖水浮游岸草螟。

赖有兴冲多板块，便从挤压出娉婷。

自然神力谁能阻，唯有遵循道德经。

注：赛里木湖古称"净海"，是新疆海拔最高、面积最大、风光秀丽的高山湖泊，又是大西洋暖湿气流最后眷顾的地方，因此有"大西洋最后一滴眼泪"的说法。

遥看果子沟大桥

从来越水方成桥，历久才知不入潮。

铁索双肩担谷底，金刚两塔立山腰。

人间响彻天宫曲，古道频传茶马谣。

不见洪流翻激浪，坦途已就向逍遥。

看伊犁河的落日

伊犁此刻落霞红，说是美仑情理中。

但看垂阳将吻水，还从桥堍挽和风。

人居景里景如画，喜自天边天渐朦。

雅克西因随口出，遂成一首乐融融。

在巴音布鲁克草原

巴音布鲁克，抱在雪峰中。

海拔三千米，名声次席躬。

盆原肥畜牧，绿甸隐飞鸿。

冰雪生清水，涓泉汇浅洪。

开都如彩带，落日染丝绒。

骏马奔腾急，牛羊唉草丰。

唐僧曾借石，仙界也封功。

故有神驰处，沿途借晚风。

在艾提朵尔清真寺

艾提朵尔清真寺，高大墙门耸塔楼。

密勒天棚生气势，毛拉宝座说经酬。

钟声召唤心灵净，居玛伤身撒满愁。

古尔帮来欢庆日，正如榴子抱千秋。

通天河之九曲十八弯

只从飘渺九天来，似自虚无一带开。

曲折缠绵姿也绝，晶莹剔透缎堪裁。

弯成十八幻迷地，直上顶层观景台。

远方可有神奇石？藏在书中或可猜。

注：唐僧曾在这里借石晒经，故名为晒经石。

罗布人村寨

虽是今朝已换壶，依然剩得旧屠苏。

边缘是有桃源地，村寨真成世外图。

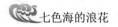
非牧非农唯海子，老房老屋旧幡符。

基因纯正无畸变，便有游人上旅途。

翻越天山山脉

天山一脉是屏障，横贯东西演大荒。

由此疆分南与北，便将色染黛和黄。

温差原是高低别，湿度还因向背妨。

虽是孪生同一祖，性情各异不同妆。

穿越塔克拉玛干大沙漠

黄涛起伏接天边，烈日横空地饼煎。

翠色稀疏浑欲睡，行车急速走无烟。

固沙或走方形格，造福真需碧绿泉。

我请龙王来此地，排将长桌宴神仙。

穿越沙漠公路

公路穿沙漠，胡杨渐变疏。

石油埋地下，碧水望泸沽。

飞鸟身还绝，游人眼已糊。

唯看红柳在，谁愿献屠苏？

游神秘天山大峡谷

库车实是古龟兹，即在南疆任尔驰。

此地精成飞火怪，随时幻化展身姿。

气旋翻复阴阳雾，泉滴涓流玉女脂。

各处巡游奇迹异，无山不谷是真知。

注：一般称为库车大峡谷或克孜利亚大峡谷，为国家级地质公园。

在温宿大峡谷

尽言西部有奇葩，最美丹霞是此家。

远古岩盐生绝景，新疆博物绽新花。

眼看褶皱如煎饼，日照峰峦着彩纱。

神韵更添姿百态，人人都在大声夸！

注：温宿大峡谷是中国西部最美的丹霞地质奇景、中国最大的岩盐喀斯特地质胜景。

咏卡拉库里湖

皑皑三峰一鉴明，还将肌雪映晶晶。

粉脂借得梳台好，胭盒满盛钗钏精。

堪羡英雄怀美女，欣看闺阁立山盟。

终因地久天长后，留在人间示众卿。

注：卡拉库里湖位于冰山之父——慕士塔格峰的山脚下。

在红旗拉甫山口

（一）

红旗拉甫看云涛，相接天低口岸高。

西望匆匆丝路远，古来步步马帮劳。

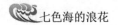

担风负露修筋骨，削壁登峰绝嚣嘈。

有国相邻三舍地，宜将游客裹棉袍。

注：海拔4733米，同巴基斯坦毗邻。在红旗拉甫，有空军的雷达站。

（二）

身临此地接天低，远看高山肩与齐。

展眼东西牵日冕，举头上下淹云霓。

初时不识车来路，此刻盲攀雾隐梯。

只有青春偏闪亮，骚人自会走伊犁。

说香妃墓

究竟檀香也体香，乾隆妃子自新疆。

玉脂丰韵凝姿色，沙枣果甜随上皇。

只是别离难服土，引来垂爱向书房。

此诚未必真身在，遵化东陵或卸妆。

注：在乾隆皇帝的后妃中，有一位维吾尔族女子，她就是闻名遐迩的香妃。

到和田

始皇建都曰于阗，归魏归隋多少年。

满路风云阴晴雨，终成西域一方天。

和盐诉爱吉祥物，子料闻名软玉仙。

羊脂篆刻中华印，直到如今君最怜。

注：和田以玉出名，为"和田玉"。

在阿克苏

南疆重镇扼咽喉，姑墨匆匆史也悠。

多浪笙歌欢舞步，龟兹乐曲演风流。

麦加手杖支此处，眼里清泉润绿洲。

一路赌注添眼福，天山殿臂正逢秋。

注：古为中国秦汉西域三十六国的姑墨、温宿两国属地，是古丝绸之路上的重要驿站，[2] 也是龟兹文化和多浪文化的发源地，素有"塞外江南"之美誉。

到轮台

西域城邦三十六，轮台何处觅城头。

当年冻土屯兵士，今日胡杨历早秋。

指隙韶光流不绝，曲中音韵续无休。

青史演绎破功事，乌垒新生说古楼。

注：轮台在汉代是西域36国中的城邦之一。汉宣帝本始二年（前72年）复国为乌垒国。唐时属龟兹都督府乌垒州。

在塔河大桥上看塔里木河

内陆河流第一长，三源汇总便周详。

自西东去沙围水，暑夏冰融马脱缰。

古道沿途生绿意，天山脚下好风光。

生灵却遇横桥架，纵览无余睹盛装。

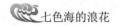

注：塔里木河大桥位于新疆维吾尔自治区阿克苏地区农一师阿拉尔市，它是开发塔里木石油的第一座大桥，是通向塔克拉玛干大沙漠的必经之桥，为塔里木河上游与中下游的分界点。

三源指：和田河、叶尔羌河、喀什噶尔河汇流成塔里木河。

扬州金山寺慈寿塔

（2019年2月6日至2月9日在扬州、南京）

先朝双塔九霄边，事后潜踪若许年。

残钵沿门多少苦，芒鞋出趾有谁怜。

玲珑八面风铃响，江渚七层云霭牵。

八岁儿童真胆识，同庚天地几重烟。

注：金山塔矗立于金山的西北峰，塔高30米，始建于齐梁。宋朝时改建成双塔，一名"荐慈塔"、另一名"荐寿塔"。双塔倒坍后，至光绪二十年，金山寺住持僧隐儒誓建此塔，赴京向清廷求援，慈禧命他自行募修，隐儒南北奔走，沿门托钵，约五年，募银两万九千六百两于光绪二十六年，戊戌八月，塔始建成，仍名慈寿塔。慈寿塔下"天地同庚"四字相传是湖南一位八岁儿童李远安所写。

江天一览碑

迎风拂面似挥毫，上罢金山看涌涛。

只道南巡多揽胜，幸亏高士耐辛劳。

史缘添日生枝节，亭唤留云伴客袍。

乱象迷茫常识苦，江天一览是谁刀。

注：此碑一说康熙题，一说乾隆题。

金山寺典故

（一）

东方甲乙相应木，西向庚辛即是金。

既在篮头装稳后，何盛水火各如针。

注：东西（金木）可盛篮，南北（水火）不可装也！故只说东西，而不说南北之典故。

（二）

乾隆兴叹楫舟多，便问寺僧该几何。

无非名利成双对，一笑嫣然激水波。

注：据传：乾隆见江上舟楫来往，十分热闹，便戏问方丈："你可知江上船有几艘？方丈从容答道："两艘而已。"乾隆笑道："这江上舟楫来往如织，帆樯林立，怎么可能只有两艘？"方丈答道："我只看见一艘为'名'，一艘为'利'，名利之外，并无它舟"，乾隆点头称是。

在金山寺法海洞

躬身石洞合低头，佛塔钟声化客流。

相是斐休书警策，儿施法海苦禅修。

俘山白蟒潜东海，蔓草荒林起寺楼。

功德常缘坊里曲，虚乌只恐许仙羞。

注：据说法海是唐朝宰相裴休之子，裴休笃信佛教，便送子出家，取名法海。法海洞相传是法海和尚裴头陀苦修之处。法海拆散许仙和白娘子的故事，乃民间传说，而非真有此事。

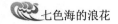

访西津渡旧址

象山一道筑屏障，古渡河漕舟楫长。

京岘峰灵驰御马，铁瓮城固忆孙郎。

声闻战鼓韩梁勇，诗袭春风韵律香。

虽是烟云消逝急，依然觅得旧时妆。

注：宋代，这里是抗金前线，韩世忠曾驻兵蒜山抗御金兵南侵。西津古渡依山临江，风景峻秀，李白、孟浩然、张祜、王安石、苏轼、米芾、陆游、马可·波罗等都曾在此候船或登岸，并留下了许多为后人传诵的诗篇。

游南京牛首山佛顶宫

两峰对峙欲争高，牛首春初走一遭。

身历宏宫临福地，眼观舍利赞功曹。

且将心境向清净，便有真经化疾瘵。

白雪纷飞凉泻处，银装素裹育滋膏。

注：整个公园最为神圣的宫殿里供奉着释迦牟尼佛顶骨舍利。

朝圣扎耶德清真寺

雕梁不见见圆穹，一袭清真白玉同。

墙外水围生倒影，寺中灯艳映霓虹。

经须字字镶金赤，毯亦针针尚国风。

人已虔诚都信主，依然世乱未施功。

注：扎耶德清真寺坐落于阿布扎比酋长国最大的清真寺，世界第三大清真寺。该清真寺是为纪念阿联酋开国总统扎耶德·本·苏尔坦·阿勒纳哈扬而建，是唯一一座允许女性从正门进入的清真寺。

登哈利法塔

一箭身高三千尺，临天拔地挽和风。

堪惊大漠生葱色，正说人间有巧工。

梯也匆匆飞迅捷，楼终小小变朦胧。

石油醒罢喷钱后，方演霜翁乐九宫。

注：哈利法塔始建于 2004 年 9 月 21 日，2010 年 1 月 4 日，哈利法塔正式竣工。哈利法塔高 828 米，楼层总数 162 层。

在帆船酒店喝下午茶

攀登法塔入宫边，冲天百尺有喷泉。

帆船最是奢华地，老者应尝未了鲜。

玉壁琉灯千样式，土豪信手五铢钱。

我虽无有玉骢在，挺胸且做一回仙。

注：阿拉伯塔酒店因外形酷似船帆，又称迪拜帆船酒店，酒店建在离沙滩岸边 280 米远的波斯湾内的人工岛上，仅由一条弯曲的道路连接陆地，共有 56 层，321 米高，酒店的顶部设有一个由建筑的边缘伸出的悬臂梁结构的停机坪。以金碧辉煌、奢华无比著称。

在迪拜乘单轨列车进棕榈岛

帆船别罢别沙滩，填海堪叹世上难。

从此高楼如雨笋，便将资本推磨盘。

明窗景有千姿色，棕榈蜂居一袭纨。

听说富豪遍地是，无非另类别衣冠。

注：2001 年，朱美拉棕榈岛开始建设，并于同年开始填海造地，由于在太空站中都能看到蓝色星球上有这样一座岛，于是棕榈岛也被称为世界

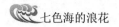

第八大奇迹。

过达达尼尔海峡

扑扑风尘渡口边，斜阳正照水连连。

声声气笛迎宾客，急急飞鸥觅海鲜。

阵阵呼啸频乱发，侵侵寒意紧衣棉。

船舱方是则身地，片刻登车直向前。

注：达达尼尔海峡是土耳其西北部连接爱琴海和马尔马拉海的要冲，也是亚洲与欧洲两大陆的分界线，此一去是为了到特洛伊。

在特洛伊古城遗址

十年征战为哪般，绝色佳人秀可餐。

莫道海伦成主角，堪言血肉化心酸。

纵横砾石陈烟事，纷乱情场设祭坛。

回首荒芜槁木处，犹闻商女诉悲欢。

注：特洛伊是公元前 16 世纪前后为古希腊人渡海所建，公元前 13 世纪～前 12 世纪时，颇为繁荣。

特洛伊木马的故事

十载围城九载空，英雄气势箕裘丰。

一朝中计前程弃，万箭穿心木马功。

偏说金汤无后虑，那堪滴水久融通。

算盘九九终归位，留给人间补窟窿。

注：这里有一个特洛伊战争的故事：特洛伊国的王子帕里斯到希腊去作客，当他离开时，把希腊斯巴达王的妻子海伦（世界上最美的女人）给

骗走了，巴达王知道后，领军杀向特洛伊，整整打了九年都没有取得胜利。于是，希腊人使计，造了大木马送给特洛伊，特洛伊人将木马拉到了城内。晚上，埋伏在木马肚子里的希腊士兵一起出来，打开城门，里应外合，打败了帕里斯，特洛伊城也从此毁灭。

在以弗所古城遗址

辉煌过后是荒芜，将相公侯骨已枯。

往事烟消还史册，渔樵坐爱下屠苏。

忍看名士埋沙冢，便向蓬蒿作旅途。

天下兴衰循正理，成时宜画败时图。

注：早在公元前 6000 多年的新石器时代，以弗所已有人类居住的痕迹。以弗所于公元前 10 世纪建城，早期是古希腊城市。在古罗马时期很长一段时间内，它都是罗马帝国中仅次于罗马的第二大城市。

长相思·棉花堡的传说

情也幽，意也幽。玉女金童恋不休，依依几忘愁。

水也流，奶也流。染罢山岗染土丘，兴游只似秋。

注：牧羊人安迪密恩为了和希腊月神瑟莉妮幽会，竟然忘记了挤羊奶，致使羊奶恣意横流，盖住了整座丘陵，这便是土耳其民间有关棉花堡的美丽传说。

看棉花堡的景色

白玉妆台九野来，钗奁钏匣几成排。

敷粉清纯修肤色，胭脂淡雅化玫瑰。

分明顾影琉璃镜，却道羞红少女腮。

自此人间添故事，五洲游客各舒怀。

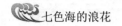

注：这里的景色有点像四川黄龙，但比不上黄龙的色彩和规模；也有点像美国的大棱镜温泉区。

游棉花堡遗址

偏自繁华到堕颓，曾经水滑作消灾。

人群络绎争相至，场馆延绵栉比开。

存者有期康体魄，亡灵就地设哀台。

天摇毁罢成遗迹，依旧声声扑耳来。

注：是远近闻名的温泉度假胜地，此地不仅有上千年的天然温泉，更有这种古怪的好似棉花一样的山丘。

在安塔利亚老城区漫步

欣然来到地中海，还在古城游老街。

满目琳琅穿吃用，沿途嘻嚷女男孩。

广场雕塑颂功德，港口长堤見立桅。

信步侜游思歇息，红茶品罢遂开怀。

注：它是土耳其南方最大港口城市，频临地中海，位于安塔利亚湾内，地理位置极佳，人文遗迹很多，气候温暖，也是地中海沿岸最负盛名的度假胜地。

阿斯潘多斯圆形剧场一览

至今已有两千年，曾受天摇与地旋。

石砌高台依旧是，和弦劲曲乘风翻。

八方游客慕名至，时尚乐师朝圣贤。

知否剧场何有得？国王招婿不虚传。

注：阿斯潘多斯圆形剧场，是整个安塔利亚地区保存最完好的古建筑物，至今仍在演出使用。关于这座剧场有一个传说，罗马皇帝阿流士为女儿征婚，条件是新郎必须修建一座伟大的建筑，修建古剧场的设计师札诺在剧场中央和同伴的私语被观众席上验收的皇帝听到后便被这一伟大的设计所折服，但另一个伟大的建筑安塔利亚水渠的设计师同样优秀，国王为了实现他的诺言便将女儿用剑一分为二。

看土耳其女子织地毯

眼前经纬几分明，十指轻盈任纵横。

色线纷飞邀彩蝶，神情贯注织晶莹。

欲骑骏马蹄还疾，思放雄鹰嘴正鸣。

不是天仙临圣地，安能独自久无声？

注：土耳其地毯是很有名的，是土耳其代表性的民间艺术品之一，并在国际地毯中占有重要地位。土耳其地毯主要原料为羊毛、丝绸和棉花，土耳其女子手工织地毯也是一道风景线。

在古罗密天然地质博物馆

蒼天造作各奇形，风化经年始见灵。

最似蘑菇生磊落，诚如少女展娉婷。

几多洞穴藏艰苦，亿万信徒朝圣经。

正照斜阳同一色，依然起伏不消停。

注：是土耳其最著名的旅游景点之一。经过和年的风华侵蚀，形成了大小、形状各异的起伏状地形地貌，称为天然风化区。公元 6 世纪时期，基督徒为躲避穆斯林的迫害，逃到这里挖洞、建房、修教堂。

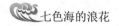

过土耳其盐湖（图兹湖）

但知盐性只成咸，正是临湖懂内函。

洁白晶莹飞玉镜，清纯剔透出峦岩。

神仙必有神仙道，生物各穿生物衫。

从此湖光添十色，红橙映出不平凡。

注：图兹湖位于安纳托利亚高原中部，是土耳其内陆最大的咸水湖、土耳其的第二大湖，也是土耳其绝大部分食用盐的出产地。盐湖的色彩不同，主要取决于盐中所含的矿物质，会呈现出砖红色、绿色、青绿色或银灰色等多种颜色。

在蕃红花城夜宿

崎岖石路一条条，质朴深藏故事遥。

灰屋参差还栉比，泥楼突兀仍招摇。

蕃红花丽做雕塑，星月旗飘向碧霄。

夜幕临投民宿暖，还从梦里遇娇娇。

注：番红花城是位于土耳其安纳托利亚中部的城镇，离首都安卡拉约两百公里。老城区的鄂图曼时期的房屋和建筑都被完整的保留下来，1994年被列入联合国教科文组织的世界遗产名录。番红花城在17世纪时期是番红花的贸易以及种植中心，至今番红花仍在番红花城以东22公里的村落种植。

乘船过横跨亚欧两洲的大桥

海峡相连有大桥，两洲风景一肩挑。

三虹跨越东西岸，百舸争流南北潮。

直望和谐添友谊，不教疯子刺王僚。

延伸丝路天终处，互利全球并不遥。

注：第一座跨越博斯普鲁斯海峡的大桥于 1968 年开始兴建，1973 年 10 月 30 日通车；1985 年兴建了第二座海峡大桥，取名法蒂赫大桥，于 1988 年投入使用；2016 年 8 月 26 日，第三座跨博斯普鲁斯海峡大桥通车。

游土耳其新皇宫

進门惊悚极奢华，细刻精雕出大家。

锦殿千间金满地，琉灯万盏玉空崖。

浮光正照衰亡路，国土将如破碎瓜。

烈火喷油时日后，但留风景织疏麻。

注：多玛巴切新皇宫，虽然和欧洲的许多皇宫比起来它的规模并不大，但其奢华程度令人惊叹。由于少有战乱，历经 150 多年至今仍然保存完好，皇宫内所有物品都是真品，哪怕是一个木门的手柄、窗帘、地毯依然是当年的物品。

在撒哈拉大沙漠

四轮车疾费时多，深入荒芜不唱歌。

尾部烟尘三百里，眼前旷野数层波。

若将咸水消盐质，再造肥泥育翠荷。

但请苍天行此计，人间自此息干戈。

注：撒哈拉大沙漠是世界仅次于南极洲的第 2 大荒漠，面积约 906 万平方千米，是世界最大的沙质荒漠。位于非洲北部，该地区气候条件异常恶劣，是地球上最不适合生物生存的地方之一。我们去的地方，只是撒哈拉大沙漠的"一角"。

在贝多因民族地骑骆驼感

匍匐骆驼生两峰，跨骑竟是稳如松。

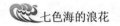

起身俯仰无需惧，迈步悠闲不借风。

近处民居芦苇屋，身旁从者少年童。

心中百味如流出，尚见纯真再见穷。

注：骆驼对贝都因人至关重要，故贝都因人又喜欢自称驼民。游牧人的营养、运输、贸易无一不依靠骆驼。新娘的彩礼、凶手的赎罪金、赌博者的赌注、首长的财富都是以骆驼为计算单位。

在埃及贝都因民族居处

黄沙总伴贝都因，世袭干荒只苦辛。

有水能添生命色，无情便绝绿芳茵。

今朝有幸言欢乐，他日无期念真神。

喝罢矿泉纯净水，胜天空话最欺人！

注：贝都因人是以民族部落为基本单位在沙漠旷野过游牧生活的阿拉伯人。贝都因部落流动性大，游牧距离远，在有水的地方生活，一旦水资源枯竭或畜牧资源短缺就进行迁移。

在红海中畅游

万里行来红海边，闲庭信步不疯癫。

且当击水蓝天下，未认添霜老态连。

挥臂从容追疾鸟，掠涛沉稳效青年。

人生何必自封步，只向五洲游个遍。

注：能在红海畅游，实乃人生的一大一高兴事，毕竟有了些年纪（虚度七十七）。于是想起了二年半前的 2016 年 8 月份，在南半球的澳大利亚布里斯班游泳之事。

红海垂钓

但抛长线束银钩，海腥已挂引诸侯。

暂停马达屏声息，静待游鱼袭古州。

且学姜公多耐性，不应心绪乱筹谋。

返程时刻回眸处，唯我提条跳不休。

游览卡纳克神庙区

埃及文明说也多，像形不识奈如何。

纵横巨石猜无解，鳞次雕神笑偏颇。

上下万年盼复活，方尖百尺竖巍峨。

祀求幸运须诚意，直待仙湖长粉荷。

注：卡纳克神庙始建于3900多年前，卢克索市北部，是古埃及帝国遗留的一座壮观的神庙。神庙内有大小20余座神殿、134根巨型石柱、狮身公羊石像等古迹，气势宏伟，令人震撼。

到卢索克乘马车

马蹄得得只悠闲，直把缰绳手上牵。

伙计相挨频指导，轿车争道宜循边。

骄阳正午风无力，终点来临手递钱。

卢索克城多史册，观花不过一时间。

注：卢克索神庙证明了卢克索辉煌过去。它是古埃及第十八王朝的第十九个法老（公元前1398－1361年在位）艾米诺菲斯三世为祭奉太阳神阿蒙、他的妃子及儿子月亮神而修建的。到第十八王朝后期，又经拉美西斯二世扩建，形成现今留存下来的规模。

在孟农哭泣神像处留影

说此双雕曰孟农，风吹石动泣犹浓。

旧时面貌难维持，南首闺房已废容。

只为三人修殿宇，却逢来者苦争锋。

成王败寇寻常理，掘墓鞭尸子胥功。

注：哭泣的孟农神像庙原来是"阿敏何特普三世"法老神殿前的雕象，但神殿本身已无踪影。巨象高20米，风化严重，面部已不可辨识。坐像是由新王国时代鼎盛期的阿蒙荷太普三世建造的。坐像身后，原来是他的葬祭殿，但后来的法老拆了这座建筑，并把他做为自己的建筑物的石料。罗马统治时期的地震使雕像出现了裂缝。每当起风的时候，孟农像就像在哭泣一样，十分神奇。后来经过修补之后的孟农像，就再也没有哭泣了。

乘游轮在尼罗河上夜游

尼罗河上乘游轮，水里波光已起粼。

满座人群多异客，盘中菜肴皆非珍。

乐声伴奏肚皮舞，男士正成旋体绅。

戏过高潮须谢幕，方应长席散残莼。

注：肚皮舞是较为女性的舞蹈，其特色是舞者随着变化万千的快速节奏摆动臀部和腹部，舞姿优美，变化多端，而且多彰显阿拉伯风情，以神秘著称。

在胡夫金字塔旁

十万奴工二十年，荒芜垒石向高巅。

塔前人影唯渺小，史上君王谁圣贤？

法老能通星外事，智商可识股勾弦。

至今难解千般谜，最虑时光化夕烟。

注：胡夫金字塔是古埃及金字塔中最大的金字塔。塔高 146.59 米，因年久风化，顶端剥落 10 米，现高 136.5 米，相当于 40 层大厦高。塔身是用 230 万块巨石堆砌而成，大小不等的石料重达 1.5 吨至 50 吨，塔的总重量约为 684 万吨，它的规模是埃及至今发现的 110 座金字塔中最大的。

在狮身人面像处留影

书中识得狮人面，今日游看却斑斑。

常卧荒原时去远，久遭风雨泪消颜。

斯芬之谜缘何设，旷世难题宜破关。

此景既存埃及国，全球共战霸王山。

注：古埃及法老雷吉德夫根据父亲胡夫的肖像建造了狮身人面像这座纪念碑。此像高二十米，长五十七米，算上两个前爪，全长七十二米。面部长约五米，宽四点七米，鼻子长一点七一米，嘴大二点三米，一点九三米。它头戴"奈姆斯"皇冠，两耳侧有扇状的"那姆斯"头巾下垂，前额上刻着"库伯拉"圣蛇浮雕，下颌有帝王的标志——下垂的长须，脖子上围着项圈，鹰的羽毛图案打扮着狮身。

在开罗博物馆走马观花

古国王朝几千年，帝权更迭一方天。

为求来世裹尸首，总把光鲜藏福田。

从此留存千亿宝，而今能赌个中禅。

观花走马虽无几，惊心每步仍欣然。

注：埃及开罗博物馆有着 118 年的历史，建于 1881 年，内藏的文物古董，有巨大法鲁王像，纯金雕铸之宫廷御用珍品，木乃伊及重二百四十二磅的卡门纯金棺材，还有三千年前的面包与现在仍可萌芽的种子等，令人

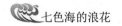

眼界大开，叹为观止。三四千年前用纸莎草做成的纸卷上面，记录着古埃及的科学、文学、历史和法律等。

在帝王谷

驱车一路向河西，沙土扬尘最是凄。

看洞荫深连栈道，随光顾影见端倪。

先期法老修陵寝，即遇强梁逐盗犁。

化作空城空石廓，未见昏鸦不见鸡。

注：埃及帝王谷，是古埃及新王朝时期18到20王朝（大约从公元前1539年到公元前1075年)时期的法老和贵族主要陵墓区与清朝皇陵极相似。